# 棄女翻身記 1

文創風 788

慕伊 著

風 文創 788

# 目錄

# 序

慕伊

每個人應該都有自己的夢想吧？我也一樣，小時候夢想著有許多穿不完的新衣服；長大後有了崇拜的偶像，夢想自己也能成為偶像般的人物……

讀書時，也曾夢想能成為一名作家，並曾嘗試寫過不少小說，在同學間相互傳閱，向校刊、報紙投稿。

可漸漸的，夢想被生活磨滅。當年大喊為了理想而努力奮鬥的少女不見了，成了芸芸眾生中為了生活而奔波的一員，可心中那一絲念想卻從未消失過。

多年後，跟一個大學好友說起這件事，得知她做了業餘的網路寫手，還慫恿我也去投稿試試。那一瞬間，埋藏心底多年的那個念想又開始蠢蠢欲動。我把學生時代寫的那些手稿都找了出來，塗塗改改，又與好友商量多次，最後還是決定重起一個主題，就寫時下最流行的穿越種田文，於是《棄女翻身記》的題材就這麼定了下來，之後就是想人設、寫大綱……作為一個小說界的新手，就這樣義無反顧地闖了進去。

幸好責編和一群志同道合的作者朋友們都很好，在我寫作期間給了不少幫助，不管是對作品的建議、對各類問題的解答，以及在低谷時給予的鼓勵，有時只是很簡單的「加油」，但對我來說卻是最珍視的肯定。

現在想想還是很激動，畢竟是第一本出版的小說。感謝編輯、感謝讀者、感謝所有幫助過我的人，也感謝自己，再一次鼓起勇氣，向年少時的夢想邁出第一步。同時也希望《棄女翻身記》能得到更多讀者的喜歡和肯定，我會繼續努力，寫出更多好故事。

# 第一章 前世今生

天宇王朝中南部，青州府。

夏家是青州本地頗有聲望的富商，三代單傳。老爺夏玉郎人如其名，玉樹臨風，風流倜儻。幾年前迎娶清河縣舉人之女柳氏三娘為妻，育有一女，名夏婉柔。可惜柳氏生產時傷了身子，生的又是個丫頭，一下就招了夏老太太的厭棄。

不出三個月，夏老太太便以子嗣為由，作主迎了自家遠房姪女姜氏為貴妾。姜氏也爭氣，進門後就有了身孕，三年抱兩，大女兒名夏新柔，粉妝玉琢，小小年紀就已經初現豔麗之姿；兒子夏天佑是夏家唯一的男孫，夏老太太護得跟眼珠子似的。

都說大戶人家是非多，你不惹事，事卻會主動惹上你。這天，五歲的夏婉柔得了個新風箏，興奮地去花園裡放風箏，碰到夏新柔姊弟倆。一向嬌寵慣了的夏新柔搶風箏不成，竟與夏婉柔打起來，推搡間撞到站在一邊看戲的夏天佑，夏天佑的手臂磕破了一點皮。

金孫受傷，夏老太太勃然大怒，一茶盞就扔在柳氏身上，夏老爺更是一巴掌甩在夏婉柔臉上，小小的人兒身子一歪就撞在椅角，登時鮮血直流。

受傷加上驚嚇，夏婉柔當晚就發起燒來，昏迷不醒。姜氏乘機慫恿夏老太太將柳氏母女趕到鄉下莊子，只派了一個粗使婆子去照顧。

夏婉柔昏迷了整整十日才醒轉，卻不想醒來的並非正版的夏婉柔，而是來自二十一世紀的一縷幽魂。

柳葉剛睜開眼，看著眼前抱著自己的古裝婦人愣神。她分明記得自己躺在手術臺上等待手術，怎麼一睜眼，世界就變了樣？沒聽說全身麻醉還會讓人產生幻覺啊，連痛覺都那麼真實。

「姊兒，姊兒……」古裝婦人輕輕喚著，好像懷裡的小姑娘是最精緻的瓷器，稍微大聲說話就會破碎一般。「不要嚇娘，是不是哪裡不舒服？」婦人一邊輕撫著小姑娘的臉頰，一邊緊張地問著。那雙眼睛裡各種情緒交織，讓柳葉想起自己的母親。這到底是怎麼回事？

「睏……」柳葉輕輕吐出一個字，順勢躺回床上，打算好好想想到底發生了什麼事。

「妳好好休息，娘去給妳請大夫，再給妳弄點吃的來。」婦人輕輕幫她掖好被角，退了出去。

柳葉躺在床上，看著明顯不在現代的環境，知道自己這是穿越了。可穿越這種福利，好歹也挑個好一點的身體，這小身板……出個門還得帶著監護人的年紀能做啥？好歹前世她也是個成年人，要重新扮小孩好累。

柳葉苦笑連連，想想前世，自己患有先天性心臟病，沒有活蹦亂跳的童年，也沒有意氣風發的青春年少，父母把她呵護成溫室裡的花朵，除非必要，不許自己出門，因此陪伴自己的，只有滿屋子的書和一臺電腦。

父母省吃儉用，積攢每一分錢財，只為了延續自己的生命。本以為那次手術能治好自己的病，可惜事不如人願，她穿到了這個陌生的身體裡。

想必現代的柳葉應該死了吧？老爸和老媽還不知道該有多傷心……不過這樣也好，沒了她這個負累，老爸和老媽的生活應該會寬裕許多。想起父母，柳葉覺得胸口彷彿被人用刀子一刀刀地劃著，淚流滿面。

門被輕輕推開，那個柔得能滴出水來的聲音在門口響起。「好些沒？娘請了鎮上的大夫。來，喝點水，大夫已經到了，咱先讓大夫看看。」

婦人一邊動作輕柔地餵柳葉喝水，一邊朝門口喊了聲。「張大夫！」

一個年約四旬的中年男子走進，後面還跟著一個揹著藥箱的小童子。

柳葉乖乖地伸出手讓大夫把脈。她想清楚了，既然已經來到這裡，那就好好活著，才不辜負老天爺的厚愛。她還有很多時間慢慢學習這個世界的生存法則，最重要的是，這身體雖然虛弱，卻沒有前世那種讓她生不如死的難受感覺，這應該是一具健康的身體，她得好好珍惜，才不辜負老天爺的饋贈。

「小姑娘已經無礙了，只是畢竟是頭部受傷，又昏迷了這麼久，有些神智不清也屬正常，先觀察一段時間吧。」大夫摸著下巴的鬍子，說道：「小姑娘這段時間一直靠參湯吊著，沒有進食，先給她吃些流食，再慢慢添加其他飯食，我這裡再開個藥方，妳等等派人跟我回去取藥。」

大夫一邊絮絮叨叨，一邊整理好藥箱就要往外走，婦人匆忙跟上，離開前還不忘安慰地拍了拍柳葉的小手。

婦人再進來時，手上端了碗粥，米飯的香氣瞬間勾起柳葉的食慾，幾口就把粥喝完了。

「娘……」柳葉輕咳了好幾聲，才生澀地叫出聲。既然已經決定留下來，有些情況還是要弄清楚。「我的腦袋還是很迷糊，您能跟我說說我以前的事嗎？」

「怎麼了？是不是哪裡不舒服？」婦人關切地問，還伸手摸摸柳葉的額頭。

「沒事，就是剛醒來有點迷糊，不記得事了。娘，您給我講講唄。」柳葉開啟撒嬌模式。

「唉，我可憐的姊兒……」婦人長嘆一聲，開始講起一些往事。

得知自己的渣父竟因孩童間的吵鬧，而把她們娘兒倆發配到莊子上，柳葉好氣又好笑，氣夏家重男輕女、寵妾滅妻。可她也知道，這世界男尊女卑，又講究家醜不外揚。夏家的行為，除非至親，外人是不會多管閒事的，最多也只是茶餘飯後的話題而已。

柳葉暗暗發誓，為了能生存得更好，她要學習適應這個世界裡女子的為人處世，但自己一定要自立自強，不要做某個男人的附庸。她雖不像前世看過的穿越小說裡的主人公，有空間或有金手指，但她相信自己有前世的見識，又有今生的努力，肯定能為自己謀劃一個美好的未來。

# 第二章　來自青州的禮物

陽光明媚，小小的院子裡，唯一的一棵大樹下，一個小小的人兒趴在石凳上，手中拿著用布包裹著的細長炭條在畫著什麼。一旁，柳氏放下手中的繡活，看了看小姑娘寫的東西，輕輕笑道：「姊兒，妳這畫的都是什麼？好些日子了，妳不正正經經地練習描紅，卻拿炭條畫這些看不懂的東西，可是有什麼用？」

柳葉吐了吐小舌頭。柳氏是個溫柔的女人，也是個寬和開明的母親，女兒一些稀奇古怪的行為，她都認為是小孩心性。只要不太出格，她都一笑置之，還隱隱有著鼓勵的意思。

「吱呀」一聲，院門打開，一個穿著褐色粗布衣衫的婆子走進，手裡拎了個菜籃，正是跟著柳氏母女一起來到莊子的粗使婆子趙婆子。趙婆子放下籃子，就來到柳氏跟前說話。

「娘子，您前些日子給的五兩銀子已經用完了，家裡的米、麵也不多了，得多買些回來才是。」這個世界等級森嚴，對婦人的稱呼有著嚴格的規定，非官家不稱太太，非誥命不稱夫人。除非是上了年紀的老人，才會被尊稱一聲「某某老太太」。

「趙婆子，這五兩銀子才用幾天，妳那些小動作我們不戳穿，是給妳臉面，妳也要有個限度吧！」柳葉直起身子，怒視趙婆子。

「我的姑娘啊，這樣的罪名，老奴可擔待不起啊！這兒可不比府裡，都得用錢買。還有，姑娘您最近紙、筆用得也太凶了，筆墨紙硯是很貴的。」趙婆子滿不在乎地道。

「趙嬤嬤，我敬妳是府裡的老人，喊妳一聲嬤嬤，但主就是主，僕就是僕，姑娘如何行事，什麼時候需要妳一個婆子來指手畫腳了？妳不要忘了自己的本分！」看到趙婆子對自己的女兒不敬，柳氏立刻冷下臉色。

「是，娘子。」趙婆子悻悻地退了下去。

「娘，咱不理她，這趙婆子就是愛貪點小便宜。不管怎麼說，有她在，咱娘兒倆就不用親自洗手做羹湯了不是？」柳葉拉著柳氏的裙角，語氣輕快地開解柳氏。「娘，您不是說要去鎮上買絲線嗎？我們這就去吧，我還沒去過鎮上呢。」

「好、好，娘帶姊兒逛鎮子去。」柳氏母女倆收拾好東西就往鎮上去。

兩人出門沒多久，院門就被人敲響了。趙婆子開門一看，立刻諂媚的笑。「孫嬤嬤怎麼來了？裡面請。」來的正是姜氏身邊的嬤嬤。

「府裡讓我帶東西過來，順便看看娘子在這裡住得可好。娘子她們可在？」孫嬤嬤邊說邊進了院子，後面還跟著搬東西的小廝。看著那些錦盒、綢緞，趙婆子的眼中閃了閃，貪婪之色一閃而逝。

「娘子帶姑娘去鎮上了，一時半會兒怕是回不來。孫嬤嬤去我屋子坐坐，喝杯茶？」

「不了，既然娘子不在，我這就回去了。這些東西妳收好，等娘子回來就給她。」孫嬤嬤說完就走，一副急匆匆的樣子。趙婆子臉上閃過疑惑，急忙上前把孫嬤嬤送出去。

回到正房，看著桌上的東西，趙婆子滿臉貪婪，不禁一一細看起來。兩疋綢緞、兩疋細棉布、一支金釵、一對銀鐲、幾朵絹花，還有幾盒點心。

「這棉布真細緻，要是能得了幾尺給小孫子做裡衣就好了。」趙婆子一一撫過桌上的東西，臉上貪婪之色越重。綢緞和金釵太打眼，不能動，拿些棉布應該不會被發現吧？

她四下看了看，拿起棉布和銀鐲就回了自己的屋子，還順便摸走幾盒點心。

柳氏母女從繡鋪出來，柳葉提議四處走走，柳氏想著女兒從沒有機會好好逛過街，便也欣然同意，兩人慢悠悠地閒逛起來。

「咦？」柳氏看著遠處一個身影，輕「咦」出聲。

「怎麼了？」

「沒什麼，看到一個人，好像是姜氏身邊的孫嬤嬤。」柳氏搖搖頭，又道：「應該是我看錯了，孫嬤嬤怎麼會出現在這裡。」

柳葉順著方向看去，正好看到一抹淺棕色的身影上了一輛馬車離去。

兩人走走逛逛，到了傍晚才回到莊子，付了馬車錢，柳葉上去敲門，半天沒人應答，以為趙婆子躲懶去了，氣呼呼地推開院門，卻發現院子裡靜悄悄的，唯正屋門敞開著，一眼就能看到桌上的綢緞、錦盒等物。

母女倆對視一眼，滿是疑惑，喊了幾聲，還是不見趙婆子。

去。

「娘，您先進屋，趙婆子肯定又躲懶去了，我去找她。」柳葉說著就往趙婆子的屋子走

柳氏還沒進屋，就聽到女兒一聲驚叫，趕緊跑過去。只見趙婆子倒在地上，早已氣絕身亡，嘴角和前襟還有黑色血漬。柳氏身子晃了晃，伸手扶住門框才勉強沒有暈倒。

「娘，找人去把莊頭叫來，再把大夫也帶來！」

初見的驚慌過後，柳葉很快鎮定下來，仔細觀察起房間。桌上是一盒打開的白玉糕，明顯少了幾塊。床上放著兩疋細棉布，床邊的櫃子門開著，而趙婆子就倒在旁邊。

想起前世的那些宅鬥、宮鬥劇，柳葉疑惑地看向那盒白玉糕。

莫非是白玉糕有毒？可白玉糕又是從哪來的呢？又是誰那麼狠毒，要殺死趙婆子？趙婆子一介奴僕，雖然品行不怎麼樣，壞毛病一堆，可也不至於落到被人毒死的地步。

莫非……有人要害自家母女倆，趙婆子見財起意，昧下了主家的東西，卻不想死於非命？一想到這個可能，柳葉就覺得背後濕漉漉的，後怕不已。

「娘，我們先回屋，等莊頭來了再計較。」看到柳氏一臉蒼白，柳葉趕緊上前扶柳氏回到正屋。

柳氏喝了幾口水，精神才稍微好了些，看著身邊鎮定自若的女兒，不禁輕笑。這丫頭，不知是不知者無畏，還是心性堅毅，感覺女兒自上次受傷後性情就變了許多，小小年紀就經歷了那樣的事，真是苦了孩子。

# 第三章　趙婆子之死

莊頭很快就來了，看了眼院中的情況，嚇得瑟瑟發抖，站在院中不敢動彈。莊上唯一的赤腳大夫，已經被柳葉吩咐去查驗趙婆子的死因。柳葉搬了張椅子，與柳氏一起端坐在堂前等待消息。

「回娘子、姑娘，那白玉糕有毒，趙婆子應是吃了那糕點才中毒身亡。至於其他的，我一赤腳大夫，實在是查不出來。」赤腳大夫上前回話。

柳葉知道這大夫能力有限，也不為難他，揮揮手讓他下去了。

「李莊頭，今日我們娘兒倆出門半日，沒想到竟出了這樣的事，你是這整個莊子的莊頭，可知發生了什麼？」柳氏驚魂未定，強打起精神開始問話。

「回娘子，我也不知啊，白天一直在地裡忙活，沒注意到這邊有什麼事發生啊！」李莊頭雖然看著恭敬，答起話來卻是推脫之詞。

「李莊頭，你身為莊頭，莊子裡出了人命官司，你想脫身怕是行不通的，還是老老實實答話的好。今日我們出門後，可有誰來過家裡？」柳葉一邊拿出帕子看了看，一邊慢條斯理地開口說話，作態十足。

「回、回姑娘，我、我、我也不知道啊！」李莊頭結結巴巴地回話，眼神亂飄。

「哦？那桌上的那些東西是哪裡來的？那可是綢緞和金釵。李莊頭，不會是你孝敬給我們的吧？」

「不不不，不是的、不是的，是有人來過，坐、坐馬車來的，我、我沒看清。」李莊頭趕緊否認。開玩笑，今天這事看著就玄，這大戶人家的陰私，他也聽說過一些，可得小心些，離得遠遠的。

「哦？當真沒看清？」望著站在院子裡滿臉害怕、眼神亂飄的李莊頭，柳葉慢悠悠地又加了句。「這可如何是好？我們就兩婦孺，這都出了人命了，我看還是去縣裡報官吧，請縣官大老爺來為民作主。」

「這這這……娘子、姑娘，可不能報官啊，這趙婆子是府裡的人，應、應該報給主家知道，可不能報官啊！」李莊頭擦了把額上的冷汗。出了這樣的事，別人都是能瞞則瞞，這小姑娘怎就想著往外捅呢？這要是報了官，丟了主家的顏面，自己的罪過可就大了，萬一因為這事真的牽扯出府裡的某些人，整個莊子都沒好日子過了。

「主家？李莊頭，你看仔細了，這上面坐著的可是夏府的主母，不知李莊頭你要報給哪個主家知道？誰才是你的主子？」柳葉一改冷淡神色，疾言厲色起來。

「回、回娘子、姑娘，小人不敢、小人不敢啊……我、我想起來了，是孫嬤嬤來過，東西都是孫嬤嬤帶來的……我當時還奇怪呢，這孫嬤嬤來了，怎麼沒跟娘子問安就走了。其他的，小人真的什麼都不知道啊！」李莊頭嚇得撲通一聲跪倒在地，囁嚅了好久，才說了實話。這小姑娘小小年紀，怎看著比娘子還可怕，那雙眼睛就跟能看透人心似的。

「早說實話不就得了，平白浪費那麼多口舌。李莊頭，我也不為難你，你找幾個人把趙婆子的屍體安置了，再把這些東西收一收，明天一早去一趟府城夏府，給府裡的孫嬤嬤帶句話，就說趙婆子走了，總得有人來送送，煩勞孫嬤嬤辛苦跑一趟。」

「是、是，我這就去安排。」李莊頭既怕又怨，卻不敢不從，悻悻地退了下去。唉，從娘子來的那時起，他就知道，他們沒安生日子過了，這才過了多久就鬧出人命，明天去府城還不知道會出什麼么蛾子呢。

「另外，再找個人來做晚飯。忙了一天也累了，都散了吧。」柳葉拂拂身上並不存在的灰塵，扶著柳氏就進了屋，不再理會外面的事。

晚上，柳氏母女倆坐在一起說話。柳氏的精神明顯好了許多，臉色也不再蒼白，看著垂頭思考的女兒，愛憐地摸摸她的頭。「姊兒，等孫嬤嬤來了，就讓她帶著趙婆子走吧，這事就這麼算了吧。」

「怎麼能這麼算了？娘，您仔細想想，趙婆子一個沒權沒勢的奴僕，誰跟她有那麼大的仇恨，要置她於死地？這事八成是衝著我們來的，肯定是趙婆子起了貪念，昧下了府裡送來的東西，卻不想因此送了命。」

「娘知道，趙婆子雖貪婪，可她也算是為我們母女擋了災。就讓孫嬤嬤把她帶回家，好好安葬了吧。」

「娘，您也知道趙婆子是替我們擋了災，是府裡有些人想置我們於死地。娘，我們不能就這麼算了，他們既然做了第一次，肯定還會有第二次、第三次，只要我們母女不死，他們是不會罷休的。」

「唉，那可怎麼辦呢？我原本想著來了這莊子也好，清清靜靜的，好好把妳養大，即使一輩子不回府裡也沒關係，現在可如何是好？」只要一想到趙婆子的死，柳氏就後怕不已。

「娘，不如和離吧！」

柳氏被女兒的話嚇了一跳，滿臉驚愕，看著她說不出話來。

「娘，現在這種情況，要不和離，要不就回府去跟他們爭、跟他們鬥。」

「唉，鬥什麼啊，妳娘我雖占著正妻的名頭，卻是從沒當過家的，丈夫冷漠、婆婆厭棄，沒權勢、沒人脈。妳姥爺雖是舉人，卻也是仕途無望、家道中落的，我沒個兒子傍身，拿什麼去跟那些人爭？」柳氏一臉落寞。

「娘，既然這樣，那就和離吧。這麼多年了，娘受的罪還不夠嗎？現在我們被罰到莊子上，他們就越發大膽，連毒藥都送來了，與其被害死，還不如就此和離。娘，您的繡活那麼好，肯定能賣個好價錢的，我也會幫家裡幹活，我們離開夏家，過自己的日子不好嗎？」

「這……」柳氏有些動容，她也是從小嬌養長大的，斷文識字、知書達禮，夏家的罪，她也是受夠了。

「娘，您不會還對爹有什麼想法吧？他那樣對您，說寵妾滅妻都不為過，那樣的男人，有什麼值得您留戀的？」柳葉見柳氏有些意動，繼續勸說。笑話，要是在現代，這種渣男早就讓他哪邊涼快哪邊待著了。

「那倒沒有，我早就知道他娶我就只是為了我爹的舉人名頭，即使有什麼感情，也早被他這些年的所作所為給磨光了。」柳氏的臉紅了紅。對女兒談夫妻感情，還真不適應。「可是和離……能行嗎？」

「行的，娘，咱就這麼做……」柳葉看母親同意和離，笑得滿臉燦爛，母女倆嘀咕了好一陣子才睡下。

# 第四章　柳氏和離

第三天下午，孫嬤嬤就來了，朝正屋主座上的柳氏恭敬地行禮，又問了柳葉的安，才站在廳堂中央等著問話，禮數周全。

「府城離這裡也有一天的路程吧？孫嬤嬤真是勤勉，昨兒才派人去帶話，今兒就來了。」柳葉仔細打量著眼前的婦人，意味深長地道。

「孫嬤嬤路上辛苦了，坐下回話吧。」柳氏端坐在主位上，裝作不經意地指著邊上小茶几上的糕點，說道：「這白玉糕還是前兒府裡送來的，孫嬤嬤，妳也嚐嚐。」

看著那碟白玉糕，孫嬤嬤臉色煞白，撲通一聲就跪了下去。「娘子……」

「孫嬤嬤，趙婆子死了，事情妳也知道了，姜妹妹既然派了妳來，必是有話交代妳，妳起來說話吧。」柳氏輕啜了口茶，慢慢說著。

「謝、謝娘子。」

「孫嬤嬤，我們有件事想請姜姨娘幫個忙。我娘想要和離，還請姨娘從中周旋，促成此事。」柳葉悠悠地開口，沒有一點請人幫忙該有的態度。

「娘子，老奴不敢，姜姨娘也不敢啊！」孫嬤嬤剛站起的身子又跪了下去，還連磕了幾個頭。雖然她們早就料到柳氏會藉此事提些要求，她們也打算見機行事，卻沒想到柳氏竟是要和離。何況有些事只能做，不能說。

「孫嬤嬤，這些年府裡一直是姜妹妹在辛苦，她又有新姊兒和佑哥兒，我這個主母早就名存實亡了，若是姜妹妹能幫我在老爺和老太太面前說說話，讓我和離而去，想來妹妹必是下任主母的不二人選。如此，我得了清靜，姜妹妹得了實惠，佑哥兒他們的地位也能更高，何樂而不為？」柳氏看著孫嬤嬤，表情冷淡，語氣卻很是真誠。

「娘子明鑑，姨娘一向尊重您，絕不敢造次。」

「孫嬤嬤，趙婆子的屍體還在她屋裡躺著呢，妳這個態度，我們可就不能好好聊天了。」柳葉厲喝一聲，一臉怒色。

「孫嬤嬤，這事要是成了，對雙方都有好處，要知道，手上一旦沾了血，可就洗不乾淨了。孫嬤嬤，妳把我的話帶給姜妹妹，姜妹妹是個聰明人，知道該怎麼選擇的。好了，妳回去吧。」柳氏說完就端起茶杯。

姜氏的動作很快，過沒幾天，孫嬤嬤就親自來接柳氏母女回府敘話。

到達夏府時，已經是華燈初上。進了客廳，柳氏母女朝主位上的兩人端端正正地行禮。

「見過老爺、老太太。」

柳葉抬頭看了眼自己的便宜老爹，那臉都快黑成墨了，他應該很憤怒吧，一向不放在眼裡的女人竟然敢跟他作對。

「柳氏，聽說妳要和離？」夏老太太率先問話，那神態有鄙夷、有怒氣，就是沒有長輩對晚輩的和藹。

「回老太太，是的。」柳氏回答雖輕，語氣卻堅定。既然已經決定要和離，那自己就該強硬起來，不能再像以前那樣軟弱。

「放肆！」夏老太太一拍桌子，吼道：「妳個賤婦，妳這是要我夏家成為全青州的笑柄，真是心思歹毒！玉郎，休了她，這就休了她！」

「娘，消消氣，您可是我們家的老祖宗，可得保重身體啊！」姜氏趕緊上前，一邊幫老人家順氣，一邊勸道：「有老爺在呢，老爺會處理好的，您老人家就該開開心心地安享晚年，可別氣著了，老爺會心疼的。」

「三娘，妳這又是鬧哪一齣？不就是讓妳們娘兒倆去了趟莊子，就鬧著要和離，妳讓我的臉面往哪裡擱！妳的三從四德都學到哪裡去了？」夏玉郎輕咳一聲，一開口就開始訓話。

「夏老爺何必矯情？你都在這客廳見我們了，意思已經很明白，又何必如此惺惺作態？」柳葉見她們到來後，茶也沒有一口，連座都不讓，就讓她們母女倆站在廳堂中央，跟審犯人似的就來氣。

「妳！妳怎麼說話的，妳娘就是這麼教妳的？」夏玉郎怒不可遏，抓起茶盞就要扔過去。

「老爺，有話慢慢說，孩子還小呢。」姜氏趕緊攔下，一邊勸，一邊朝柳葉使眼色。

柳葉輕哼一聲，轉過頭。

「柳氏，妳想要和離，不可能，除非休妻。」夏玉郎怒瞪柳葉一眼，轉頭冷冷地對柳氏說道。

「老爺，我爹好歹也是個舉人，再不濟，也認識幾個官場上的同窗。」柳氏也變得尖厲起來，冷冷地道：「老爺是不想好聚好散了？」

「妳……」夏玉郎又要發怒，姜氏又一次拉住他，低聲在他耳邊說道：「老爺，想想新姊兒，袁仙師可是說了，新姊兒以後貴不可言。」

夏玉郎聽了姜氏的話，怒氣立刻消了，安撫地拍拍姜氏的手，轉身對柳氏道：「柳氏，妳既然執意如此，以後可別後悔，我這就寫和離書，從此以後，妳我橋歸橋、路歸路，互不相干。」

「多謝老爺成全。」柳氏輕輕福了個禮。「和離後，我只有唯一一個要求，婉柔得跟我走。」

「妳……簡直得寸進尺！婉柔是我夏家的女兒，哪兒也不准去！」夏玉郎的怒氣又噌噌地往上冒。

「夏老爺，你我之間也沒多少父女之情，你又何必要把我留下，日日在你眼前礙眼呢？再說，要是有我在，新姊兒即使變成嫡女，地位也會差上一等的。」剛才姜氏對夏玉郎說的話，雖然刻意放輕了聲音，柳葉還是聽見了，雖不清楚具體情況，但也不妨礙她拿來用一用。

「走，讓她走，一個不聽話的賤丫頭，跟她娘一樣可惡。」夏老太太一邊開口，一邊嫌惡地擺手。

「多謝夏老爺和老太太成全。」柳葉跟著母親一起行了禮就出了客廳。

燈火通明的大街上，母女倆一人揹著一個包袱，手拉著手往前走。

「娘，真是開心，從此以後，我們就自由了，不用再受夏家那些人的惡氣了。」

「是啊。」按了按懷裡放著的和離書，柳氏感覺整個人前所未有的輕鬆自在。

「娘，這和離書是不是還要去官府報備啊？」

「是啊，明天就去，現在我們先安頓下來，明天辦完事我們就回妳姥姥家。」柳氏滿臉喜悅，拉著柳葉向一家客棧走去。

「娘，從此以後我要跟娘姓，就叫……柳葉，葉子的葉。」

「好，以後葉兒就跟著娘姓。娘會多繡些繡品去賣，給我們葉兒買好吃的，買新衣服穿。」兩人邊說邊進了一家客棧。

# 第五章　清河柳家

第二天一大早，柳氏母女早早去官府辦了和離手續，夏玉郎沒來，只派了管事來確認一番就匆匆走了。柳葉也不理會，只要事情順利辦好就行。吃過午飯，兩人就租了輛馬車，往清河縣去了。

清河縣離府城大概半天的路程，路上，柳氏向柳葉說起姥姥家的情況。

姥爺柳老爺和田氏生了三兒三女，大兒子出生沒多久就夭折了，連族譜都沒上。長女柳元娘遠嫁去了齊州府，已經很多年沒聯繫。大舅柳懷孝是個秀才；大舅母娘家姓張。大表哥柳承宗今年十六歲，在書院裡讀書；大表姊柳玲玉今年十三歲。二姨母柳潤娘早些年難產死了，連個子女都沒留下。小舅柳懷仁前年剛成親，小舅母娘家姓王，目前還沒有子嗣。

柳家在柳氏爺爺那一輩還是有些家底的，可惜柳老爺不懂庶務，一心讀書，最大的心願就是柳家能出個官老爺。自從柳懷孝二十歲中了秀才，柳老爺大為高興，直呼兒子比自己長進，從此更是看中這個長子，幾乎有求必應，慣得柳懷孝三十多歲的人，還是只會伸手要錢，家底就這麼一點點被掏空了，到現在除了正在住的宅子，只剩下兩間鋪子和二十畝田地。鋪子由柳懷仁打理，銀錢卻是要上繳公中，可以說，全家人的生計都靠柳懷仁一人。

前幾年田氏生病，柳老爺發話，把內宅的管家權交給了大舅母張氏。

「娘，姥爺還真不是一般的偏心啊。」聽了這些事，柳葉禁不住感慨，被柳氏輕拍了下額頭。

夜幕降臨，柳氏娘兒倆抵達柳家，此時柳家剛吃完晚飯，見到柳氏母女，都是一臉驚訝。

一一見禮完畢，問及柳氏回來的原因，柳氏把事情經過一說，屋裡就炸開了鍋。

柳老爺陰沈著臉，開口就罵。「逆女！和離那麼大的事，誰給妳的膽子？從小教妳的三從四德，都學到狗肚子裡去了，我這張老臉都讓妳丟盡了！」

「姥爺，和離怎麼了？夏家都把毒點心送來了，要不是我們命大，這會兒早就死了。難道要我們死了，姥爺才高興嗎？」看到柳老爺第一時間不是關心女兒，而是擔心自己的臉面，柳葉愣了愣，話語脫口而出。

「哎喲，葉丫頭可別亂說，什麼死不死的，心疼死我老婆子了。」田氏一把拉過柳葉揉進懷裡。「老頭子你瞎說啥呢，三娘都被欺負成這樣了，得趕緊想個主意才是。黑心的夏家人欺人太甚，我可憐的女兒啊……」說著就哭了起來。

「爹，夏家這是寵妾滅妻啊！三姊也是，要是早早給家裡帶信，看我不打上門去！三姊和離了也好，以後就留在家裡，兄弟養妳。」柳懷仁緊握著拳頭，指節發白，氣得不輕，不過他氣的是夏家，氣柳氏都被人欺負成這樣了也不吭聲。

「別胡說，什麼叫和離也好？三從四德是女子的德行！三妹一聲不吭就和離回家，這傳出去了，我們柳家的顏面還要不要了？」柳懷孝與張氏對視一眼，開口說道。

「就是、就是，我們家老爺還要考科舉進官場呢，這要是有個和離的姑奶奶，對老爺的名聲也不好啊！」張氏接收到丈夫的眼神，趕緊接話。

「大哥，我讀書沒你多，不知道那麼多的大道理，我只知道，三姊被欺負了，做兄弟的就不能不管。」說完，柳懷仁轉過頭去不看自家大哥，呼呼地直喘氣。

「我聽我家仁哥的，三姑奶奶這些年受苦了，回家也好，我們必定好好供養三姑奶奶。」小舅母王氏表情怯怯的，說出的話倒是鏗鏘有力。

「小弟，我也沒說不管三妹啊，只是這事要從長計議。爹，您看三妹這事，怎麼辦才好？」柳懷孝不跟弟弟爭辯，轉頭望著柳老爺。

「什麼怎麼辦？就在家裡住著！誰要是反對，我老婆子就跟誰急！」田氏說著，還狠狠地瞪了眼柳老爺。

「姥爺，我娘會繡花，我也會幫忙幹活，我們不會白吃白住的，讓我們留下來吧。」柳葉不太想留下來，畢竟是外來的靈魂，作為母親的柳氏會包容她、教導她，可其他人呢？同處一室，萬一……可看著母親蒼白的臉，想想母親的處境，這時候她肯定希望能得到娘家人的安慰吧？

「哎喲，乖姊兒，留下來，都留下來，姥姥在呢，誰也不敢趕妳們走。」田氏一邊哭女兒的命苦，一邊又為女兒感到欣慰，還好有個貼心的外孫女，不然女兒以後可怎麼辦？

柳老爺吧嗒吧嗒抽著旱煙，看看老妻，又看看女兒，想著這個女兒小時候也是嬌寵過的，再說和離書都簽了，還能怎麼辦，不由長嘆一聲。「行了，先安頓下來吧。老大媳婦，去收拾個房間；老二媳婦，去看看廚房還有什麼吃的，時候不早了，收拾收拾就歇了吧。」說完率先出了正廳，回屋睡覺去了。

柳家只是個簡單的二進院子，正屋當然是柳老爺夫妻倆居住，東邊廂房住著柳懷孝一家四口，西次間住了柳懷仁夫妻。

柳氏娘兒倆畢竟是女眷，就收拾了西梢間出來給她們住。西梢間比較小，柳懷仁搬了面四扇屏風過來，才勉強把房間隔成裡外兩間。

晚上，柳葉躺在床上，久久睡不著覺。從白天的表現來看，這柳家估計不能久住，不是她小人之心，事實都是殘酷的，柳老爺是個偏心的，還是個死要面子的迂腐老頭；柳懷孝是個自私自利的，考了十幾年的舉人卻毫無進展，三十好幾的人，兒子都快結婚了，還賴在家裡當啃老族，用膝蓋想都知道不是個好的。柳懷仁一家倒是重情的，可誰也不知道以後會如何；何況還有個張氏，跟柳懷孝一個德行，竟然還是當家大嫂，以後的吵鬧爭執肯定少不了，再重的感情也會在無止境的爭吵中磨滅殆盡。

不行，明天得找柳氏合計合計，看看自家手上還有多少銀錢，得好好想想以後的生計。

# 第六章　交出嫁妝

還沒等柳葉與柳氏商議，張氏一早就來了，一進屋就看到那顯眼的四扇屏風。

「喲，這不會是弟妹的那個嫁妝屏風吧？這可是好東西呢，一直珍寶似地收著，怎就在三妹這裡？」

「這是昨兒小弟他們送過來的，我也只是暫時借用一下。」柳氏正在裡屋收拾東西，趕緊拉著女兒一起出來。「大嫂，快坐。昨兒回來晚了，屋裡亂得很，這不正在收拾呢，讓大嫂見笑了。」

「也是，昨兒妳就這麼突然跑來了，真是把我們嚇得夠嗆。」張氏大咧咧地坐下，柳氏拿起桌上的茶壺給她倒了杯茶，柳葉也乖乖地上前叫了聲「大舅母」。

「嗯，小葉啊，妳出去玩，我跟妳娘說說話。」張氏朝柳葉擺擺手，示意她出去。

「我去裡屋整理東西。」柳葉說了聲就轉過屏風去了。笑話，這大舅母一看就不是個好相處的，柳氏這幾天臉色不好，精神懨懨的，她可得盯緊，免得娘親被欺負了去。

「去吧、去吧。」張氏也不在意，轉過頭對柳氏道：「柳葉？怎麼就取了這麼個名，原先的名字不是挺好的嗎？」

「孩子自己取的。孩子既然跟了我，我總想著能讓她過得順心些，也就同意了。」

「三妹啊，不是我說妳，和離這麼大的事，妳怎不跟家裡說一聲就這麼決定了呢，連個轉圜的餘地都沒有。」

「大嫂，和離的事，我不後悔。」

「好好好，先不說這事了。今天我過來是想跟妳說，妳既然在家裡住下來了，那就把嫁妝拿出來吧。」

「大嫂說的是什麼意思？」柳氏一臉震驚。

「三妹啊，家裡的情況妳也知道，一家人都指望著那兩間鋪子過活，生活是一年不如一年，家裡連個僕婦都請不起了。承宗也到了議親的年紀，這要花錢的地方多著呢，妳既然和離歸家了，好歹補貼一下家用不是？」

「大舅母，大舅快四十的人，承宗哥也十六了，都有手有腳的，既然生活困難，為什麼不出去找個活計，在這裡惦記妹子的嫁妝？」柳葉聽到外面兩人的談話，簡直驚呆了，一下子就從裡間衝了出來。

「胡說什麼？妳大舅跟妳承宗哥是要讀書考科舉的，怎麼能去做那些粗活，這以後當了官，哪還有臉面在外行走？」張氏惡狠狠地瞪了柳葉一眼。

「大舅是個秀才，出去當個教書先生，不會辱沒斯文的，總比惦記自家妹子的嫁妝有臉面多了。」柳葉輕嗤一聲，一臉鄙夷。

「妳妳妳……妳個小兔崽子，大人說話，哪有妳插嘴的分兒？小小年紀，牙尖嘴利，頂撞長輩，傳出去以後還怎麼嫁人！」張氏立刻就惱羞成怒起來。

「大嫂，孩子還小，有些話可不能亂說。」柳氏站起來，把柳葉拉到身邊，輕摸了一下她的頭，說道：「葉兒，去外面玩，娘跟妳大舅母說說話。」

「娘！」柳葉直跺腳。

「乖，去吧，娘心裡有數。」柳氏安撫地拍拍柳葉的背，語氣卻嚴厲了些。

「哼！」柳葉甩開柳氏的手，跑回裡屋，一下又衝了出來，瞪了張氏一眼，甩門去了外面。

「這孩子……」張氏氣得說不出話來。

「大嫂，嫁妝的事，爹和娘是什麼意思？」柳氏不回話，直接問道。

「能有什麼意思，爹娘都多少年不管家了。」張氏恨恨地坐回去，嘆了口氣，開口道：「歸家的女兒上繳嫁妝也是慣例，家裡的情況妳也看到了，實在養不起兩個閒人。」

「大嫂，別說了，妳等我一下，我們這就去見爹娘。」柳氏打斷張氏的話，進了裡間。

張氏見柳氏說完就走，撇撇嘴，拿起茶杯來喝了一口茶。

「走吧，大嫂。」柳氏進去後，直接從櫃子裡拿了個盒子就出來了。

兩人一起出了屋往正房走去，一直在屋外偷聽的柳葉想跟上去，被柳氏一個眼神給制止了。

正屋裡，柳老爺看到女兒和大媳婦一起進來，稍微直了直身子，端坐著不說話。

田氏趕緊放下手中的繡活，問道：「怎麼一起過來了，可是有事？」

「爹、娘，剛才大嫂來跟我說起嫁妝的事，我覺得大嫂說得有理，女子無私產，爹娘還健在，我沒道理拿著嫁妝不放。」柳氏說著，打開盒子放到桌上，只見裡面放著幾張銀票和一些金銀首飾，張氏眼中的貪婪一閃即逝。

「女兒不孝，當年爹娘給的嫁妝，只剩下這一百五十兩銀票和一些首飾，這就交給爹娘，還請爹娘收下。」

「三娘啊，妳這說的是什麼話，誰讓妳拿嫁妝出來的？老大媳婦，是不是妳對三娘說什麼渾話了？」田氏驚訝地看看女兒，轉頭就質問起張氏來。

「娘，歸家的女兒把嫁妝交給家族打理也是慣例。」

「胡扯！那是有田產、房契的，女子不好拋頭露面，才託家人幫著打理。三娘有什麼？就幾兩體己銀子，妳也要惦記，說出去也不怕丟人！」田氏大怒，指著張氏罵。

「娘，我也不想啊，您幾年沒當家不知道，家裡實在沒多少銀錢了，來年孝哥和承宗兩人都要下場考試；弟妹進門也幾年了，隨時會給您添孫子；三妹娘兒倆又住了進來。娘，您也要體諒一下媳婦不是？」張氏不敢回嘴，只是一個勁兒地叫屈。

「再怎麼說也不准拿妳妹子的嫁妝。雖說女子無私產，但有句話怎麼說的？『男得家產，女得吃穿』，三娘就這麼點嫁妝，斷沒有交出來的道理。」

「娘，我知道您心疼女兒，可女兒也心疼您，這嫁妝是我自願拿出來貼補家用的，權當是女兒的一點孝心。」柳氏走過來，撫著田氏的後背，幫她順氣。

「行了，吵啥呢，三娘既然說是她的孝心，就收下吧。老大媳婦，把東西拿下去入帳。」柳老爺敲敲煙桿子，一錘定音。

「是，爹。」張氏立即喜笑顏開，拿起桌上的盒子就退了出去。

「爹、娘，女兒也下去了，您二老好好歇著。」

柳氏一退出正房，柳葉就迎了上來。

王氏也從屋裡出來，有些擔憂地望著柳氏。

「三姊，這是怎麼了？」

「沒事，陪大嫂跟爹娘說了點事，弟妹自便，我還得回屋去收拾收拾。」柳氏勉強地笑了笑。

「嗯，若是需要幫忙的，三姊儘管讓葉兒來叫我一聲。」

「多謝弟妹了。」說完，柳氏拉著柳葉進了自己的屋子。

# 第七章　安家雙福村

回到屋裡的柳氏，一言不發，埋頭整理散落在床上的衣物。

「娘。」柳葉輕輕地喊了一聲。

「葉兒，妳說，我們搬出去住，好不好？」柳氏放下手中的衣服，心事重重。

「好啊，娘去哪兒，葉兒就去哪兒。」沒想到柳氏竟然有這想法，必須舉雙手、雙腳支持。柳葉偷偷摸了摸藏在懷裡的二十兩銀子，嘿嘿直樂。

「傻丫頭，娘現在沒什麼錢了，要是搬出去，我們拿什麼維持生計？」柳氏愛憐地摸了摸柳葉的頭。

「娘，您看，這是什麼？」柳葉趕緊拿出懷裡的兩個銀錠子，向柳氏獻寶。

「這是……？」柳氏一臉驚訝。

「嘿嘿，這是我剛才偷偷藏的，可惜當時太著急了，只拿了這些，早知道應該多拿一點的。」柳葉故作惋惜道。

「傻孩子，這二十兩銀子可不輕，妳這麼小個人，就這麼在懷裡揣了半天？」

「不就二十兩嘛，這可是銀子，再給我來個二百兩，我也肯定拿得穩穩的。」

「小財迷。」柳氏輕點女兒的額頭，在女兒的逗弄下，終於露出笑臉來。她伸手從懷裡掏出一些銀子，約莫十二兩，跟柳葉的銀子放在一起。「這是為娘偷偷藏的。」

說完，母女倆相視而笑。

「娘，有了這些銀子，我們可以找間便宜點的房子搬出去住，到時候娘可以繡花，我可以幫忙幹活。」柳葉一臉老成地規劃未來。「我偷偷打聽過，李莊頭他們那樣的，一年也花不了五兩銀子。三十二兩銀子，我們可以用很久呢。到時候我也長大了，也可以賺錢養家了。」

「妳個小丫頭，還知道賺錢養家了？」柳氏看著女兒，滿眼慈愛。「李莊頭他們有田地，雖然要交租給主家，但還是能留下六成的。我們不一樣，米、麵、蔬菜、柴火樣樣都要買。」

「那我們就去鄉下，鄉下的房子便宜，我們就租間房子住好了，可以省不少錢。我可以上山去挖野菜、撿柴火，還能下河抓魚，這樣又可以省下不少錢了。」柳葉儘量把事情說得簡單來增加柳氏的信心。

「葉兒，妳年紀還小，可不能上山下河，很危險的，知不知道？答應娘，不能去危險的地方。」柳氏一臉嚴肅。

「知道了，娘，放心吧，我肯定不會一個人去，我會保護好自己的。」柳葉吐吐舌頭，趕緊保證。都忘了這具身體只有五歲，是沒有人身自由，也沒有自保能力的年紀。

門外傳來聲響，柳葉趕緊出去開門，柳氏也收拾東西起身迎了出來。

進來的是田氏。

「姥姥。」柳葉甜甜地喊了一聲，上前扶田氏。田氏反手牽起柳葉的手進了屋。

「娘，您怎麼來了？」柳氏趕緊讓座上茶。

「三娘，妳個傻孩子，怎麼就這麼把嫁妝拿了出來，這以後的日子可怎麼過？」田氏說著，眼圈就紅了。

「娘。」柳氏也紅了眼眶。

「老大媳婦就是個眼皮子淺的，這幾年我精神不濟，越發慣得她不知道該怎麼行事了。唉，要是哪一天我們兩老去了，這個家還不知道會怎麼樣呢？」

「娘……」

「不說這些了。」田氏擺擺手，從懷裡掏出一個銀錠子放在柳氏手上。「這是娘的一點體己，妳拿著，好歹留點錢應急。」

「娘，這錢我不能要，我沒能力孝敬爹娘，怎麼還能拿您的體己銀子？」

「拿著，聽話。」田氏將銀子又往女兒懷裡推了推。

「娘，我正好有件事，想跟您說說。」柳氏見推託不過，又想到自己要搬出去的事，就收下了銀子。「娘，我想搬出去住。」

「為什麼？」田氏乍聽消息，有些愣神。

「娘，我畢竟是出了嫁的姑奶奶，沒道理一直住在娘家。雖然和離了，但名聲也壞了，會影響大哥和承宗他們的，而且玲姊兒轉眼就要說婆家，我還是搬出去住的好。」

「三娘，是不是有人在妳面前說什麼閒話了？妳告訴娘，娘倒要看看，這個家裡到底誰說了算。」田氏霍地起身，就要發怒。

「娘，您別動氣，沒人說閒話，是我自己想搬出去住。」柳氏趕緊安撫田氏。「娘，都說好男不吃分家飯，好女不穿嫁時衣。女兒想自食其力，娘，您要相信女兒，女兒一定能過上好日子的。」

「姥姥，葉兒也會幫娘的，等我們賺了錢，就能買好多好東西孝敬姥姥。」柳葉趕緊表態。

「唉，好吧，妳自己也是當娘的人了，心中自有主意，我也不多說了。晚上妳弟回來，我讓他來跟妳好好合計合計。」田氏見女兒態度堅決，也不好多說，唉聲嘆氣地走了。

晚飯後，柳懷仁夫妻就來到柳氏屋裡。王氏一進門就拿出十兩銀子放在桌上。

「三姊，聽說妳要搬出去住，我和仁哥也沒多少體己，這十兩銀子妳收好，就當我們的一點心意。」

「弟妹，這可不行，我們不能拿你們的錢。」

「三姊，妳的嫁妝都被大嫂要了去，現在又要搬出去住。小弟我心裡難受啊，只恨自己沒本事。三姊，這銀子妳一定要拿著。」柳懷仁一臉傷感。

「這……好吧，就當三姊跟你借的，等日子好一點就還你。」柳氏收下銀子，繼續說道：「小弟，三姊這裡還有事要請你幫忙。你人緣廣，幫三姊找一找，看有沒有合適的房子可以租賃的。」

「要便宜的、獨門獨戶的，最好是鄉下，但也不能離縣城太遠。」柳葉小大人似的接口道。

「喲，我們小葉兒也知道提條件了，不過這要求有點多啊，這樣的房子可不好找。」柳懷仁打趣柳葉。

「小舅神通廣大，肯定能找到又好又便宜的房子。」柳葉連忙給柳懷仁戴高帽。

「好，為了咱小葉兒，小舅一定找間好房子給葉兒住。」

沒幾天，柳懷仁就找了一間位於雙福村的小院子。那是個獨門獨戶的小院，原主人舉家去了外地，院子就歸了村裡，空著也是空著，里正便作主以一年二兩銀子租給柳氏。雙福村離縣城不會太遠，坐馬車半個時辰就到了。柳葉跟著柳氏去看過，覺得不錯，就定了下來。

收拾了些衣服、細軟，又在縣裡買了些糧米油鹽等必需品，柳氏母女就搬去了新家。臨走時，張氏裝腔作勢地說了些場面話，就笑嘻嘻地送走了柳氏母女。柳懷仁兩夫妻跟過來幫忙收拾，田氏不放心，也一併跟著來雙福村。

# 第八章 柳氏懷孕

搬家的動靜不小，周圍的幾戶人家都來打探消息，想看看新鄰居是什麼人。柳氏拿出帶來的瓜子、點心招待，又趕緊去廚房燒水、泡茶。村人都是淳樸的，得知柳氏和離過，一開始還有些微詞，後來田氏、王氏她們刻意多說了些柳氏的好話，在聽到夏家人拿毒點心打算毒死柳氏時，這些人對柳氏母女就只剩下憐憫了。

一直忙碌到太陽西斜，柳氏送走田氏一行人，看著安靜又整潔的院子，不禁感慨萬千。

「葉兒，這兒以後就是我們的家了？」

「是的，娘。」柳葉趕緊上前拉住柳氏的手。

「以後咱們就可以關起門來過自己的日子，不用再看誰的臉色了。」

「是啊，娘，晚上我們可得做點好吃的慶祝一下才行。娘，我們去做飯吧，我都餓了呢。」柳葉拉著柳氏往廚房裡去。

第二天，柳氏拎著禮物，帶著柳葉，一一拜訪村裡的人家。

雙福村總共也就二十幾戶，可一家家地走下來，也是累得夠嗆。柳葉感覺兩條腿都不是自己的了。柳氏更甚，臉色煞白，搖搖欲墜。

「喲，這是怎麼了？臉色這麼難看，怪嚇人的。」快到家門口的時候，碰到隔壁趙六叔家的嬸子趙錢氏，趕緊上來扶了一把。趙是雙福村的大姓，趙六叔在他那一輩裡行六，在村裡人緣極好。

「六嫂啊，我沒事，可能是累著了，沒什麼大礙。」柳氏也確實有點支撐不住，就著趙錢氏的攙扶進了屋。

「這臉白的，要不讓我家小子去喊謝大夫過來看看？」謝大夫是個赤腳大夫，多年前搬來村裡，一個人住在村東頭。剛才送禮的時候，柳葉母女倆已經去拜訪過了。

「也好，有勞六嫂了。」柳氏也覺得身上不舒服，便點頭答應了。

沒一會兒，一個十歲左右的小男孩就帶了個頭髮花白的老頭進來了。老頭臉色陰沈，也不說話，坐下就給柳氏把脈。

「沒什麼大事，累著了而已，懷著身子的人，還不注意點，聽說妳今天跑遍了整個村子，走了一天的路？真是不要命了，細皮嫩肉的，妳以為妳是村裡那些婦人啊，整日勞作，身強力壯，不怕折騰？」謝大夫口氣不善。

「懷孕?!」一屋子人都傻了。

「是啊，快三個月了，妳自己不知道？」謝大夫明顯有些生氣。

「這……多謝大夫，以後一定多多注意。」柳氏有點不知所措。

「大夫，我娘沒事吧？需要吃安胎藥嗎？」柳葉也被驚到了。

「吃什麼吃，是藥三分毒，注意休息就行了。況且安胎藥不要錢啊？妳家又沒個男人，是能亂花錢的主兒嗎？小孩子家家的，不知道生活艱辛。」謝大夫有些吹鬍子瞪眼了。

「謝謝大夫，我這妹子年輕不懂事，以後一定注意著。」趙錢氏趕緊出來打圓場。

「行了，也沒什麼事，我先走了。」謝大夫起身要走。

「葉兒，快給大夫拿診金。」柳氏忙道。

「不用了，又沒開藥，要什麼診金？那點錢留著給自家買點好吃的吧。」謝大夫揮揮手就走了。

「六嫂，這……」柳氏有些猶疑。

「沒事，謝大夫就這脾氣，以後妳就知道了。」趙錢氏笑著開解柳氏。

「嘿嘿，我去找謝爺爺的時候，謝爺爺在整理草藥呢，被我硬拽來的，正生氣呢。」趙石頭擠眉弄眼地道。趙六兩口子有兩個孩子，老大趙春花是個十三歲的大姑娘，兒子趙石頭十歲，活潑好動，正是狗都嫌的年紀。

「行了，我也得回去了，妳好好歇著，晚飯就不要起來做了，一會兒我讓石頭給妳送過來。」趙錢氏見沒什麼事了，起身要走。

「這怎麼好意思？」柳氏想拒絕。

「沒事，就妳們娘兒倆，能吃得了多少？白天的點心，我不也二話不說就收了？好了，葉丫頭，照顧好妳娘，要有什麼事就來隔壁喊嬸子。」說完就拽著趙石頭回家。

屋子裡只剩下柳氏母女倆，柳葉看著柳氏的肚子直樂呵。

「葉兒，怎麼了？」柳氏被看得有點小羞澀。

「娘，我馬上就要有小弟弟了呢。」柳葉一臉期待。

「哪有那麼快，算算日子，最快也得到十一月，那時候該下雪了吧？」柳氏輕輕摸著肚子，滿臉幸福。「對了，葉兒，這個孩子要不要跟夏家說一聲，那邊畢竟是孩子的爹。」柳氏突然想到夏家，一臉糾結。

「肯定不能說啊。」柳葉一臉不認同。「娘，夏家那樣的人家，要是把弟弟要回去了，弟弟還會有好日子過嗎？長不長得大都是個問題。再說了，弟弟可是我們家的頂梁柱，以後要支撐門庭的。」

「妳個小丫頭，哪來那麼多心思？」柳氏輕戳了下女兒的額頭。「行，那咱就聽葉兒的，誰也不告訴，以後這孩子就跟葉兒一樣，跟著娘姓。」

「沒錯。弟弟可要快快長大。」柳葉開心起來，上前摸了摸柳氏並不顯懷的肚子。

「妳怎麼知道是個弟弟？說不定是妹妹呢。」柳氏逗自家丫頭。

「妹妹也好啊，要是妹妹，我就辛苦些，護著妹妹。但要是個弟弟，我就可以偷懶，讓弟弟護著我就可以了。」柳葉嘻嘻笑著與自家娘親說笑。

晚飯是趙春花送來的，滿滿一大碗菜肉餛飩，柳葉看到餛飩，有了個主意，只是還不成熟，得多了解情況才能決定。唉，她可是要當姊姊的人了，得想法子賺點錢才行，可這小身板做啥啥不行，還真是難辦。

# 第九章 生活瑣事

一早起來，看著只剩缸底的水，柳葉就犯了愁。前兩天的水是搬家那天小舅幫忙挑滿的，現在可好，柳氏懷著身子，肯定不能做挑水的活兒，而自己的小身板，估計一天也挑不滿一缸水。還有柴火，總不能三天兩頭跑到縣裡買吧？後院的那塊地，她也想整理，把雜草拔一拔……

柳氏看著自家閨女已經繞著桌子走了兩圈，也不知道在想些什麼，不由得好笑。

「葉兒，想什麼呢？娘看妳的頭髮都快愁白了。」

「娘，咱請個人吧？挑水、砍柴，還有後院那塊地，這些重活我們自己做不了。」

「這還真是個問題，我懷著身孕，妳又那麼小，是該請個人幹這些重活。可請誰呢？怎麼個請法？我們孤兒寡母的，萬一出點事可怎麼辦？又不能買個人回來，我們沒那麼多錢啊。」柳氏也開始糾結起來。

「娘，咱不買人，這鄉下地方，哪有人買下人的？咱就請個人，也不用做別的，每天送兩捆柴來，再把水缸挑滿就行……就請趙六叔吧，娘，您看如何？」

「趙家大哥？」

「是啊，趙六叔就住隔壁，遠親不如近鄰嘛。再說了，我看趙六叔一家人都挺好的，搬家那天，其他人都圍在桌子前吃點心、聊天，就趙六叔一家來幫忙，我還看到趙六叔幫小舅一起挑水呢。」

「我家葉兒真是長大了，還會看人了。聽葉兒的，就請妳趙六叔，只是這工錢該怎麼算？」柳氏笑道。

「工錢的事我再想想，還得看趙六叔肯不肯接這個活兒呢。」

母女倆商量好，柳葉便揣了些錢，去了隔壁趙家。柳氏畢竟是和離過的女人，很多事情要避嫌，現在又懷著身孕，柳葉更不能讓她出門了，請人這種事，也只好她這個孩子出面。

「六嬸？」趙家院門敞開，柳葉喊了幾聲便走了進去。

「葉兒，妳來了？找我娘啥事？」春花手裡捧了個破碗就迎出來，她剛才正在餵雞。

「春花姊，我找趙六叔有點事，他在家嗎？」

「爹娘都下地去了。妳有啥事？要是我能做的，妳直接跟我說，我去幫妳。」

「春花姊，我是想請趙六叔每天來幫我家挑水、砍柴，我們家出工錢。」

「不就是挑水、砍柴嘛，出啥工錢？一會兒我爹回來了，就跟他說，保證給妳辦好了。」

「呃，好吧，春花姊，那我先回去了，等趙六叔回來了再跟他細說。」柳葉想了想，也不解釋，打算當面跟趙六叔談，便不再多說，告辭出來回了自家。

傍晚時分，趙六便帶著女兒春花一起來了，還帶來兩捆柴火。話沒說上兩句，就要去挑水，柳葉趕緊攔住他，把人請進屋裡坐下說話。

「六叔，白天您不在，我也沒跟春花姊說清楚。是這樣的，我們家打算請個人幫忙挑水、砍柴，每天送一擔柴，再把水缸挑滿就行。每個月給一百五十文錢。」柳葉打聽過，去外面做工，工錢是三十文一天。

「哪能呢，就那麼點活計，都是做慣了，每天收拾自家的時候就順便，不用給工錢的。都是一個村，說出去會被戳脊梁骨的。」趙六連連擺手。

「六叔，您聽我說，這不是只幹個一天、兩天，要是短時間內幫幫忙，我也不會提什麼工錢，那是埋汰六叔您。可我這活計，是要長時間做的，可能一做就是幾年，所以這工錢必須得給，六叔要是不肯收工錢，那我只能另外找人了。」

「這……行吧，妳這丫頭，畢竟是大戶人家出來的，這說話、做事真是了不起，小小年紀，比我家春花還強。」

「六叔，春花姊可比我厲害多了，屋裡屋外一把抓，幹活可俐落了，我可是羨慕得緊呢。」

「哈哈，都好、都好，都是好孩子。」聽見有人誇獎自己閨女，趙六哈哈大笑起來，滿臉驕傲。

「六叔，這是二百文錢，其中一百五十文是一個月的工錢，另外五十文，我想請您把我家後院那塊地整理一下。」

「行，六叔也不跟妳矯情，這錢六叔就收下了，保證幫妳把事情辦好。至於後院那地，妳打算種啥？」

「不種啥，我娘懷小弟弟了，地裡的活兒我也做不動，六叔幫我把雜草清掉就成。」

「那多浪費，好好的地給荒著。這事妳別管了，六叔幫妳搞定，種點好養活的，能收多少是多少，也好過妳去買菜吃不是？」

趙六的動作很快，一家人齊上陣，幾天工夫，柳葉家後院那塊地就整理好了，並種了些蔬菜，柳葉覺得工錢給得太少，要再給趙六他們補貼一點，被趙錢氏一巴掌拍在屁股上就不敢出聲了。

天氣晴好，太陽曬在人身上暖烘烘的。柳葉與柳氏坐在窗臺前，一人練字，一人繡花。看到柳氏繡的喜鵲登枝圖，柳葉眼珠一轉，突發奇想道：「娘，我幫您畫花樣子吧？」

「喲，我們葉兒會畫花樣了？來來來，畫給娘看看。」柳氏滿臉堆笑，逗弄自己閨女。

「畫就畫，若畫好了，娘可一定要繡喔！」

「肯定繡，就給葉兒繡條帕子可好？」

「好。」柳葉露出一抹得逞的壞笑，從屋裡拿出好久沒用的炭條，在白紙上畫了一盤粽子，還給它們一一加上表情，賣萌的、瞇眼笑的、發怒的……一個個憨態可掬。

「喲，葉兒，這畫的是啥？」柳氏一臉新奇。
「粽子啊。娘，您看，粽葉這樣畫，像不像粽子寶寶穿了件衣服？」
「像，這粽子都被妳畫活了，一個個都像我家葉丫頭似的，鬼靈精一樣。」
「娘，端午節快到了，要是我們拿繡了這些圖案的繡品去賣，會不會多賣些錢？」
「這圖案新鮮，以前都沒見過，小姑娘們應該會喜歡。只是這圖案簡單，配色也單一，價錢不好說，還得看繡鋪的掌櫃怎麼看。」
「嘿嘿，娘，要不我們多繡幾個不一樣的，拿去繡鋪裡試試？」
「行，試試就試試，就是些帕子、荷包之類的小玩意兒，也費不了多少時間的。」
沒幾天，東西就做出來了。二十幾樣成品中，其中三方帕子、三個荷包繡的都是神態各異的粽子；另外四方帕子，繡了Hello Kitty、呆萌的龍貓，還有大象和唐老鴨，都是些簡單的卡通畫。

# 第十章　趕集

今天是五月初一，一大早，村裡三叔公家的牛車上就坐滿了人，亂哄哄的，都是去城裡趕集的。

柳氏娘兒倆、趙錢氏、春花也擠在上頭。今天柳氏是打算順便回去看看田氏的，娘兒倆都刻意打扮過，在一群莊戶裡頭有些顯眼，惹得幾個媳婦酸溜溜地低聲說著什麼。柳葉不理她們，只跟春花玩鬧。

進了城，眾人就作鳥獸散，約定申時集合回村，牛車不等人，錯過時辰就只能自己想辦法回去。柳氏、趙錢氏一人拉著一個閨女，一起去了「錦繡閣」。

錦繡閣的掌櫃是個有點胖的四旬婦人，一看到趙錢氏就迎了上來。「趙家妹子，快一個月不見了，這次交貨可是晚了一點。來來來，我看看，是不是繡了啥好東西了？」

趙錢氏一邊把一個包袱拿出來，打開給掌櫃檢查繡品，一邊熟絡地道：「吳掌櫃，您看，這些是上次從您這邊拿布料回去加工的。這些是我們自家繡的，您算算。」

「哎呀，這香囊是春花姑娘繡的吧？這繡工又進步了呢。趙家妹子，妳真是養了個好閨女。」吳掌櫃只是稍微翻了翻那些繡品，就交給旁邊的伙計去算錢。都是老主顧了，彼此都熟悉。

「嘿嘿，多虧了我家這位妹子，都是她教得好，她的繡工可是好著呢。這次她也拿了些繡品來賣，吳掌櫃，您可得給個好價錢才是。」

「行了、行了，妳我這都多少年了，我吳胖姑的人品妳還信不過？妳放心好了，只要貨好，價格肯定虧不了妳的。」吳掌櫃跟趙錢氏打趣一聲，就看向柳氏，那雙小眼跟探照燈似的打量著。

「吳掌櫃，小婦人姓柳，這些是我繡的一些小東西，您給掌掌眼，看給個什麼價合適？」柳氏趕緊把小包袱打開，也就是些帕子、荷包之類的，布料和繡工明顯比趙家那些繡品高了不少。

吳掌櫃伸手接過，認真地端詳起來。

柳葉敏銳地看到，她在看到那些繡了卡通圖案的帕子時，眼睛都亮了。

「妹子這手藝確實不錯，可以給個一等的價錢，這些布料也算上乘，妹子又是第一次來。這樣吧，我吃點虧，帕子三十文一方，荷包四十文一個。」

「吳掌櫃，我妹子的繡工這麼好，您再加幾文唄！」趙錢氏討價還價。

「趙家妹子，我這裡的價格妳也知道，妳自己說，我有沒有加價？」

「這……吳掌櫃，就按您說的價格算吧。」柳氏其實是第一次自己出來賣繡品，心裡完全沒底。以前在夏家，雖然受氣，但好歹還有些嫁妝，夏家也不敢太虧了她們娘兒倆的吃喝，也就不用靠賣繡品換錢。

「好嘞！十五方帕子、六個荷包，總共是……」

「等一下。」柳葉趕緊上前，把那幾個卡通圖案的繡品挑了出來。「這幾個我們不賣。」

「哎，小姑娘，妳這……」吳掌櫃看看柳葉，又看了下柳氏。春花也偷偷地拉柳葉的衣服，在她看來，一方帕子三十文已經是高價了。要知道，她們這些拿料子加工的，最高也就一方帕子十文錢。

「掌櫃的，這幾個跟其他的可不一樣，帕子最少一百文，荷包一百五十文。」柳葉雙手護著那些繡品，一臉認真。

「哎呀，我的姑娘，那我可收不了了。柳娘子，妳也知道，這些帕子的花樣、配色都很簡單，一百文一方帕子，我賣也賣不出去這麼多錢啊！」吳掌櫃不管柳葉，直接找柳氏說話。

「掌櫃的，您別跟我娘說，沒用，這些花樣是我畫的，所以這些繡品的價格我說了算。」

「喲，小丫頭，看不出來啊，本事不小，那妳說說，為啥妳這帕子要一百文？」

「我剛才看了，您這店裡最貴的帕子要五百文呢！」柳葉拿出自家的一方帕子，指著那粽子圖案說道：「我這帕子上的圖案，掌櫃是第一次見吧？很新穎別致對不對？我賣的就是這份新奇。再說，過幾天就端午了，這圖案也應景啊，全清河就只有這麼幾條。再在掌櫃您這店裡一擺，這帕子的身價又得往上提一提，不說五百文，三百文賣出去肯定不是個事。」

「這……一百文還是太貴了，要是按這個價格收了，虧不起啊！」

「掌櫃的，這樣吧，您我各退一步，帕子八十文一方，荷包一百文一個，我還可以每個月都給您送來十條這樣的帕子，而且保證每一方帕子的花樣都不一樣。您可別再壓價了，荷包我減掉五十文了，再減，我可是會哭的。」

「哈哈，妳個小丫頭！這樣吧，每個月再加十個荷包，我就按妳說的價格收了。」

「不行，荷包和帕子總共十個。掌櫃的，東西多了就不值錢了，您賣得了高價，我也能多賺幾個錢買糖吃啊！」

「哎呀，不得了，好，就衝小姑娘妳這伶俐的小嘴，這些東西我收了。」

「謝謝掌櫃，祝掌櫃生意興隆，數錢數到手抽筋！」

「好、好，承妳吉言。」聽到柳葉的話，吳掌櫃愣了一下才反應過來。數錢數到手抽筋，好！

柳葉再一次回頭看了看後面的人，很是無語。不就是一方帕子賣了八十文，從剛才開始就一直盯著她，好像她是個怪物似的。她娘更誇張，連賣繡品的錢都忘記收了，無奈，只有她代勞了，九十文藏進自己的荷包，其他銀子交給柳氏保管。

「喂，妳們再這樣，我可生氣了啊！」柳葉衝著身後幾人做鬼臉。

「哈哈，葉兒，妳剛才實在太厲害了，把妳嬸子我都看傻了。」趙錢氏只會不斷重複這一句誇人的話。

「孀子！」柳葉一跺腳，假裝生氣。

「好了、好了，時間還早，我們四處逛逛吧！給我們葉兒買些好吃的，我們葉兒今天可是賺了不少錢呢。」柳氏寵溺地上前拉住柳葉的手。

「葉兒，剛才妳為什麼跟掌櫃說，一個月只賣給她十方帕子啊？」春花很是不解，多賣些不是能多得些錢嗎？

「春花姊，想那些新花樣可是很費腦細胞的，呃，就是很費神的，一個月要想出十個不一樣的，很難呀。」柳葉作愁苦狀。她才不會告訴她們，賣繡品不是她的目標，以後她可是要開自己的繡鋪，她的那些好東西，是要留給自家用的。

# 第十一章　遇小偷

洪記布莊門口支了幾條長案，上面放滿一疋疋的布料，花花綠綠的。長案後面，幾個伙計正賣力地喊道：「便宜啦！綢緞、棉布、麻布通通便宜啊，只此這些，賣完可就沒有了啊！」長案前，擠滿了挑選布疋的嬸子、大娘、小媳婦。

柳葉費力地從人群裡擠出來，重重地呼出一口氣，打算先找個人少的地方歇歇。「大嬸」這種群體，果然是最厲害的存在，無論身處哪個時空，只要有打折，她們就會群起而動，悍勇無比。

柳葉慢慢地往前走，她們剛才路過時看到一個茶攤，就在前面不遠處，還是去那裡坐著等娘親她們幾個吧，正好也有些口渴了。

「砰」、「哎喲」兩個聲音同時響起，柳葉感覺自己撞到了一座大山，一屁股坐在地上。

「哎呀，對不起、對不起！」一個文質彬彬的少年趕緊扶起柳葉，一邊幫她拍打身上的灰塵，一邊道：「是我不好，撞到妳了，小姑娘沒事吧？」

「沒事、沒事。」柳葉朝那少年揮揮手，繼續往前走。算了，看在他有禮貌的分上就原諒他了。

「笨丫頭。」一個冷冰冰的聲音在柳葉耳邊響起。

柳葉望著眼前這個十、十一歲左右、長得圓滾滾的小胖子，用手指了指自己。「你是在說我？」

「醜丫頭，笨死了，妳的錢袋被剛才那個人偷走了。」

什麼？錢袋？柳葉順手往腰上一摸，果然，腰上空空如也，肯定是剛才那個撞她的人，在幫她拍灰塵時順手偷走了她的錢袋。

「啊——該死的小偷！」柳葉立刻轉身，剛好看到那人轉過一個拐角不見了，拔腿就要追去，後背的衣服卻被人拉住了。

「你幹什麼？放開，別妨礙我抓小偷！」

「妳抓不住他的。」小胖子淡淡開口，還鄙夷地看了看柳葉瘦弱的小身板。

「喂，你能你去抓啊，說什麼風涼話，見義勇為懂不懂？老師沒教過？」柳葉氣憤得不行。抓不到小偷，就拿眼前這個小胖子出氣，誰叫他喊自己醜丫頭的。

「公子。」

又是冷冰冰沒有溫度的聲音，柳葉看了看突然出現的玄衣漢子，再看看像狗一樣被他拎在手裡的小偷，一時有些愣神。

小胖子朝柳葉抬了抬下巴，玄衣漢子就把一個荷包遞給柳葉。柳葉趕緊接過，打開一看，幸好銅錢還在。她看了看那小偷，牙齒磨得咯咯響，轉了一圈，從地上撿起一根小木條，甩了甩，發現還算順手。

「大叔，幫我抓緊他。」衝玄衣漢子甜甜一笑，柳葉揮手就是一木條抽在小偷腿上，邊抽邊罵：「讓你偷東西，讓你偷東西，長得文質彬彬的，不學好，讓你偷東西，穿得人模狗樣的，不做人事，竟敢偷到你姑奶奶我頭上來了，看你以後還敢不敢……」

小偷被玄衣漢子抓著，還不了手，又逃不掉，被打得嗷嗷叫。小胖子和玄衣漢子都看傻了，這姑娘太凶悍了吧？

許是打累了，柳葉丟掉樹枝，拍拍手上的灰塵，道：「好了，送官吧。」

「啊？小姑奶奶，饒命啊，錢袋都還您了，您打也打了，氣也消了，就饒了我吧！」小偷趕緊求饒，要不是被人抓著，這會兒都要跪下了。

「送官。」小胖子輕輕說了句。

「是。」玄衣漢子抓著小偷，一轉眼就不見了。

「喂，小胖子，謝謝你啊！」看到小胖子自顧自地走了，柳葉趕緊追上去。「小胖子，那個玄衣大叔是什麼人啊？好厲害啊，剛才一眨眼的工夫，他就不見了。那是輕功嗎？是輕功吧……」

小胖子司徒昊感覺自己耳邊有隻蒼蠅在嗡嗡叫個不停，不自覺地加快了步伐。

「喂，你走慢點啊，欺負我年紀小跟不上啊！慢點、慢點，我還沒問你叫什麼名字呢，今天你幫我找回了錢袋，我還沒好好謝謝你呢！」

「醜丫頭，妳再不回去，妳家人該著急了。」

「哎呀，我走了。」柳葉好似剛想起來什麼似的，急急地往回跑。今天自己不太對勁啊，竟然當街打人，還追著個小胖子不放。

匆匆趕回洪記布莊的時候，柳氏已經急得不行了，不停地拿帕子擦眼睛，春花在邊上一邊小聲安慰，一邊不時抬頭四處看。看到柳葉回來，柳氏上去就是啪啪兩下打在柳葉身上。

「妳個孩子去哪兒了？一聲不吭就沒了影，妳是要急死我啊！」

「哎，娘，別打別打，我這不是內急，去方便了嘛！」柳葉滿臉討好，沒說自己招了小偷，怕柳氏擔心。

「葉兒，妳也太膽大了，要方便妳跟我說一聲啊，我帶妳去，妳才五歲的娃兒，萬一碰到拐子，看妳怎麼辦？」春花在一旁也是一臉怒氣。

「好啦，我錯了，下次一定提前跟妳們說。」

「下次？妳還敢有下次？」柳氏怒道。

「沒有、沒有，肯定沒有下次！」柳葉連連擺手保證。「對了，六嬸呢？」

「妳六嬸也說妳應該是去方便，就去那邊的茅房找妳，應該一會兒就會回來了。」柳氏把柳葉上上下下看了個遍，發現沒什麼異樣才放下心來。

「嘿嘿！」柳葉不好意思地笑。「娘，一會兒我們去集市那邊吃東西吧，逛了大半天，都有些餓了。我請客。」

「喲，小葉子要請客？那我可得好好想想吃什麼才好。」趙錢氏匆匆趕回來，瞪了柳葉一眼，眼中有怒氣也有焦急。

柳葉趕緊上前拉了拉趙錢氏的衣袖，作乖乖女狀。「嬸子，對不起，我不該一聲不吭就自己一個人離開的，害妳們擔心了。以後我再也不敢了。」

「發現妳不見，妳娘都急壞了。妳娘還懷著娃娃呢，要是有個萬一，如何是好？下次可不能這樣了啊！」

「不會了、不會了，真的不會了。」聽了趙錢氏的話，柳葉是真的後怕了。要是動了胎氣……她不敢想。

下次做事可得注意些，自己現在畢竟是個孩子，還好這次是小偷，萬一是個人販子，抱起自己就走，自己一點反抗的機會都沒有。

# 第十二章　初議擺攤

柳葉最終還是沒能請成客。她本想去集市上的餛飩攤子看看的，趙錢氏拉著她就是一頓數落，雙方僵持不下，最後柳氏掏錢給每人買了個肉包充飢。跟趙錢氏她們分開後，柳氏在街市上買了些柳老爺他們愛吃的點心就去了柳家。

進了柳家，互相見了禮，田氏就拉著女兒進裡屋說悄悄話。柳葉無聊，躲在牆根看螞蟻搬家，隱約聽到牆那頭有人在說話。

「娘，三姑怎麼又來家裡了？」這是大表姊柳玲玉的聲音。

「誰知道，三天兩頭來家裡，妳奶奶不知道又要貼補多少銀子出去了。」這是大舅母的聲音。

「娘，您跟三姑說說，讓她以後別老往家裡跑了，名聲不好。」

「怎了？可是出啥事了？」

「後街的那個李家姑娘，已經十九了還沒婆家，就是因為家裡有個被休的姑姑。娘，我都十三了，要是被人知道我們家有個和離的姑奶奶，那我還怎麼說親啊？我可是要嫁到大戶人家去的。」

「別瞎說，姑娘家家的，什麼嫁不嫁的，萬一被人知道了還怎麼嫁人。」

「是啊，傳出去了名聲不好，才十三歲的小姑娘就整天想著嫁人，也不害臊。」柳葉聽得氣急，故意大聲喊了一句，說完也不理會牆後頭那兩個嚇壞的人，跑回正屋去了。

從柳家回來後，柳氏問起，柳葉就把她聽到的話一五一十都說了。柳氏沈默了很久，之後就不那麼熱衷回娘家了，也很少出門，比以前更「宅」了。

柳葉卻剛好相反，三天兩頭拉著春花往縣裡跑。兩人一去一整天，回來後就挨在一起嘀嘀咕咕的，問她們去幹啥了，又誰都不肯說。終於在某一天的傍晚，兩丫頭把家人都叫到柳葉家裡，說是有事商量。

三個大人圍坐在桌子前面面相覷，桌上擺著幾盤餃子，散發著陣陣香氣。

「來了、來了。」趙石頭拿著幾副碗筷就竄了進來，他早就饞了。

趙錢氏趕緊接過碗筷。「你個皮猴，小心點，別把碗摔了。」後頭，柳葉和春花也各自捧著東西進來。

「六叔、六嬸，你們怎麼不吃？這可是春花姊忙了一下午才做好的。娘，您也吃。」柳葉往幾個大人碗裡分別挾了幾個餃子，自己也挾了個吃。至於趙石頭，早就捧著滿滿一碗餃子躲一邊吃去了。

「葉兒，妳做的這是什麼吃食？樣子還挺好看的。」趙六挾了個餃子，一口咬了下去。

「味道也不錯。」

「六叔，這叫餃子，是北方人的吃食，我們這裡沒有，您蘸上醋再試試，餃子配醋，天下第一。」柳葉把一個裝著醋的小碗推了過去。

趙六蘸著醋吃了一口，連連點頭。

「好吃吧？這餃子還可以做煎餃，當然，也可以像餛飩一樣配著湯吃。」柳葉開始賣力地誇起這個餃子來，畢竟她們的計劃沒有大人支持是實現不了的。「這次我和春花姊只做了鮮肉餡，等有了材料，我們還可以做三鮮餃子、韭菜餃子、蝦仁餃子等等呢。」

柳氏輕點了下柳葉的額頭，說道：「臭丫頭，哪裡來的那麼多想法？這幾天妳跟妳春花姊黏在一起神神秘秘的，就為了這餃子？說吧，有啥事？」

「嘿嘿，娘、六叔、六嬸，這餃子很好吃，對不對？那若是把這餃子拿去賣，會不會有人來吃？」

「這麼好吃的餃子，肯定有人吃。」埋頭猛吃的趙石頭抬起頭來，嘴裡的東西都沒嚥下，含糊不清地說著。

「臭小子，吃你的，有你什麼事。」趙六輕輕打了趙石頭一下，還不忘往他碗裡添了幾個餃子。

「葉兒，妳是說我們去擺攤賣？不行、不行，那可不行，我們都沒做過生意，沒得虧了錢去。」趙錢氏一聽就直接否決了。

「六嬸，這幾天我跟春花姊一直在做市場調查，也算過成本，我們這餃子只要能賣出去，就肯定虧不了。」

「葉兒，我不懂啥叫市場調查，啥叫算成本。我就問妳一個問題，做生意的本錢哪裡來？」趙六盯著餃子想了半天才開口問道。

「嘿嘿，我和春花姊都算過了，前期大概投入十兩銀子，要是六叔、六嬸同意，我們兩家合夥湊湊，等賺了錢就按比例分配利潤。」

「那人呢？我跟妳六嬸做粗活還行，算帳可不行。」趙六有些意動。兩家分攤十兩銀子，這點銀子他還是能拿出來的。兩個娃兒眨眼就長大了，嫁閨女、娶媳婦都要錢，這攤子要是真能擺起來，肯定比他去幹苦力賺得多。

「嘿嘿，算帳有我啊！」柳葉得意洋洋地說道，接觸到柳氏看過來的目光，趕緊改口道：「就算我不行，還有我娘在呢。」

「葉兒，娘知道妳是想給家裡多個進項，但做生意可不是妳想的那麼簡單。這件事我還得找妳小舅商量商量，妳小舅這些年一直在打理妳姥姥家的鋪子，經驗不少，要是妳小舅說這個餃子攤可以擺，那咱就擺；要是妳小舅說不行，那妳也別鬧，知道嗎？」柳氏一臉認真。

「對，應該商量商量，這可不是妳們小孩子過家家，是要實實在在的銀子投進去的。」趙錢氏也贊同柳氏的想法。

「那就先這樣吧，其他的等商量好了再說。我們就先回去了。」趙六起身告辭，招呼著自己的閨女和兒子就出了門。

臨走時，柳葉與春花互相使眼色，兩人心照不宣，打算用水磨工夫說服各自家人。只是還沒等到柳氏與柳懷仁商量，家裡就來了個不速之客。

一輛華麗的馬車停在柳家小院門口，車夫俐落地跳下車，擺好踏腳的車凳。馬車簾子掀開，一個粉色衣衫的丫鬟出來，保持著掀簾子的姿勢侍立在一旁，接著又出來一個嬤嬤，踩著車凳下了車，看到柳葉站在院門口，開口問道：「這位姑娘，請問這裡可是柳娘子家？會繡粽子手帕的柳娘子。」

「是的，請問你們是？」柳葉一臉好奇，這陣仗擺得有些大，不知找自家娘親有什麼事？

那嬤嬤朝柳葉點點頭表示感謝，就回到馬車旁，恭敬地說了句「夫人，到了」，接著伸出手去。馬車簾子又是一掀，一個華衣婦人探出身子，扶著嬤嬤的手下了馬車。

只見這位夫人頭戴赤金攢珠釵，身穿縷金百蝶穿花織錦宮裝，瓔珞圈、玲瓏珮，貴氣逼人。柳葉眼睛都看直了，這還是她第一次見到氣場這麼大的人，剛才那嬤嬤叫她什麼？夫人？非誥命不稱夫人，這這這……不知是貴人臨門還是災星降禍？老天保佑！

# 第十三章　繡屏風

正廳裡，宮裝婦人端坐主位，丫鬟、嬤嬤侍立兩旁。柳氏小心翼翼地陪坐在次座，至於柳葉，只能站在柳氏身後，連個座位都沒有。沒辦法，人家雖是客人，卻是有誥命在身的夫人，柳氏這種平頭百姓能有個座位，已經看在她是這家主人分上的額外開恩了。

「柳娘子，婦人夫家姓藍。」藍夫人端端正正地坐著，先自我介紹。

柳氏趕緊起身行禮。「藍夫人。」

柳葉也笨拙地行了個蹲禮。

「柳娘子，冒昧來訪，還請見諒。只因偶然間得到柳娘子繡的一方帕子，很是喜歡，想請柳娘子幫忙做一樣繡品。」藍夫人拿出一方帕子給柳氏看，正是柳氏賣給錦繡閣的帕子中的一塊。

「此帕子確實民婦所繡，能得夫人的喜歡是民婦的福分。不知夫人想繡什麼樣的繡品？民婦定當盡力。」柳氏坐在下首，有些拘謹。還好，好歹是舉人家裡教養出來的，沒出什麼洋相。

「我有個子姪很喜歡妳這帕子上的圖案，正巧過幾個月就是我那子姪的生辰，所以想請柳娘子幫忙繡一架屏風，屏風的樣式和尺寸都在這張紙上。不知柳娘子能否繡製？最好能在兩個月內完成。」藍夫人說完，旁邊的嬤嬤就掏出一張紙拿給柳氏。
柳氏仔細看了看，又想了想，才道：「回夫人，繡是能繡，只是民婦是和離過的人，給貴小公子繡生辰禮，怕是不妥。」
「這點無妨，我藍家乃是武將出身，沒那麼多忌諱，妳只需盡力繡好屏風，若是得了我那子姪的喜歡，定是少不了妳的好處。這是二十兩銀子的定金，等妳畫好繡樣，再來縣城藍府找我吧，繡製屏風所用的材料，我會著人準備好的。」藍夫人說完就要起身離開。
「還請夫人稍等。」柳葉趕緊上前一步，儘量恭敬地問道：「還請夫人告知小公子的年紀與愛好，小、小女子也好參照公子的喜好畫繡樣。」
藍夫人看看柳葉，又看向柳氏，眼中有著疑問。
柳氏趕緊上前回話。「小女魯莽，夫人勿怪。只是，先前那帕子的繡樣，確實是小女柳葉所畫。」
「哦？」藍夫人饒有興趣地看了看柳葉，對身邊的丫鬟道：「秀妍，妳留下來，跟柳娘子她們說說公子的喜好。」
「是，夫人。」叫秀妍的丫鬟點頭應是。一行人恭敬地送藍夫人上了馬車。
送走藍夫人的第二天，柳懷仁和王氏就上門來了。
柳家正屋，柳氏母女、柳懷仁夫妻倆、趙六叔、趙錢氏、趙春花，滿滿當當坐了一屋子。

柳懷仁聽完柳葉的介紹，手指敲打著桌面，想了想才道：「葉兒，小舅完全沒想到，妳小小年紀就有這樣的能耐，不但有想法，還知道去調查，很好。可是做吃食生意，最重要的還是在吃食本身。妳這個餃子雖新穎，但做法簡單，很容易被人學去，要是沒有高人一籌的口味，生意雖說不一定會虧，但也長不了。」

「小舅，做餃子看似簡單，其實還是很有門道的，尤其是餡料的調配，同樣的材料由不同的人來調製，做出來的餃子味道就會不同。再說了，我們只是開個吃食攤子，面對的是普通百姓，實惠、飽腹才是最重要的，只要味道不錯，就不怕沒人來吃，何況我們還有不同的餡料和不同的吃法。」

「好，葉兒，今天我和妳小舅母就在妳家吃飯，妳做些餃子出來，要是讓妳小舅母吃得滿意了，小舅我不但同意妳做這門生意，而且我們不擺攤子，直接開鋪子。」

「啊？」這回輪到柳葉傻眼。「小舅，我們成本不夠啊，即使租鋪子，房租加前期投入，差不多要百兩銀子吧？而且光一個餃子，擺攤還行，開鋪子就太單一了。」

「妳小舅我好歹還有些人脈，租間小鋪子，房租月繳，前期的成本壓力就會少很多，我們再想法子湊些銀錢，這鋪子也就能開起來了。至於品項，妳小舅母做得一手好麵條，她早有開鋪子的想法了，可惜家裡不支持，一直沒能開成。」

「真的？那還等什麼，走走走，去廚房。」柳葉躍躍欲試。「小舅母、春花姊，妳們來幫我。一會兒我寫張單子，小舅去幫我買些東西。娘，您就歇著吧，過幾天就要繡屏風了，這段時間好好保養雙手。」

柳葉是個行動派，說做就做，把人指使得團團轉。柳氏無奈地笑了笑，隨她們去折騰。趙錢氏卻不高興了，高聲喊柳葉。「葉兒，人人都有事做，那我呢？」

「哎呀，還想讓六嬸休息休息，吃現成飯的呢，既然六嬸想幫忙，那就來幫我們燒火吧！」

柳家廚房立刻熱鬧起來，趙六家還沒完全長成的芹菜也被柳葉「禍害」了一些回來。柳葉做了兩種餡料，純肉餡和芹菜鮮肉，水煮、油煎各一盤。王氏本想做一道雪菜肉絲麵，柳葉讓趙六去山上的竹林尋了幾根春筍，切片加了進去，一碗不是很地道的「片兒川」就這麼成了，再加一碗雞絲麵，也是湯色鮮亮，香氣撲鼻。

柳葉想了想，又做了魚香肉絲蓋飯和照燒雞腿蓋飯，滿滿當當擺了一桌。其實這頓折騰，操刀掌廚的還是王氏和春花，柳葉就是個邊上動嘴的，偶爾上去示範一下而已。

大快朵頤後，柳氏最喜歡片兒川，趙錢氏對煎餃情有獨鍾，趙六表示蓋飯最合他的胃口，有肉有菜還管飽。石頭卻最喜歡雞腿飯，畢竟雞肉是過年都不一定能吃上的好東西。

趙懷仁給出的評價是：雖然比不上大酒樓，但開一間吃食鋪子已經綽綽有餘了。

柳葉卻有些遺憾。時間倉促，準備不足，最重要的是有些食材她弄不到，魚香肉絲和照燒雞腿都是快手款，味道不夠地道。那種明知有缺陷卻無可奈何的感覺，對於一個吃貨來說，真是要了命了。

# 第十四章　再見小胖子

最後，王氏出了三十兩銀子入股，說是自己的嫁妝銀子。柳葉理解，畢竟小舅一家還沒分家出來，想要賺些體己銀子，王氏出面是最好的。

趙六家出了十五兩，六嬸笑說春花的嫁妝銀子都搭進去了，要是賺不回來，春花就沒有嫁妝了。柳葉表示為了讓春花姊能風光出嫁，一定加倍賺回來，起碼得翻個十倍，羞得春花掩面而逃。

柳葉家出了三十五兩，柳葉本想多出點的，可想著柳氏懷著身孕，手頭不多備點銀錢，實在不放心。

眾人約定好，店鋪利潤按入股比例分配，每人再按照自己在店鋪中的分工發工錢。廚房由王氏和春花負責，其實趙錢氏的廚藝比春花還好一些，可春花已經十三了，不好經常拋頭露面，便讓春花去了廚房，趙六夫妻倆一起承包店裡所有的髒活、累活。柳懷仁只說幫他們找鋪面和供貨商，卻不肯來店裡上工，柳葉想想也就作罷，畢竟柳懷仁還要管理柳家的兩家店鋪。

柳氏擔負起掌櫃的重任，本來柳葉是想讓柳氏在家養胎，她自己收錢、記帳，奈何沒人信得過她，就怕五歲的娃兒幫倒忙。柳葉心裡苦啊，勞心勞力，卻沒工資拿。

被眾人嫌棄的柳葉灰溜溜地跑回房，拿出自製炭筆開始畫繡樣。所謂自製炭筆其實就是選粗細合適的柳條製炭，又用粗布裹了一層又一層，效果不錯，就是容易弄髒手，而且作品不容易保存，一不小心就被擦掉了。

藍夫人要求的屏風是架四扇的折屏，送禮的對象是位十歲上下的小公子，活潑開朗，只是半年前家裡出了點變故才一直鬱鬱寡歡。前幾天看到那粽子手帕竟然笑了，還好奇問起手帕的來歷，藍夫人這才親自上門，希望柳氏的屏風能給自家這個子姪帶來一些笑意。

柳葉打算用四格漫畫畫幾個勵志小故事，只是主角有些奇怪，不是動物就是植物，還有食物、器皿，空白部分再以不同的花邊點綴。想了想，又畫了卡通版的十二生肖，讓柳氏幫忙著色，便拿著兩幅繡樣去了藍府。

進了藍府，柳葉才算見識到什麼叫低調的奢華。進了大門，才知道裡面別有洞天，亭臺樓閣、奇花異石，僕人穿梭其中，井然有序。

這次來沒能見到藍夫人，上次去過柳葉家的大丫鬟秀妍負責接待她，留下繡樣就吩咐了個小丫頭送她出府。路過花園時，柳葉看到不遠處的亭子裡有個熟悉的身影，正是那天幫她抓小偷的小胖子，一個人坐在那兒發呆。

柳葉猶豫了一下，打算裝作沒看見，雖然挺沒禮貌的，可小胖子會出現在這裡明顯身分不一般，自己就是個鄉下野丫頭，還是不要主動攀扯的好。

「醜丫頭，過來。」

小胖子這一聲喊，送她出府的丫鬟滿眼的探究，柳葉只想裝作沒聽見直接走人。

「嗨，小胖子，好巧。」柳葉強扯出笑，那小丫鬟卻是臉都變了，滿臉驚駭，都嚇得說不出話來了。

小胖子抬手揮退了小丫鬟，又指了指身邊的位子，示意柳葉坐下。「來送繡樣？」

「嗯，你怎麼知道？」

小胖子指了指柳葉腰間的荷包。「屏風是繡給我的。」

柳葉看了自己的荷包半天，才反應過來。自己這個荷包是那天被小偷偷走的那個，最簡單的款式，上面就繡了一雙眼睛和一張嘴，只要裝滿東西，再將荷包的繩子一拉，就是一個有表情的包子。小胖子的意思是，他因為荷包，想到了粽子帕子與她有關係，才有了藍夫人上門求繡品的事。

「呃，說話能不能說全了？猜來猜去很累。不過，還是謝謝你，屏風我們一定會好好繡的。」

小胖子看了柳葉一眼，不再說話，轉頭看向遠方，不知道在想些什麼。

「……」好吧，小胖子明顯情緒不對，看在他幫過她的分上，柳葉決定陪他發呆。

「說話。」柳葉正神遊天外，小胖子突然冷冷地吐出兩個字，繼續目視前方裝深沈。

「啊？說什麼？」柳葉一臉迷茫。

「隨便。」

「咳咳，那什麼……藍少爺，上次的事，謝謝你。」柳葉只能輕咳幾聲，沒話找話。

「我不姓藍，上次的事也不記得了。」

「喂，你一個小孩，小小年紀裝什麼深沈？老娘不陪你玩了。」柳葉這就怒了，起身就要走。

「坐下，陪陪我。」小胖子終於正臉看向柳葉，臉帶乞求。

「這是怎麼了？不開心了？被欺負了？」這一眼看過來，柳葉就淪陷了。這才是小正太該有的表情，先前那冷冰冰、愛理不理的樣子真是欠揍。

「今天是我娘的生辰。」

「這是好事，幹麼不開心？難道是不知道送什麼禮物？還是禮物弄丟了？要不要我幫你找找？」

「她半年前就去世了。」

「呃……對不起。」

「那些人，可能早就忘記還有我娘這麼一個人了吧。」

「喂，小胖子，想不想聽聽我的故事？我有爹，卻還不如沒有爹。兩個月前，我同父異母的弟弟、妹妹欺負我，我那個爹不但沒為我作主，還一巴掌打暈我。奶奶不給我請大夫，還把我們母女倆打發到莊子自生自滅，我躺了整整十天才醒過來。其實那時候我已經死了，是菩薩可憐我，才把我送了回來……」

柳葉滔滔不絕地把自己的經歷說了，把自己說得悽慘無比。不是說最好的安慰是看到別人過得比自己更慘嗎？看在小胖子人不錯的分上，就犧牲一下自己吧。

「小胖子，我聽說過一句話，子女是父母生命的延續，你娘走了，你更要每天都開開心心的，因為你不只為你自己而活，還為你娘而活。別難過了，把傷心丟掉，把母愛藏在心裡，她會陪著你一直走下去的。」

小胖子怔怔地看著柳葉，看得她直發毛，接著突然站起身就往亭子外走。柳葉愣愣地看著，敢情自己剛才浪費那麼多感情，小胖子還是一副欠揍樣。

「昊。」快走出亭子時，小胖子輕輕說了一個字。

「好？好什麼？」

「笨丫頭，我說我的名字叫昊，昊天的昊。」小胖子司徒昊狠瞪了柳葉一眼，酷酷地離開了，獨留柳葉一個人在亭子裡跳腳。

「小耗子、臭老鼠，跩什麼跩？就這麼走了，你好歹把帶路的小丫鬟還給我，我不認識路啊！」

# 第十五章　店鋪開張

五月下旬，吃食鋪子終於要開張了。

「有間食鋪」——不會取名的柳葉，絞盡腦汁只想了這麼一個名字，好在幾個大人都慣著她。而鋪子裡的吃食，主打還是餃子、麵類和蓋飯。

鋪子不大，上下兩層，沒有後院。一樓隔出一間廚房、一個小小的雜貨間，再擺個櫃檯就沒什麼空位了。柳葉本想打製一些長桌椅，可是摸摸乾癟的荷包，還是作罷，去舊貨市場買了一批桌椅，重新上了漆，樓上樓下都擺放好。

趙六在雜貨間裡安了個簡易木床，打算晚上守夜時住。柳葉不同意，天宇王朝治安還不錯，一間小鋪子而已，沒必要守夜。可趙六不肯，說是住店裡安心。柳葉心想好吧，在地裡刨食了半輩子，下定決心才把家裡的積蓄拿出來開鋪子，心裡不踏實，想守著鋪子那就守著吧！一切都準備妥當，柳氏和趙錢氏特意去廟裡請高僧算過開業的日子，可牌匾卻遲遲定不下來。本想請柳老爺寫的，畢竟柳老爺的舉人功名可是實打實的，可柳老爺不肯，說自己苦讀詩書不是為了給商鋪寫牌匾的。柳葉就想不通了，都是憑自己本事吃飯的人，憑什麼看不起商賈，他自己不還開著兩間鋪子嗎？

既然柳老爺不肯幫忙，柳懷孝就更不用說了，看到柳葉就一甩袖子走人。柳葉撇撇嘴，自己還真沒打算讓柳懷孝寫牌匾。柳氏的字不錯，可她說自己是個女子，而且只會寫小楷，幫忙寫菜譜已是不得已而為之，牌匾是萬萬不行的。最後只好交由柳懷仁寫牌匾，字體一般，但勝在方正。

這世上總有些人長得人見人愛，做的事卻讓人討厭至極。這不，鋪子還沒正式開業，小胖子司徒昊就來了，樓上樓下逛了個遍，嫌地方小，不好；沒有包廂，不好；沒有裝飾物，不好；菜譜太簡單，不好；味道一般般，不好……把柳葉家的店鋪貶得一無是處。

小胖子其實不胖，可柳葉看著司徒昊那一臉鄙夷的臉，就渾身不爽，心裡大罵死耗子、臭老鼠，卻又不敢動手轟人，因為抓小偷那天見過的玄衣漢子正一言不發地站在司徒昊身後，寸步不離。

「醜丫頭，筆墨伺候。」司徒昊終於停止貶低鋪子，在一張桌子前坐定，跟柳葉要東西。

柳葉撇撇嘴，從櫃檯拿出一本全新的帳簿，連帶筆墨一起遞過去。沒辦法，店裡只有帳簿，沒有其他可稱之為紙的東西。

看著自家主子與柳葉小姑娘大眼瞪小眼，盯著對方不放，玄衣漢子不淡定了，轉身出了店鋪，沒一會兒就捧著上好的筆墨紙硯回來，恭恭敬敬地立在一旁研墨。

司徒昊提筆蘸墨，「有間食鋪」四個大字一揮而就。柳葉不懂書法，看著那幾個大字，只覺得賞心悅目，跟柳懷仁寫的那幾個字一比，簡直雲泥之別。

柳葉忍不住讚嘆。「喲，字不錯！」

司徒昊放下筆，拿出一個印章按了上去，嘴裡還嘀咕一句。「人醜，取的店名也醜。」收起印章，司徒昊一言不發出了店鋪，玄衣漢子趕緊跟上，臨走時深深看了柳葉一眼，說了句「便宜妳了」，就匆匆追自家主子去了。

看到司徒昊走了，躲在廚房裡的趙六一家人才敢走出來。原本過來店裡是來打掃的，順便看看還有什麼需要準備，沒想到司徒昊會來，進來後就指名只要柳葉招待他。這主僕倆的氣場太強，趙六一家人大氣都不敢喘，只能躲在廚房裡偷偷看外面的情況。

「葉兒，這小公子是誰啊？長得那麼好看，可表情怎麼那麼可怕呢？」趙錢氏問。

「請我娘繡屏風的藍府公子。」柳葉一邊回答，一邊仔細看司徒昊的那幅字。順平居士？這是小胖子的號？一個小孩竟然有號？還自稱居士？柳葉怎麼也沒辦法把這個號跟小胖子聯想在一塊兒。不過這幅字……回頭裱起來掛在櫃檯後的牆上，想來還不錯。

鋪子終於開業了。開業當天，柳葉在櫃檯旁擺了個大木桶，裡面是熬得濃濃的骨頭湯，再放一疊碗，所有來店裡吃飯的顧客都可以自己動手盛上一碗，免費供應。同樣價格的吃食，卻可以多得一碗骨頭湯，且柳葉家的吃食味道也好，客人想不多都不行。

但是漸漸的，柳葉就發現不太對。點一碗青菜麵，喝完麵湯再把骨頭湯往麵裡一倒，把青菜麵當排骨麵吃也就算了，帶著自家的水壺來盛湯是什麼意思？最後柳葉沒辦法，在木桶旁立了塊牌子，限一人一碗。

最後，藍府的屏風沒能繡成。藍府派了個管事來，說藍夫人提前回京了，屏風不用繡了。管事的留下二十兩銀子就走了。柳葉笑嘻嘻地接過，就當是違約金。二十兩銀子呢，能頂不少事呢。

趙六最終還是沒能留在店裡守夜，柳葉用藍府給的二十兩銀子買了輛牛車。身為兩家唯一的成年男子，趕車的活兒就落在趙六身上。每天早出晚歸，雖然辛苦，卻也開心，尤其每天店鋪關門算帳的時候，一個個眼睛亮晶晶的，聽著柳氏報帳，那臉上的笑容掩都掩不住。

柳氏的肚子漸漸大起來，去店鋪的時辰也越來越晚，有時乾脆不去，於是收錢、記帳的事就落在柳葉的頭上。對於柳葉做帳房，眾人一開始是不信任的，柳氏在一旁帶了幾天，發現不但沒出錯，小丫頭還自己製了個表格，收入、支出一目了然，只是每天都要讓她重新抄一遍帳本，畢竟丫頭還小，字都認不全，很多時候都是用符號表示，真是難為丫頭了。

# 第十六章　大姨來訪

日子就這麼安穩地來到九月，店鋪生意很不錯，雖然賺不了大錢，卻也在穩定成長。

柳葉則是深深感覺到人手不足，這幾個月大家都瘦了不止一圈，尤其是趙六一家，店裡、地裡兩頭跑，農忙時實在沒辦法，還關了幾天店門，把趙錢氏給心疼的，恨不得自己有分身術。可當柳葉一提起要請人，就會被全數否決。柳葉就想不通了，開鋪子賺錢不就是為了提高生活品質嗎？為何現在卻反過來了，一個個累成狗似的，還不願意花錢請人，真是無語又無奈。直到王氏查出有了身孕，實在沒辦法，才不得不請人做工。

柳葉讓趙錢氏頂了王氏的缺，與春花一起負責廚房，再請了個年輕小伙子張鐵蛋做跑堂，又請了個婦人彭於氏做雜事。趙六漸漸能兼顧自家的地，除了每天接送幾人外，就只在大集時在店裡幫忙。

這天，柳葉回家，一進門就發現家裡多了些人。

柳氏趕緊迎上來介紹，原來是多年未見的大姨一家。大姨柳元娘是個四旬婦人，穿著嶄新的棉布衣衫，頭戴一支銀釵，眼睛紅紅的，顯然哭過，面色卻很和藹可親。

大姨夫姓南宮，是個老實木訥的人，跟他說話，他只會對著妳笑，四十多歲的人了還會臉紅。兩個表哥是十二歲的雙胞胎，南宮凌和南宮杰，文質彬彬的，長衫直裰，作書生打扮。表姊南宮玉才六歲，躲在兩個哥哥身後偷偷看柳葉，還不時跟兩個哥哥咬耳朵。

一家人熱熱鬧鬧吃了晚飯，柳元娘一家今天留宿在柳家。好在柳家只有柳氏母女倆，東、西廂房一直空著，稍微收拾一下就能住了。

晚上，柳氏母女倆照例一個抄帳本，一個解說，漸漸地，話題就帶到了柳元娘一家身上。柳葉才知道柳元娘嫁到南宮家多年未出，婆婆很不待見她，連寄封家書都要偷偷摸摸的。苦熬了幾年，直到南宮凌、南宮杰兩兄弟出生才稍微好些。幾年前，公婆過世，一家人分家過，才算真正過上了好日子。大姨夫自知這幾年虧待了柳元娘，父母的孝期一過，就帶著一家人回岳父家，打算多住些時日，過完年再回齊州。

說起大姊，柳氏的眼睛又有些紅。「好在分家協議是早就寫好的，妳大姨夫為人憨厚，沒要鋪子，就多分了幾畝地，整整四十畝良田呢。妳姨夫又是個會疼人的，這次竟然為了陪妳大姨回娘家，那麼些地說託人就託人，白白浪費了兩成的糧食。妳大姨也算是有福了。」

「娘，我們的日子也會越來越好的。鋪子每日的進項您也看見了，只要我們好好經營，肯定能賺很多錢。」

柳葉不禁感慨，別人的爹從來就沒讓人失望過，自己的那個渣爹，想想都窩火。前幾天聽說攀上了京都的權貴人家，舉家去京都發展了。柳葉心裡希望離那家人越遠越好，可也怕柳氏堵心，這事就一直沒跟她說。

「對，會好起來的。對了，妳大姨還給了我三十兩銀子，我推託不過，就收著了。」柳氏一臉不知如何是好的樣子。

「娘，那是大姨的心意，就收著吧，等我們日子好過了，再好好報答大姨一家。」突然想到一事，柳葉有些興奮地跟柳氏道：「娘，弟弟差不多再一個月就要出生了吧？」

柳氏摸著自己隆起的腹部，滿臉慈愛。「算算日子，還有二十幾天。」

「娘，跟您商量一件事，我們把這房子買了吧！我問過里正，我們現在住的房子連著地契二十兩，很划算呢。我打聽過，要是全用青磚的話，二十兩只是蓋房子的錢，還不一定夠呢。我們這房子，雖然只有正屋用的青磚，可卻是連著地契一起的。」

「這……」

「娘，弟弟就快出生了，您總不能讓他生在租賃房裡吧？正好大姨給了三十兩銀子，天時地利人和，咱就把這房子買了吧！」柳葉開啟撒嬌模式。房子和地都是固定資產，她們家沒男人，地暫時不考慮，房子總該買吧！

柳氏撫摸著自己的肚子，想了想就答應下來。「好，明天我就讓人帶話給妳小舅，讓他幫我們跑跑腿，把這房子給買下來。」

這一夜，柳葉睡得特別香甜。夢裡，她有房、有車，還有一大堆白花花的銀子……

第二天，柳元娘一家就回了縣城柳家住，可沒幾天就又來了，這次是來辭行的。

柳氏嚇了一跳。「不是打算過完年再回去嗎？怎麼突然就要走？」

說起其中的原因，柳葉就很好奇，大舅母張氏真是人才，總有辦法把身邊的親人都給得罪了。柳葉看看柳氏的大肚子，眼珠子一轉，拉著柳元娘的衣袖不放手了。「大姨不要走，就在我們家住著好不好？娘快生小弟弟了，我怕。大姨，您留下來吧！」

「哎呀，我們葉兒小小年紀知道心疼娘了啊！」柳元娘看看柳氏的大肚子，又看看自家丈夫，說道：「也好，把妳們娘兒倆丟在這兒我還真不放心，一個快生了，一個不知事，那我就留下來吧，反正本來就是打算過完年再回去的。」

「姨夫、表哥和表姊也一起留下來？」

「好，反正家裡的地都託給別人了，現在回去也沒事可做，就留下來幫三妹做些粗活。」大姨夫摸摸頭，憨憨地笑著，眼睛卻不離柳元娘半寸。

柳葉看了不由感慨。狗糧無處不在啊！

就這樣，柳元娘一家在柳葉家住了下來，柳元娘每天陪柳氏做做家務事、聊聊天；南宮姨夫砍柴、挑水、整理菜地，有時還會上山下河帶些野味回來。趙石頭也不去店鋪了，每天帶著南宮家的兩個小子滿田野亂跑，還好兩位表哥都是懂事的，每天都會自動看看書、寫寫字，據說打算明年下場試試水。

其間，田氏往柳葉家跑了幾次，看著女兒的大肚子，囑咐這囑咐那，還一個勁兒地提醒柳氏，生產那日一定要派人去喊她過來。

# 第十七章　謝老談話

這天，柳葉帶著幾盒點心去找謝老大夫。自從那天謝老大夫出手救了柳氏母子後，柳葉就隔三差五地帶點東西去看謝老大夫，有時候是幾盒點心，有時候是自家做的葷菜，有時候是一雙鞋子。

漸漸熟悉後，柳葉才知道，謝老大夫可不是一般的赤腳大夫，他是青州府最有名的醫藥世家的老祖宗。老伴過世後，他就獨自揹著藥箱，走街串巷，做一個遊醫。直到幾年前才在雙福村住下來。脾氣雖怪了些，卻是個真正濟世救人的好大夫。

謝老大夫正在院子裡收拾藥材，一邊立著個十歲左右的小公子，認真地聽謝老大夫講解藥材的特性。

「謝爺爺，這是我大姨做的點心，拿了些來給您嚐嚐。」柳葉抬手揚了揚手中的紙盒，隨手把盒子放在一邊的桌子上。

「葉丫頭啊，妳大姨還沒回去？」謝老大夫抬頭看了眼，一邊挑揀藥材，一邊跟柳葉聊天。

「沒呢，大姨說等我娘坐完月子再回去，正好可以回家過年。」

「曾祖父，這丫頭是誰啊？」謝俊不淡定了，偷瞄了柳葉好幾眼。這丫頭竟然叫自家曾祖父為爺爺，那自己不是平白矮了人家一輩？

「哦，俊兒啊，這是葉丫頭。葉丫頭，這是俊哥兒，來陪我老頭子的，以後啊，妳多帶他玩啊。」謝老大夫指指小公子，笑呵呵地對柳葉道。

「哼，誰要她帶我玩，比我還小，要帶也是我帶她玩。」謝俊傲嬌地一甩頭，不理柳葉。

「好的，謝爺爺。」柳葉應得爽快，心裡卻在撇嘴。哼，小傲嬌，我才沒空陪你玩，我還得去鋪子裡做事呢。

「謝爺爺，這些藥材都是您去山裡採的嗎？」看著滿院子曬的各種不知名草藥，柳葉好奇地問道。

「是啊。再採也採不了多久嘍，再過幾年，我這副老骨頭就爬不動山了。」

「哪有，謝爺爺身體硬朗著呢！」

「就妳丫頭嘴甜。」

「謝爺爺，藥材都是野生的嗎？有沒有地裡種植的？光靠山裡採的那些夠用嗎？」突然想起現代有人專種藥材拿去賣，不知道這個世界有沒有種植藥材的？

「藥材一直沒有夠用的時候，多少老百姓生病了吃不起藥。」

「那為什麼不種藥材呢？像種糧食一樣，不就能收穫很多藥材了嗎？」

「丫頭啊，妳的想法很好，可是實現不了啊。老夫家裡倒是有種藥材，那可是有專人看護的，照看得比那些名貴花兒還仔細，可是成本太高，沒辦法大片種植。」謝老大夫搖搖頭，嘆息一聲。

「謝爺爺家的草藥肯定是頂頂珍貴的，當然嬌貴了，想要成片種植肯定困難不小。我的意思是，我們能不能種些沒那麼嬌貴的，又是常用的藥材，比如柴胡、白朮、白芍之類的。」

「小丫頭，小小年紀，想法還挺多，要是真能大範圍種植藥材，又能控制成本的話，即使是最普通的藥材，那也是病人的福音。」

「謝爺爺，我覺得只要掌握草藥的生長習性，再根據當地的氣候、土質等等，選擇合適的藥草來種植，未必就不能成功。」

「臭丫頭，我們家都種不好的藥材，妳憑什麼說能種？連草藥都不認識幾種的門外漢，還想種草藥？」謝俊臭著一張臉，也不知道在彆扭些什麼。

柳葉不理他，一雙眼睛繼續盯著謝老大夫。

「丫頭，說說妳的想法。」

「我認為我們可以從簡單易活的入手，該施肥施肥，該鋤草鋤草，該澆水澆水。」

「那蟲害呢？如果大範圍種植，蟲害的發生情況也會大幅增加。」

「所以要試驗啊，我們可以圈出一塊地作為試驗田，如果不種植，又怎麼知道會有哪些蟲害呢？又怎麼去防治？」

「那還不是跟我家一樣，把草藥種植在花房裡，還是不能大範圍種植啊！」謝俊又出來反駁。

「不一樣的，你家的草藥肯定品種很多，但每種都只有幾株吧？植物間的蟲害是有可能互相傳染的，也有可能互相抑制，花房裡得出的測試數目不能完全運用到田間種植。試驗田卻不一樣，單一品種成片種植，能更完善地收集數目以便研究，而且研究成果能直接用於大範圍田間生產。」

「似乎……有些道理。」謝老大夫摸著鬍子思索起來。

「其實我打算明年種植甘菊，就在我家後院的菜地裡，到時候我就去山上選些上好的品種，移植到自家的地裡。施肥、除蟲再修剪，長成的菊花肯定比野生的品相要好，也肯定能賣個好價錢。謝爺爺，要是我種植過程中遇到了什麼難題，您可得幫我。」

「妳個臭丫頭。」謝老大夫伸手笑打柳葉。「想法天馬行空，還要勞動我老頭子，該打。」

柳葉生受了一記打，嘿嘿笑著問謝老大夫。「謝爺爺，您說，這甘菊能不能種？」

「妳真打算種藥材？」謝老大夫一臉認真地問，一雙眼睛盯著柳葉。「即使失敗也不放棄？」

「真的。失敗乃成功之母，只要我們摸索出了經驗，肯定能種植成功的。」柳葉一臉堅定地回答。

「好，那老夫就陪妳個小娃娃折騰一回。」謝老大夫重重地一拍桌子。「不過，老夫不種甘菊，老夫要種白朮。丫頭，妳說，這白朮種不種得？」

「白朮喜涼爽，怕高溫多濕，對土壤要求不嚴格，但對排水的要求比較高。播種前土地要深耕，施基肥。春分後播種，生長過程中要在合適的時間追肥，花期好像還要摘花球，不是很記得了……」柳葉滔滔不絕，完全沒意識到自己說溜了嘴。

「丫頭，妳會種白朮？」謝老大夫聽得一臉震驚，旁邊的謝俊也是不敢置信地瞪著她。

「啊？不會、不會，我、我只是在一本不知名的破書上看過一點點，瞎賣弄罷了。」被謝老大夫一問，柳葉反應過來，趕緊補充。

「書？什麼書？在哪裡？拿來我看看。」謝老大夫明顯有些激動了。

「是本破書，沒剩下幾頁了，也沒書名，已經找不到了。您也知道，我跟我娘搬了好幾次家，也不知道什麼時候就不見了。」

「唉，真是可惜。」謝老大夫一臉失望，接著突然想到什麼，拉著柳葉說道：「丫頭，來幫老頭子吧，我們一起種白朮，就用妳說的辦法，先種試驗田。」

# 第十八章 忙忙碌碌

柳葉現在非常後悔，也不知道自己當時是犯了什麼渾，怎麼就答應謝老大夫了呢？前世今生她都沒下過地，只是靠著那一點點一知半解的理論知識，真的就能把藥材給種植成功？可現在反悔已經來不及了，謝老大夫那麼大年紀的人，都被她忽悠得入了坑，她沒有勇氣去跟一個一生都在行醫救人的老人家說自己種不了藥材，只能硬著頭皮硬上，大不了就是長期作戰，一次種不成就兩次，兩次種不成就三次，一年年地試下去，總能種植成功的。

柳氏順利生了個小男娃，小娃娃真是一天一個樣，這才幾天工夫，原先又紅又皺的皮膚不見了，變得白白胖胖的，那皮膚嫩得跟剝了殼的雞蛋似的。柳葉每天回家第一件事就是掐自家弟弟的小臉蛋，被大姨罵了好幾次都改不了。

這天，柳葉照例欺負完自家小弟，開口問柳氏。「娘，弟弟都快滿月了，名字取好沒？」

柳氏想讓柳老爺給娃娃取名字，可都過去好多天了，那邊一點回應都沒有。一想到這兒，柳氏的臉色就暗了暗。「沒呢，妳姥爺那邊一直都沒來信。」

「娘，姥爺是不是把這事給忘了？要不我們自己給弟弟取名字吧？嗯……就叫柳晟睿，晟是興盛的意思，睿是聰明睿智。我們家小弟日後是要支撐門戶的，也肯定會是個聰明的孩子。娘，您說這個名字好不好？」

「柳晟睿，睿哥兒，這名字不錯。」柳氏還沒表態，站在一旁的柳元娘就已經開口稱讚了。

「大姊也覺得這個名字好？」柳氏默唸了幾遍，也點點頭。「我也覺得不錯。我們哥兒有名字了，就叫柳晟睿，睿哥兒。」

名字確定下來，幾人圍著奶娃娃「睿哥兒、睿哥兒」地逗弄著，可惜正主只是一開始哼哼幾聲，接著眼睛一閉，自顧自地睡覺去了。

睿哥兒滿月後，柳元娘一家就回去了。柳氏很不捨，可也沒法子，買了很多特產讓自家大姊帶回去。

天氣越來越冷，柳葉讓人把牛車改裝一番，加了個車棚，這樣每天來回縣城就不會那麼冷了。天氣好的時候，柳氏也會抱著小娃娃一起去店鋪幫忙。

進入冬季後，有間食鋪又推出了新的餐點——砂鍋和鐵板飯。寒冷的冬季吃上一口熱騰騰的吃食，那滋味……從裡到外都熱呼呼的，因此食鋪的生意又上了一層樓。

謝老大夫來找過柳葉幾次，把柳葉所知道關於藥材種植的那點知識全都榨乾，才心滿意足地回謝府去，說是回家過年，等明年開春了再回來。還要在雙福村買地種試驗田。

而謝俊自從第一次見面後，就一直喜歡跟柳葉抬槓，也不知道自己哪裡得罪他了。這次也跟著謝老大夫一起回家了。

十二月，柳老爺生了場大病，據說是半夜起來著了涼，結果一病大半個月。柳氏帶柳葉回去看望，張氏還是老樣子，話裡話外地擠對柳氏，也不知她從哪裡得知食鋪賺錢的消息，竟然挑撥柳老爺來探柳氏的底，還好柳葉機靈，被她給敷衍過去。後來才知道，她早打過王氏那份股的主意，只是沒能得逞罷了。

每天食鋪不忙的時候，春花就纏著柳氏或柳葉學認字，到現在也認識了不少字，柳葉還教她怎麼記帳。現在柳葉不在店裡時，都由她負責記帳。春花也是個聰明的，不會寫的字就用符號表示。只是她的符號跟柳葉的不同，柳葉用的是阿拉伯數字，春花的帳本只有她自己才知道是什麼意思。

忙忙碌碌地進了年關，這是柳葉到這個世界後的第一個新年，也是柳氏和離後的第一個新年，家裡還多了睿哥兒。柳氏很早就給一雙兒女準備了新衣，大紅的緞子穿在身上就跟個年畫娃娃似的，很是喜慶。

食鋪在小年夜那天就關門了，要過了元宵才會開門營業。盤算下來，食鋪在這半年淨賺了一百五十一兩零三十八文錢。經過商量決定，其中的八十兩按比例分配給三家，又拿出二十兩作為年終獎金，連趙石頭都得了三百文的紅包，剩下的就留在帳上做流動資金。

醃豬肉、醬板鴨、打年糕、炸春卷……等柳氏把春聯往門上一貼，新年也就到了。

除夕夜，柳葉一家才吃完年夜飯，趙石頭就跑來了，手上還揣著幾個小爆竹，獻寶似地向柳葉顯擺。柳氏也不拘著自家閨女，給兩人手裡塞了些糖果，就趕他們出去找小伙伴了。直到夜色深了，滿村瘋玩的孩子們才各自回家。

原本應該是輕鬆愜意的春節，卻因為柳氏的一句話，把柳葉給打入了十八層地獄。

「過完年妳就六歲了，女紅針黹也該學起來了。」

於是，柳葉的悲慘日子開始了，每天對著幾塊破布頭學習怎麼扎針，幾根指頭上布滿密密麻麻的傷口。柳氏每每嘆息，頂聰明的閨女，怎就突然變笨了呢？而柳葉卻是滿心希望春花或趙石頭出現，好解救她脫離苦海，哪怕只是暫時的。好在過了元宵節，食鋪就要開門營業，到時候她就有藉口不學女紅了。

元宵節這天，柳葉與春花約好了去看燈會。柳氏要照看柳晟睿，便把柳葉託付給趙錢氏。一行人興致勃勃地出發了。

清河縣不大，縣城的燈會規模也不大，沒有大型花燈，只在道路兩旁掛滿各式彩燈，其中以兔子燈、蓮花燈最多。有幾家店鋪掛了幾盞華美的宮燈，為自家店鋪增加了不少人氣。

當然，猜燈謎肯定是少不了的。一行人裡，柳葉摘得頭彩，第一個猜中燈謎，得了一盞兔子燈。春花在連續猜錯幾個後終於猜中一個謎語，得了一盞蓮花燈。趙石頭見只有自己沒有，抓耳撓腮，急得不行，最後柳葉幫他得了一盞猴子燈，還給自家小弟贏了一盞小豬燈，眾人才心滿意足地滿載而歸。

# 第十九章　大舅母借錢

柳葉的性格其實是有些軟弱的，她不喜出挑，只喜歡默默做自己的事情；不怕困難，卻怕別人因自己而吃虧。說白了就是缺少一點自信心。

當趙六帶著幾個相好的村人來找柳葉，表示要跟著柳家一起種甘菊的時候，柳葉就退縮了。在幾人再三保證一定不耽誤種植糧食的情況下，才同意把種植甘菊的方法告訴他們。

四月開始整地，幾人都選了山坡地，沒人占用自家的良田。到了四月下旬，又跑到山上野菊叢選取優良植株，截取母株的幼枝作插穗。剪枝的、搬運的、種植的，分工合作。

柳葉來來回回跑了幾趟，見幾個人都掌握了要領才歇下來，專心對付自家的地。

後院的菜地最終也只能是菜地。趙六賣了自家一畝坡地給柳葉，就在趙六家種甘菊地的旁邊。柳葉知道這是趙六照顧她家，不忍拒絕，只在心裡默默記著趙六一家的好。

謝老大夫沒有回到雙福村來，不知道出了什麼事情。柳葉有些擔心，就算再硬朗，年紀擺在那兒，不由得讓人擔憂，也不知道白朮的試驗田怎麼樣了？

可現在柳葉卻沒有心思擔心了，她那個大表哥柳承宗，竟被人扣在了花樓，讓他們拿二百兩銀子去贖人。原因是柳承宗與人爭花魁，幾句不合就跟人打了起來，卻不想對方是清河街上排得上名號的頭目。這下可好，柳承宗不但被打傷腿，人還被扣住了。

柳葉簡直無語，先不說喝花酒這事的對錯，喝花酒就好好喝酒，跟人爭什麼花魁？打不過人不說，還要連累家裡。自己幾斤幾兩，心裡都沒個數的嗎？

還有張氏，跑到她家做啥？開口就讓她家出銀子去贖人，當她家的銀子是大風颳來的不成？望著張氏哭哭啼啼地述說自家兒子多麼可憐，三句不離銀子，就想著讓柳氏拿銀子來贖人，柳葉不由得氣笑了。

「大舅母，承宗表哥到底是我娘的兒子，還是大舅母您的兒子？自家兒子闖了禍，妳怎麼好意思讓和離的姑奶奶拿錢去贖人，誰給妳那麼大的臉？」

「柳葉！」張氏氣得眼都瞪大了，一拍桌子大喊道：「妳這是在跟誰說話？我是妳大舅母，那是妳大表哥，妳大表哥正在受苦，妳還在這裡說風涼話，妳的良心被狗吃了嗎?!」

「大嫂……」柳氏也氣憤，開口就要說話，卻被柳葉搶先一步。

「大舅母，狗是不會吃良心的，只會吃那些沒臉沒皮的人的惡毒心腸。我家連個成年男子都沒有，連我這才六歲的娃娃都要去賺錢養家。大舅母，妳忍心要我們的口糧錢？是什麼樣的臉皮才能讓妳開這個口？」

張氏眼珠亂飄。「我、我這不也是沒辦法，家裡實在拿不出錢來啊！」

「我記得姥爺家裡好歹有二十畝良田和兩間鋪子，你們還沒分家出來，姥爺就沒拿錢去贖他的寶貝大孫子？再不濟，去年我娘上交的那些嫁妝，我沒記錯的話，光銀票就有一百多兩吧？」

「妳妳妳……我我我……」張氏狠狠瞪了柳葉一眼，轉頭對柳氏道：「三妹，承宗可是妳的嫡親姪兒，這事妳可不能不管。妳已經被夫家趕出家門了，難道妳連娘家人也不要了嗎？」

「妳……」柳葉正要開口，被柳氏一把拉住。

「大嫂，我家的銀子不是大風颳來的，是葉兒用她那小小的身板賺回來的。承宗的事，我會盡我所能拿出一部分銀子。但是，這是看在爹娘的分上，爹娘年紀都大了，我不希望他們傷心。」

柳氏說完就進了內室，拿出一張五十兩面額的銀票，交給張氏。「大嫂，這五十兩銀子已經是我能拿出來的極限了，這是最後一次。我家的門第低，名聲也不好，大嫂以後還是不要貴足踏賤地，少來我們家吧！」

「妳……」

「大嫂慢走。」

送走張氏，看著柳氏心事重重地回了內室，坐在床邊發呆，一坐就是半天，柳葉有再多的話也說不出口了。唉，辛辛苦苦半年多，一朝回到解放前，以後家裡的銀錢還是由自己來保管比較好。

柳承宗的事就算是過去了，柳葉也沒心情去關心後續的發展，她現在正看著漫天的雨幕發愁。梅雨季早就過了，老天爺卻沒有一點要放太陽出來的意思，一天天的，不是雨天就是陰天。
大半夜的躺在床上，聽著外面嘩嘩的雨聲，柳葉實在睡不著，起身穿好衣服，悄悄出了門，心想得去地裡看看情況才行。

「葉丫頭？」

她正一腳深、一腳淺地走在村道上，聽到後面有人喊她，回頭一看，是一起種菊花的趙五叔家。

「五叔，您也去地裡？」柳葉裹了裹身上的蓑衣，和趙五叔一起往地裡走去。

「是啊，這雨下得太大了，不去看看不放心。」

兩人來到地裡，卻見地裡早就有幾個人拎著鋤頭開溝排水了。

「葉兒，這麼大的雨，妳跑出來幹麼？妳家的地我已經看過了，還清理了一遍溝道，放心吧，我們這兒地勢高，排水做得好，不會有問題的，妳趕緊回家去。」趙六一見到柳葉就迎上來。

「六叔……」

「算了、算了，妳稍等我一下，我一會兒就弄好了，妳還是跟我一起回去吧。以後別再在大半夜的下雨天跑出來了，摔了、碰了可怎麼好？」

回到家，柳氏早就在等著了，一邊嘮嘮叨叨地埋怨著，一邊把早就準備好的薑茶端過來。柳葉笑嘻嘻地聽著，很享受這份關懷。

# 第二十章　府城之行

老天爺終於露了笑臉，陰雨過後便是晴天。

這天，柳葉正在鋪子裡逗弄自家小弟，許久未見的謝俊風風火火地跑了進來，後面還跟著個管事模樣的中年人。

「葉丫頭、葉丫頭，快，跟我走！」

「俊哥？發生什麼事了？哎哎哎，別拉我，先把話說清楚。」柳葉翻了個白眼。這小子……過了個年，一點長進都沒有，還是這麼不著調。

「曾祖父找妳有事，我跑去雙福村，妳不在家，我就來這裡找妳了。走走走，有事路上說。」謝俊拉著柳葉不放，直直地往外走。

「娘，謝老大夫找我有事，我跟謝俊一起去一趟！」柳葉只來得及朝匆匆趕來的柳氏喊一句，就被謝俊拉出了店鋪。

回頭正好看到那個中年管事在跟柳氏說著什麼，見柳氏點了頭，才作了一揖，匆匆趕來與他們會合，上了馬車往府城方向駛去。

路上，柳葉才知道事情的經過。

原來，謝老大夫在自家的莊子試種兩畝地的白朮，一直都很順利，沒想到最近發現，成片的白朮苗死去，都是齊根爛掉的，謝老大夫都著急上火了。

馬車一路疾駛，在傍晚時分到達青州府城，也不進城，直接前往謝府在郊外的莊子。

謝老大夫蹲在地頭，正親手拔出病苗，拔一株嘆息一聲。一邊立著幾個忐忑不安的莊稼漢子，大氣都不敢喘。

柳葉下車看到的就是這麼一個場面，嘆息一聲，走上前去。

「謝爺爺。」

「葉丫頭啊，妳來了。」謝老大夫滿臉痛惜，說話也沒有以前那般中氣十足了。「妳來看看，這些白朮苗還有救不？」

柳葉隨手拔出一株病苗，葉片有些枯黃，根部已經腐爛變色了。「謝爺爺，這可能是根腐病，我也不知道該怎麼辦。」

「這、這就是沒救了？整整兩畝地的白朮，都沒救了？」

「……應該是這樣的。」看著謝老大夫滿臉的失望、痛惜，柳葉艱難地開口。「據我所知，這種病只能預防，暫時還沒辦法治療。」

「唉，莊戶們也這麼說，可是我這心啊，就是不甘心。好丫頭，妳來跟爺爺說說，怎麼預防這個根腐病？」謝老大夫一邊說，一邊領著柳葉朝莊子裡的房屋群走去。

「根腐病主要是因為土地積水，根部因長時間浸泡而腐爛，最後導致植株死亡。要預防根腐病，首要的就是做好田間管理。選擇地勢較高的土地，精耕細作，做好排水工作。選苗時要選擇壯實優良的種苗，移栽時要小心，儘量不要碰傷植株根部。施好基肥，及時追肥。我知道的也就這麼多了。」

「葉丫頭啊，我現在真是後悔，不該聽那幫兔崽子的話，應該回雙福村種試驗田的。」

「謝爺爺，今年是特殊情況，天公不作美，雨水太多了。誰也不希望發生這樣的事。我們本來就是試種，失敗了也沒什麼大不了的，明年再來就是了。」

「對，明年再來，老頭子我就不信，我研究了一輩子的藥材，想種個草藥還種不成功。不過，丫頭啊，我聽莊戶們說，爛根了的地，來年再種莊稼也會爛根的，是不是這樣？」

「謝爺爺，我也不知道該怎麼解釋，只能說有一種導致根腐病發病的物質會存在病苗根部和土壤中，要是不清除，來年這塊地裡的作物得根腐病的情況會大大增加。」

「那該怎麼辦？」

「清除所有病植，在地裡撒上石灰。」

「啥？石灰？不行、不行，我老頭子一個門外漢也知道，往地裡撒了石灰，這塊地就完了，種不了莊稼了。」

「謝爺爺，撒了石灰的地，當年確實是種不了莊稼，但是經過處理，來年還是能種植的，而且比其他的田地也不差多少。」

「一定要撒？」

「可以不撒，只是容易得病而已，也可以種些抗病性強些的作物。謝爺爺，您看，我也才六歲，都沒種過地，只是從雜書上看了些知識而已。這些事情，您最好還是找老莊稼把式，多聽聽他們的意見。」

「老頭子有數了。葉丫頭，跟爺爺回家，在府城多住幾天，讓俊哥兒陪妳好好玩玩再回去。」

「好啊，那我就後天回去，明天去街市上好好逛逛。」

「葉丫頭，妳要不要去夏府看看，妳爹……」謝老大夫看著柳葉，有些不知道怎麼開口。

「不去了，我聽說他們去京城了，還不知道這會兒在不在府裡呢，還是不去討沒趣了。」

「也好，丫頭，走，跟爺爺回家吃好吃的！」

一樣的亭臺樓閣，一樣的裝飾精美，謝府卻與藍府不同。藍府的富貴是一種底蘊的展現，是由內而外的貴氣；謝府則不同，謝府的富貴更多了一分出塵之氣，許是主人家長年行醫救人、行善施德，連帶府裡的擺設都有一分不似人間的仙氣，處處透著善意與儒雅。

柳葉被安排在後院一個獨立小院中，美美地睡了一覺。第二天一大早，謝俊就來報到了，連同謝府幾個年齡相仿的小姐、少爺，一起逛了一上午的園子，謝俊還獻寶似地帶柳葉去看自己的藥圃。

下午，幾人帶著一大堆的丫鬟、僕役前往街市，雖然謝老大夫發了話，今天無論買什麼，都記在他的帳上，可柳葉還是婉拒了，自己掏腰包買了一大堆棉花。這些東西在現在這個季節算是過季商品，價格要比秋冬便宜了一半不止。

在經過布莊時，看到伙計在處理一大堆花花綠綠的碎布頭，想起自己在現代學過的布藝仿真花，忍不住手癢，花三十文買了一大堆碎布頭，引得幾位小姐，鄙視的有之，好奇的有之，嘰嘰喳喳地圍繞著絹花討論許久。

第三天吃過早飯，柳葉就向謝府眾人告辭，坐上謝府早已準備好的馬車往家裡趕。同行的還有謝俊，以及前天去過雙福村的那個中年管事。

柳葉疑惑謝俊為何要一起跟來，但那臭小子竟說什麼當初是他把自己帶出來的，自然要親自把她送回去，這樣才顯得有始有終。

# 第二十一章　匆匆經年

從府城回來後，柳葉就又開始了家、店鋪兩點一線的生活，再不時去地裡看看甘菊的長勢。自從第一年甘菊種植成功，並以極高的價格賣給謝家的藥鋪後，四年間，越來越多人開始種植甘菊。尤其是雙福村，幾乎家家戶戶都有種植。

柳葉家的地卻是沒有增加，一直只種著當初向趙六買的那一畝坡地。不是柳葉買不起地，而是她家沒有成年男性勞力，柳氏一人帶著兩個孩子，實在沒有那麼多精力再去侍弄莊稼，那一畝地的甘菊，還是全靠趙六的幫忙才沒讓土地荒廢著。

謝老大夫的白朮終於在第三年大豐收，老爺子好像一下子年輕了幾十歲，種植藥材的勁頭更加足了。現在光是他的試驗田，就已經擴展到幾十畝，白芍、貝母、麥冬都有種植。上次謝俊來雙福村，還說起謝老大夫最近在試種玄參，儼然一副要把所有野生草藥都搬回自家地裡種植的架勢。

王氏第一胎就生了個大胖小子，之後好像要把前幾年未孕的空檔都補回來似的，又接連懷孕兩次，現在她有兒女傍身，又有自己的經濟收入，在柳家的地位固若金湯。

而現在食鋪的生意，柳葉已經不管了，趙六買下他們開店的那個小鋪子，立刻成為食鋪最大的股東。柳葉也樂得清閒，坐等分紅。當然，她還是給食鋪增加不少新奇吃食。其中一項用蔬果和麵粉製成的五彩麵，很受大眾歡迎，尤其是小孩子，更是喜歡。

柳葉只把五彩麵的製作方法告訴春花，還戲稱這是給她的嫁妝，羞得春花好幾天沒理她，後來又羞答答地上門來學習製作方法，柳葉至今還拿這件事來取笑春花。

說起嫁妝，不得不說柳承宗和柳玲玉。在柳承宗滿十八歲時，張氏終於為他找了門親事，風風光光地大婚了。新娘姓吳，父親是柳懷孝的同窗，同樣秀才出身，而且家產豐厚。唯一不足的是，新娘子是庶出。因為這點，這門親事差點就沒成，後來張氏狠狠敲詐吳家一大筆嫁妝，才算結成了這個親家。

婚禮當天的情形，柳葉還清楚地記得。那天因為先前贖人的風波，柳氏原本不打算去觀禮，後來想畢竟是柳家孫輩裡第一個辦喜事的，還是帶著賀禮上門去了。

可是滿院子的喜氣洋洋中，總有幾顆壞事的老鼠屎。張氏冷嘲熱諷地指責柳氏的賀禮寒酸。柳葉就想不明白了，兩疋上好綢緞、一套銀頭面，這樣的賀禮到底哪裡寒酸？她不想在大廳裡看張氏表演，悄悄出了大廳，打算去新房看看新娘子。

才到新房門口，就聽到裡面柳玲玉正在唾沫橫飛地說柳氏的壞話，柳葉這爆脾氣霍地就爆發了，一腳踹開房門，掃視一圈，除了坐在床上、不知所措的新娘以外，就數柳玲玉的年紀最大，怪不得如此肆無忌憚，當眾數落長輩的不是。

「柳玲玉，妳說什麼呢！我娘的事，什麼時候輪到妳一個小輩來質疑了?!」

「妳個臭丫頭，我還是妳表姊呢，大呼小叫什麼？跟妳娘一樣，都不是啥好東西。一個和離了還四處招搖，竟然還開什麼鋪子，拋頭露面；一個從小就討厭，小氣巴拉，一毛不拔，還喜歡偷聽牆角，我們柳家的顏面都讓妳們娘兒倆丟盡了！」

「柳玲玉，妳晚飯吃屎了，滿嘴噴糞。」柳葉上去就想給柳玲玉一個巴掌，可惜被一旁手快的姊妹攔住了。

柳玲玉起初看到柳葉揚起的手時還有些害怕，見她被人攔住，一下子就有恃無恐起來。「妳個沒教養的臭丫頭，我有說錯嗎？妳們娘兒倆就是不要臉的婊子，兩個女人單獨住在鄉下，還跟人合開鋪子，誰知道妳們都做了些什麼見不得人的勾當——」

啪！清脆的巴掌聲響起，屋子裡一下子安靜下來。

「妳、妳敢打我？」柳玲玉手捂著半邊臉，一臉不可置信。

「廢話，打都打了，妳說我敢不敢？」柳葉左右開弓，「啪啪」又是兩巴掌。

「妳……我、我告訴我娘去！」柳玲玉徹底被打懵了，哭著跑了出去。

「大表嫂，對不住，壞了妳的喜事，我在這裡給妳賠不是。不過，大表嫂既已嫁給我表哥，看到小姑子以下犯上、背後議論長輩，也該出言提醒才是。」柳葉朝新娘子福了福，不等眾人有何反應就轉身出了新房。

柳氏知道新房的鬧劇後，當著柳老爺的面對柳懷孝說：「大哥一家既然如此看不起我們娘兒倆，以後大哥家有任何事情，都與我家無關，不管紅白喜事，我家都不會再出面。」說完就帶著自家一雙兒女回了雙福村。

田氏知道後，狠狠地責罰了柳玲玉，還因此大病了一場。

之後幾年，柳氏即使回娘家，也會避開柳懷孝一家，送的年禮、節禮都指明了沒有柳懷孝一家的分兒。

轉眼，柳晟睿到了該啟蒙的年紀，可雙福村沒有自己的私塾，最近的私塾也得走上半個時辰的路程。柳葉算了算手頭的銀錢，找柳氏商量，乾脆在縣城買間房子，搬回縣城住，這樣柳晟睿上縣裡的學堂也方便些。

前前後後看了好幾處房子，都不甚滿意，後來機緣巧合下，看了一處帶後院的小鋪子。這個院落前面是二層樓的鋪面，後面是一進的院子，布局周正，院中還有一棵梨樹，樹下一張石桌。就一眼，柳葉就喜歡上了這裡。最重要的是，離這不遠的後街上，有著據說是除縣學以外，縣裡最好的私塾「天長學院」。

幾番討價還價，最後以二百二十兩的價格買下了這處院落。至於開什麼鋪子，柳葉卻有些躊躇。跟柳氏討論許久，最終決定經營柳氏最擅長的繡鋪。

柳葉突發奇想，請了幾個手巧的雙福村的大姑娘、小媳婦，製了一批布藝玩偶和布藝仿真花，擺在自家繡鋪裡賣，倒是拉了不少人氣。鋪子就這麼維持著，成了柳家最大的進項。

柳家全家搬進鋪子後面的小院子，柳晟睿也以優異的成績，通過了天長學院的入學測試，正式進學堂讀書。

# 第二十二章　少年心思

十八歲的春花總算要嫁人了。

即使是在鄉下，她這樣的年紀也算是老姑娘一個了，可她的這段姻緣，卻是羨慕死了滿村的懷春少女們。

原來，春花的良人是一直給有間食鋪提供米、麵的蔣家糧鋪小公子，要家世有家世，要才貌有才貌。

兩人不知怎的看對了眼，起初趙錢氏覺得自家門第太低，怕女兒嫁過去受委屈，便以想多留閨女幾年為藉口拒絕了。

沒想到蔣家小公子竟然親自上門，當著趙家人的面說自己願意等，直到春花的父母同意這門婚事為止。他一等就是三年，直到春花滿十八歲，才又派了媒婆來說親。

這一次，趙錢氏滿心歡喜地答應下來。兩家也沒費多少功夫，三書六禮，順順利利地就到了大婚之日。

這天，柳葉一家回到雙福村，來給春花送嫁。添妝早就送過來了，兩疋細棉布是明面上的，背地裡又添了一對銀手鐲。按著柳葉的意思，是想多給一些的，可柳氏說「我們畢竟是外人，多添一對銀手鐲已經很打眼，總不好一個外人的添妝，比趙家親眷的還要多，那不是讓人沒臉嗎」？

柳葉只得作罷，背地裡卻是寫寫畫畫，忙碌了好幾天。大婚那日，小心翼翼地揣著一張圖紙就去了春花家。

春花家的院子入眼都是大紅的「囍」字，親朋好友進進出出，滿臉喜色。趙家的宴席設在中午，幫工的、恭賀的，還有一堆討要喜糖的孩子，把整個院子擠得滿滿當當。

趙六和趙錢氏全身穿新衣，忙碌地招呼著前來賀喜的眾人。就連趙石頭也是一身暗紅長衫，被幾個同村的小伙子圍在中間打趣玩鬧。今天，他作為大舅哥，是要揹新娘上轎的。

柳葉跟趙錢氏打了招呼，就去了春花的房間。

房裡，春花已經打扮妥當，幾個要好的姑娘、媳婦正嘰嘰喳喳地聊著天。柳葉進去時，她們不知說到什麼，一個個紅著臉嬌笑。

「葉兒，妳怎麼現在才來，快來坐。」春花率先看到柳葉，出言喊道。

「春花姊，妳今天可真漂亮。」看著一身大紅嫁衣、滿臉嬌羞的春花，柳葉由衷地讚美。

「可不？我們春花可是我們雙福村的一枝花，怪不得蔣家公子一等好幾年也要娶我們家春花呢！」一個大膽的小媳婦笑道。

「是啊，可是羨慕死我們了。」

「哈哈，這妳可羨慕不來。看看春花這臉蛋、這身段，我要是個男子，我也願意等好幾年。」

「哎呀，叫妳們胡說，那滿桌的點心還堵不上妳們的嘴！」春花羞得不行。

都說三個女人一臺戲，何況是一屋子的女人。柳葉發現，自己連插話的機會都沒有。她只能擠到春花身邊，偷偷塞給她一張紙，咬著耳朵跟她說：「春花姊，這是我畫的製麵機圖紙，可以大大提高掛麵的產量，日後若是有機會，開間掛麵作坊，也可以賺些體己銀子。」

「葉兒，謝謝妳，這些年要不是有你們家，我家的日子不可能過這麼好，我也不可能有這段姻緣。」

「說什麼呢，我們才應該好好謝謝妳家才是，這麼多年，要不是六叔、六嬸處處照顧我們，我們這會兒還不知道是什麼光景呢。」

「妳們倆咬啥耳朵呢？」其他人發現兩人在說悄悄話，就來插科打諢。

瞬間屋子裡就跟炸開了鍋似的，嘻笑聲不斷。

蔣家的花轎早早就到了，吃過午飯，男方喜婆三次催妝，新娘子才踩著吉時上了花轎，一路吹吹打打地出了村子。

客人們也陸陸續續地走了，院中幾個幫工忙著整理桌椅、板凳，只有滿地的爆竹、紅紙在默默述說前不久這滿院的喧鬧喜慶。

柳葉看著漸漸安靜下來的趙家院子，不由有些感慨。這或許就是生閨女的悲哀吧？辛辛苦苦十幾年，一朝出嫁，就成了別人家的人了。

「想什麼呢？這麼入迷。」一道男聲在柳葉耳邊響起。

「咦，你怎麼也來了？什麼時候過來的？剛才怎麼沒見到你。」望著面前的謝俊，柳葉不禁有些愕然。趙家與謝家的關係應該還沒那麼好吧？也沒聽說趙家請了謝家的人來吃席。

「哦，來縣裡辦點事，才知道今天春花出嫁，就來隨份禮。怎麼說也是從小認識的朋友。」十五歲的少年郎，高眺秀雅的身材，姿態閒雅，怎麼看都是青年才俊。

「算你有心。走，去我家坐坐，做好吃的給你吃。」

「喂，我已經不是小孩子了，妳能不能別每次見面都拿吃的敷衍我。」謝俊滿臉受傷模樣。

「喂，你這什麼表情，我哪裡敷衍你了？這些年那麼多好吃的，都餵給白眼狼了，怎麼就不記好呢。再說了，你才多大，還沒及冠呢，不是說男子二十及冠才算成年嗎？」

「小丫頭，妳比我還小五歲呢，裝什麼大人。」

「我身體年齡是小，可我心理年齡成熟啊。你就不一樣了，大我五歲又有什麼用，還是小孩子一個。」

「葉兒，妳真的覺得我只是個小孩子？」謝俊定定地看著柳葉，滿眼深邃。

「喲，生氣啦？」柳葉故意側著頭看了謝俊一眼，笑道：「不小、不小，我們俊哥兒已經十五歲了呢，是位英俊瀟灑的翩翩佳公子，不知道迷倒了多少春閨少女的心。」

「妳……」

「行了，你在這兒等我一下，我去跟我娘說一聲，我們這就回家。等著啊！」柳葉說著就跑遠了。

「那妳有沒有被我迷倒呢……」謝俊喃喃自語，自己也被自己的話嚇了一跳。這是什麼情況？柳葉她只是個十歲的小女孩，自己怎麼會有這樣的想法呢？可為什麼自己會莫名心慌呢？一定是生病，一定是的，臉都燙得厲害了，得趕緊回去找曾祖父把把脈才行。

謝俊胡思亂想著，招呼也沒打就出了趙家院子，自顧自回去了。

等到柳葉回來找不到人，不禁有些埋怨謝俊不告而別。卻不知道，有個動了春心的少年郎這會兒正暗自苦惱，時喜時憂，入了魔障。

清河縣城，十幾輛馬車浩浩蕩蕩地進了城門。

打頭一輛華蓋馬車，邊上一高頭駿馬，馬上一少年公子身穿繡暗紋紫色騎馬服，腳蹬黑色鹿皮靴，烏黑的頭髮在頭頂梳成整齊的髮髻，套在一頂精緻的白玉髮冠中，一臉冷淡漠然之色，更是引得道路兩旁的行人頻頻側目，真正的男女不限，老少通殺。

與此同時，多年未打開的藍府正門在今天緩緩開啟，迎接久未歸家的主人。

## 第二十三章　相見不相識

這天，夜幕降臨，黑漆漆的大街上沒有路燈，全靠道路兩旁店鋪的燈火照明。柳葉一個人走在路上，看著街上稀稀落落的路人，不禁有些後悔。

今天去看望春花，兩個人玩得興起，一時忘了時間，回家的時辰就有些晚了。原本春花要找人送她，可她自己逞強，想著只隔幾條街，都是平時熟悉的路，就不想麻煩別人，愣是一個人往回走。

看著光線昏暗的街道，柳葉不由加快腳步，過了前面的轉角就能看到自家繡鋪了。

「小姑娘，一個人？這黑燈瞎火的，要是碰到壞人可怎麼辦？嬸子送妳回家吧？」一個棉布衣衫的婦人湊過來搭訕，一臉和藹可親。

「不用了，嬸子，我家就在前面而已。」柳葉暗自撇撇嘴。真當她是三歲小孩？壞人？賊喊捉賊的可能性比較大。

「哎呀，妳這小姑娘，怎麼不聽話呢？妳說這黑燈瞎火的……」

婦人一邊說，一邊摸出懷裡的手帕在柳葉面前甩了甩。柳葉只覺得一陣香風飄過，腦袋一暈，軟軟地倒了下去。暈倒前最後的想法就是：不好，著了道了！

婦人一把扶住柳葉，朝一旁輕聲喊了句什麼，黑暗中走出一個猥瑣男子，上前扛起柳葉就消失在黑暗裡。

街道旁一家酒樓二樓的包廂裡，一位貴公子陰沈著臉，看著柳葉消失的方向，輕輕喊了句。「玄一。」

「是。」黑暗中傳來一聲應答，之後就再無聲息。

「主子，您這是？」邊上侍立的青衣小廝輕風疑惑地問，他家主子卻是連個眼神都懶得給他，自顧自地品著一盞美酒。

「嘿嘿，主子仁厚，既然看到了，哪有不管的，也是那小姑娘的福氣。」

「囉嗦。」

「是。」輕風輕輕打了自己一個嘴巴，安靜地站在一旁不敢再說話。

「讓你查的事如何了？」貴公子目視前方，聲音清冷無波。

「查清了，柳家小娘子……」

輕風把他知道關於柳葉家的事，事無巨細一一報給自家主子知道。貴公子，也就是司徒昊認真地聽著，臉上竟有了絲絲笑意，把輕風看得下巴都要驚掉了，他家公子有多少年沒露出這樣純真的笑臉了。

沒一會兒，包廂的門就被人敲響，進來一玄衣漢子，肩上扛著的正是昏迷的柳葉。只見他把柳葉往厚厚的地毯上一扔，上前跪下回話。

「主子，小姑娘中了迷藥。那兩人已經被奴才制住了，該如何處置？」

「送官。」司徒昊聲音清冷，眼皮都沒抬一下。

「是。屬下告退。」玄一行了一禮，又無聲無息地消失，只留下地毯上人事不省的柳葉。

「弄醒，送回家。」司徒昊沒看柳葉一眼，繼續喝自己的酒。

「是。」輕風取過桌邊的一杯水，隨手灑了些茶水在柳葉臉上。

「啊？下雨了？」柳葉一個激靈醒過來，摸了把臉上的茶水，一骨碌站起身，茫然地看著周圍的環境。

四四方方的空間，牆角一個小案几，上頭是一盆盆栽、一桌子佳餚，旁邊還有一位貴公子和一個青衣小廝。這應該是某個酒樓的包廂，也有可能是某間青樓的……只要一想到自己是被人迷暈擄來的，柳葉就沒辦法不往壞處想。

「那個……兩位爺，一看公子就是風度翩翩、氣宇軒昂、富貴不凡，不知迷倒多少少女的心。嗯……我就是個十歲的臭丫頭，不值得公子看一眼的。」柳葉一跪到底，低著頭，一副恭順模樣。

沒辦法，小命握在別人手中，小女子能屈能伸，先逃離這裡再說。

輕風看了眼司徒昊，只見自家主子一副饒有興致的模樣，又看了下跪在地上的小姑娘。

小姑娘穿著粉色細棉布衣衫，領口、袖口及裙角都繡著湖藍色的邊，清清秀秀的，混在人群裡不算打眼，卻莫名地讓人覺得舒服。

「公、公子，我長相醜陋，又蠢又笨，不管是做丫頭還是什麼，都賣不了幾個錢，還請公子大發慈悲，高抬貴手，放我回去吧！」柳葉繼續賣力求饒，心裡卻是把人販子罵了個千萬遍。

「確實，又笨又醜的，既然當不了丫鬟，那就去做最低等的粗使奴隸吧。」頭頂的聲音緩緩響起，柳葉瞬間炸了毛，霍地從地上站起來。既然求饒無用，又何必委屈自己？

「你個烏龜王八蛋，長得人模狗樣，卻盡幹那缺德事。拐賣兒童，不得好死，生孩子沒屁眼，不，你壓根兒就不配有孩子，有了孩子也不是你的，頭頂綠油油……」

「大膽！妳妳妳……」輕風先是驚愕，接著勃然大怒，準備上去好好教訓這個不知死活的臭丫頭，卻被旁邊伸出的手給攔住了。

「……」司徒昊憋了好一會兒才忍住沒笑出來。在柳葉開口的時候，他就認出這丫頭了。幾年沒見，還以為這丫頭轉性了，沒想到還是跟當年一樣凶悍。姑娘家家的，什麼話都敢說，不像那些所謂的大家閨秀，只會裝腔作勢。

不過看她那樣，肯定沒認出自己。這沒良心的臭丫頭，虧自己還幫助過她。

「輕風，送她回去。」

「啊？主子？」輕風滿臉不忿與震驚。「這丫頭對主子如此無禮，杖斃了都不為過，主子怎能就這麼饒過她？」

司徒昊只是看了輕風一眼，輕風就不敢再言語了。狠狠地瞪了柳葉一眼，就要往包廂外走。

「走吧，不知死活的臭丫頭，我家主子好心救妳，妳不知感恩也就算了，竟然還敢辱罵主子，虧我家主子寬厚，不懲罰妳，還要送妳回家。」

輕風開始碎碎唸，柳葉卻是聽得滿頭冒汗，又羞又愧。

「對、對不起，我不知道，我……」

「行了，回家吧，以後出門小心點。」司徒昊揮揮手，不再看她。

「大恩不言謝，公子的恩情，小女子記住了。」柳葉認真地福了個禮，跟著輕風出了包廂門。

看著關上的門，司徒昊嘴角微翹。這個笨丫頭，還真是麻煩不斷，第一次見到她時她遇到小偷。這次更甚，竟然被人販子給拐了。要不是自己正好看到，還不知會落個什麼下場。

# 第二十四章　又見藍夫人

包廂外，柳葉邊走邊向輕風打聽。「小哥哥，今天真是謝謝你們了。剛才沒敢問，你家主子貴姓？」

「妳沒必要知道。」輕風斜了柳葉一眼，還在為柳葉剛才辱罵司徒昊的事生氣。

「怎麼會呢，公子救了我，我若連恩人是誰都不清楚，豈不是太過分了？再說，知道恩人的姓名，日後才好報答啊。」

「不需要。」

「呃……」柳葉討了個沒趣，不敢再開口。算了，自己心裡記著這份恩情就是了，日後若是有機會再報答吧。

「那個，小哥哥，有件事請你幫幫忙。一會兒把我送到門口就好，千萬別讓家母知道今天的事。家中只有家母和幼弟，我不想讓他們擔心。」

「……好。」輕風不由得深深看了柳葉一眼。

待行到柳家門口，輕風看了看「柳記繡鋪」的招牌，不由奇怪地看了眼前的小姑娘一眼，意味深長地笑了。

看著柳葉從鋪子的側門進去，還隨手關上門，輕風眼中的八卦之火熊熊燃燒。這小姑娘跟自家主子到底是什麼關係？主子一來清河縣就讓人去查小姑娘的事，可看小姑娘的表現，好像根本就不認識自家主子。

五年前到底發生了什麼事？好想知道啊！

藍府，翠竹院。

輕風疾步跑進司徒昊的書房。「主子，剛才那個小丫頭，就是柳家小娘子啊！」

「我知道。」正在看書的司徒昊，頭都沒抬一下。

「那您不告訴柳姑娘？看柳姑娘的樣子，好像沒認出您來。」

「告訴什麼？」

「告訴柳姑娘你們五年前就相識啊！」輕風睜大眼睛看著司徒昊。自家主子這情商有點低啊，追女孩子當然要想盡一切辦法套近乎呀！

「為什麼？」

「啊？」輕風眨了眨眼，有些急切。「主子，您一來清河縣就打聽柳姑娘的事，剛才又救了她，她那樣罵您，您都輕輕放過了。主子，您喜歡人家姑娘，就得主動啊！」

主子都十六了，京城裡跟主子差不多年紀的公子哥兒們不是娶妻就是訂親了，再不濟也有幾個通房、侍妾。只有自家主子，堂堂順王爺連個貼身丫鬟都沒有，皇后娘娘都過問好幾次了。

「輕風，誰告訴你，你家主子喜歡柳姑娘的？」司徒昊捲起手中的書卷，輕輕敲在輕風腦門上。「柳姑娘才十歲，你主子是那種飢不擇食的人嗎？」

「飢不擇食不要緊，好歹也是個姑娘家不是？」輕風揉揉腦門，一臉哀怨地小聲嘀咕。

「自己下去領十個板子。」

「啊？主子——」

「二十。」

「不要啊，主子，奴才知錯了，奴才這就去領罰。」輕風哀號一聲，一溜煙不見了。

只留下司徒昊一人坐在那兒看書，連書本拿反了都沒發現。

第二天一早，司徒昊就去了藍夫人的院子。

柳葉卻是作了一夜的噩夢。一會兒是前世的自己，手術失敗，成了一具冰冷的屍體躺在手術臺上；一會兒是現在的自己，被人拐賣，吃苦受難，受盡折磨；一會兒是夏婉柔被自己父親一巴掌打翻在地，一命嗚呼；一會兒是姜姨娘送來放了毒藥的各種吃食……

渾身濕透地從噩夢中醒來，柳葉長嘆一聲，自己還真是被昨天的拐人事件給嚇到了。看著外頭大亮的天色，匆匆收拾一下就出了房門。柳氏已經在前頭繡鋪裡忙活了，睿哥兒也已去了學堂。

進廚房吃了柳氏幫她保溫著的早飯，來到繡鋪，跟柳氏打了聲招呼，就躲進櫃檯後面，專心研究起新的仿真花樣式。現在，仿真花已經成了鋪子裡的特色，以及最大的生意來源。

玩偶已經不賣了，一是精力不足，再者，成本成了最大的問題。現在這個時代，沒有那麼多的面料可供選擇，無論是細棉布還是皮毛，價格都不算便宜。尤其是絨毛玩具，柳氏一聽她要用皮毛和棉花做玩偶就給否決了，清河縣的整體經濟水平，還不足以消費得起那樣高成本的玩具。

仿真花卻不一樣，主要材料就是些碎布頭，成本低又養眼，就是普通百姓也願意買一束在家裡做裝飾。

鋪子裡傳來環珮叮噹響和小女娃新奇的叫嚷聲，又有客人上門了。柳葉輕勾起嘴角，繼續跟手裡的細鐵絲較勁。這次她打算做蘭花造型，可葉子部分做了好幾次都生硬得很，沒有蘭花那種清靈脫俗感。果然，最簡單的往往是最難的。

外頭，柳氏聽到聲音迎上去，卻驚喜地叫出聲來。「藍夫人。」

來的正是多年前請她繡製屏風的藍府夫人。柳氏雖然只見過她一次，但藍夫人那通身的氣派卻是她平生唯一所見的，因此印象深刻。

「哎呀，這不是柳家娘子嗎？真是無巧不成書啊！」藍氏身邊的張嬤嬤率先出聲。張嬤嬤當初也跟著藍夫人一起去過柳家。「逛個街都能碰到柳娘子，夫人，您說，這是不是緣分啊？」

「確實。多年不見，柳娘子一切可好？」藍夫人也是一臉欣喜。今天被小閨女纏得沒法，出來走走，竟然碰到熟人。

早上才聽昊兒說起當年的趣事，沒想到那小丫頭還是個敢棒打小偷的主兒，倒有幾分像她藍家女子嫉惡如仇的心性。

「呀，藍夫人真的是您啊，怪不得一早起來就莫名興奮呢，沒想到竟能再見到您。」柳葉聽到聲音也趕緊迎了出來。當初藍府前後給的銀子可是幫了她家大忙，人要懂得感恩。

「小丫頭長大，越發出挑了。還在幫妳娘畫繡樣？這繡鋪是妳家的？」藍夫人邊說邊環顧四周。小小的一間鋪子，貨品分門別類地擺放，收拾得整整齊齊。

「託您的福，當初拉了我們母女一把，才慢慢積攢了點本錢，開了這間鋪子。」柳氏上前答話。

「不錯，妳是個能幹的。」藍夫人看了柳氏一眼，又指指自家小閨女，對柳葉說：「小丫頭，這是我家七丫頭，妳帶著她四處轉轉，我跟妳娘說會兒話。」

「欸。七小姐請跟我來，我跟您介紹一下我們鋪子裡的商品，除了您現在看到的這些，二樓還有賣成衣，都是女子的衣物，還有試衣間，小姐要是有中意的衣衫，可以當場試穿……」柳葉看著這個可愛的八、九歲小姑娘就想伸手去拉，可想到兩人的身分差距，改拉為請，帶著小姑娘和幾個丫鬟上了二樓。

# 第二十五章　訂製衣衫

藍夫人來繡鋪後沒幾天，柳氏就請了柳懷仁來家裡，仔細地把自家打算買地的事跟小弟說了。柳懷仁也是舉手贊成，就像他們家，柳老爺是舉人，家裡雖只有二十畝田地，還都是佃給別人種的，可即便這樣，人們都會讚一句柳家書香門第、耕讀傳家。

柳葉乘機拜託柳懷仁幫忙打聽買地的事，柳懷仁一口答應。沒幾天就介紹了個牙行的中人，姓吳，專門負責雙福村附近幾個村落的田地房屋買賣。雙方約定一有合適的田地就通知柳家去相看。

這天，柳葉正在鋪子裡整理繡品，司徒昊帶著輕風一路閒逛著就進了鋪子。柳葉聽到門口風鈴響動，還未轉身，「歡迎光臨」就出了口，待轉過身來一看，呆立當場。

「柳姑娘，幾日不見，不認識了？」輕風自來熟地湊上前打招呼。

柳葉略帶緊張地看了看周圍，發現柳氏不在鋪子裡，才回答道：「哪敢、哪敢，公子可是柳葉的恩人，忘記誰也不敢忘記公子的大恩啊。」

司徒昊看了眼柳葉，又環顧了一下四周的環境，站在大廳中央不動。

「公子，這邊請，我這就去給您沏茶。」柳葉趕緊把人往桌邊讓。鋪子小，沒有包廂，只在鋪子的一角設了個歇息處，擺了張茶几和幾張椅子。

司徒昊卻彷彿沒聽到似的，繼續站立中央，一動也不動。

輕風趕緊上前，笑著對柳葉道：「我家主子喜歡清靜，妳找個沒人打擾的地方就行。」還意有所指地看了眼後院的方向。

柳葉只當沒看見，隨手指了指樓上，道：「既如此，還請公子樓上請，二樓是賣成衣的，很少人上去。公子可以上去歇歇腳，若是有什麼要買的，也方便公子看看。」說著率先上了樓梯。

司徒昊這才移步上前，一同上了二樓。

二樓的佈置明顯比一樓用心很多。上了樓，一邊是整齊的衣架，一件件成衣分門別類地掛在架子上等待挑選；一邊被隔成兩個小間，門上寫著「試衣間」。

樓梯對面，靠陽臺的一邊擺放著兩把太師椅，陽光透過薄紗的落地窗簾投射進來，溫暖而不刺眼。盆栽裡開著紅的、粉的、白的茶花，一開始還疑惑，同一株樹上怎會開出三種不同顏色的花朵，花期也不對，仔細一看，原來是手工仿真花。

司徒昊微微一笑，坐在椅子上看著柳葉跑上跑下，上茶、上點心地忙碌。

「公子，這次過來是路過，還是想買點東西回去？」柳葉把一杯茶放在司徒昊面前，這才小心翼翼地問道。這位一看就是身分貴重的貴公子，還是個冷著臉的冰山美男，柳葉是真心不想招待，可偏偏這位公子對她有恩在先，只得小心地伺候著。

「柳姑娘，我家主子想在妳們店裡訂製幾身衣衫，不知可否？」開口說話的還是輕風。

「呃，做衣衫沒問題，可公子一看就非平常人家，府上肯定有專職繡娘，而且我這店小貨少的，不一定能入得了公子的眼。」柳葉本能地不想接這門生意。

「這不是出門在外，不方便……」輕風微笑解釋，只是話還沒說完，就被打斷了。

「本公子的衣服，不是隨便誰都能插手的。」司徒昊放下手中的茶杯，站起身來，說道：「量身。」

柳葉看著司徒昊一副不容拒絕的樣子，暗自翻了個白眼，無奈地去一邊拿尺準備量身。

輕風不知何時不見了人影。

斑駁的陽光、飄逸的紗簾、盛開的花朵，翩翩佳公子長身而立，清秀少女手持軟尺，纖纖玉手一寸寸滑過男子的肩膀，如畫的美景讓人不由得放輕呼吸，生怕一絲響動會驚動畫中人。當然，前提是忽略少女腳下踩著的高腳凳。

看著眼前目測超過一百八的高䠷男子，柳葉一陣氣苦。她其實不算矮，優質的基因加上這幾年的營養充足，十歲的柳葉已經一百四左右，奈何年齡是硬傷，少吃了幾年米飯，又有著男女間天生的身高差異，柳葉只能借助凳子，費力地幫司徒昊測量尺寸，心中無限希望柳氏這時候能夠出現。

「料子回頭就會送來，妳店裡的東西過於普通。」清冷的聲音在頭頂響起。

「是。」柳葉嘴上應著，心裡卻不停地腹誹。看不上這裡的東西就別來啊！幹麼還來店裡訂製衣衫。「不知公子要做幾身衣服？都有些什麼要求？」

「問輕風。」

「啊？好的。」柳葉撇撇嘴，暗自嘀咕。「到底是給你做衣服，還是給輕風做衣服啊……」

「衣服是本公子要的，妳最好不要假手於人。」司徒昊斜了柳葉一眼，語氣嚴肅。

「是，小女子一定親手為公子裁衣。」柳葉愣了一下，嘴角的笑容就這麼綻放開來。

「……」望著柳葉的笑容，司徒昊莫名感覺很不好。這丫頭從他進門開始就一直一副表面恭敬的模樣，內心還不知道怎麼腹誹，這突然笑得這麼開懷，不知道在打什麼壞主意？

「本公子姓司徒，下次有什麼想知道的，直接來問，不用去輕風那兒費功夫，沒用。」

「……是。」這回是真的嚇壞柳葉了。司徒是國姓，全天宇王朝獨此一家的姓氏。雖說柳葉不相信那些親王、王子會閒得無聊來清河縣這種鄉下地方，但即便是姓司徒的旁支，那也是皇親國戚，不是她這種平頭百姓可以得罪的。

「不用害怕，只是個姓氏罷了。」看小丫頭被嚇著了，司徒昊難得軟了語氣。

「是。」柳葉的態度更加謙卑，恭敬地送司徒昊下樓。

臨出店門的時候，司徒昊又補了一句。「記住，外人面前，本公子姓司，行十六。」

「是，十六公子。」柳葉連連點頭，目送著司徒昊主僕上了馬車，直到看不見馬車的影子，柳葉才敢返回店中。真是的，既然外人面前姓司，又何必告訴她真名，害她裡衣都被汗浸濕了，真是莫名其妙。

# 第二十六章　地有問題

晚上柳氏回來，聽說有位貴公子來店裡訂製衣衫，還指明讓柳葉縫製，不禁擔憂起來。閨女的女紅真的沒什麼天賦，這些年她耳提面命，一刻不敢放鬆，閨女的水平也才堪堪能看得過眼，不會再把鴛鴦繡成野鴨罷了，至於成衣，除了做過幾件奇形怪狀的睡衣外，還沒正式裁製過衣服。

「葉兒，妳這繡工……」

「娘，我才十歲，再天才，水平也好不到哪裡去，人家公子又不是笨蛋，看得明白的。或許是人家公子哥兒覺得無聊，瞎找樂子呢。既然指明了讓我做，那我就盡力去完成，沒必要想那麼多。」

柳葉安慰柳氏，心裡卻在暗暗期待司徒昊看到她做的衣服後的表情。就她的女紅水平，不知十六公子敢不敢穿著那樣的衣服出門？

第二日，衣服料子便送了過來。天青色的緞子，柳氏也一時認不出是什麼料子，只覺得那緞子摸在手上如肌膚般光滑，陽光下，暗光流動，甚是好看。

看到料子，柳氏又是一陣嘆息，擔憂之色越發重了，卻也無可奈何。只得暗暗盤算，閨女做衣服時自己一定要一刻不離地待在身邊指導才行，希望那貴公子只是尋個樂子，不要怪罪才好。

幾天後，吳牙人帶了信說有塊十五畝的地打算出售，就在雙福村和劉家莊的交界處。柳葉喊了柳懷仁、趙六和她一起去看地。

主家姓劉，人稱劉麻子。柳葉一行人到地頭時，劉麻子早就在等著了。見到柳葉一行人，殷勤地介紹自家田地，吹噓著這地有多肥沃，每年的莊稼產量有多麼高。

柳葉看了劉麻子一眼，問道：「既如此，這麼好的地為何要賣，自己留著種不好嗎？」

「哎呀，這位小娘子，我也捨不得這地啊，可家裡老母生病了，我這也是沒辦法啊！」劉麻子一臉痛惜之色。

趙六蹲下身，抓了把地裡的泥土看了看，又湊到鼻尖聞了聞，說道：「確實是塊好地，難得的肥田。」

「是吧？這位大哥一看就是個莊稼好手，也說是好地呢！我劉麻子可不是胡說，這點信譽還是有的。」劉麻子一聽趙六的話，胸脯一挺，急急開口。

「柳姑娘，這麼好的地才七兩銀子一畝，真是撿了大便宜。要是放在我手裡慢慢出售，賣個八、九兩一畝不是問題。」吳牙人也極力推薦柳葉買地。

「唉，這不是沒辦法，老母病重要吃藥，急用銀子啊！柳姑娘，妳若是要買地，我們這就成交，一手交錢，一手交地契，我也好給老母親抓藥去。」劉麻子一臉急色。

柳葉與柳懷仁對視一眼，問道：「這都申時了，現在去衙門立契約還來得及嗎？」

「哎呀，我們莊戶人家，做個買賣，哪有去衙門的，都是立白契的，還能省了稅錢。」

劉麻子看了吳牙人一眼，臉色更加急切。

「柳姑娘，莊戶人家間的交易，確實少有立紅契的，一般都是立白契。買賣雙方外加中人，三方簽字，這契約也就成了。十五畝地要是辦紅契，光稅銀就要好幾兩，沒必要。」吳牙人也勸說道。

「原來是這樣，我不知道這些事情，以為今天辦不了契約呢。這不，銀錢都沒帶來，要不明天再交易吧？也有時間去衙門辦紅契。老太太的藥不會差這一天時間吧？」柳葉一一掃過劉、吳兩人的臉，笑得意味深長。

「既然如此，今天就這樣吧，我們改天再約。」吳牙人跟劉麻子對視一眼，一臉惋惜地說道。

回家路上，趙六不解地問道：「那麼好的地，為什麼不買下來？要是被人搶先，不是太可惜了？」

柳葉輕輕一笑。「六叔，您不覺得那個劉麻子太急切了嗎？要是今天賣地的是你，那麼好的地被迫要賣掉，您會怎麼樣？」

趙六想了會兒才說：「心疼、不捨、為難。」

「對嘛，這才是正常的表現，怎麼會像劉麻子那麼急切？」柳葉笑道。

「而且，劉麻子只肯立白契，不肯立紅契也很有問題。」柳懷仁補充道。

「啊？所以那地有問題？他們是騙子？」趙六一臉驚訝。
「有沒有問題還不知道，反正我們只要咬定必須立紅契，就不會出大問題，其他的等著看就行了。」柳葉笑了笑。「晚上去我家，我給你們做好吃的。」
「好，這個好，葉兒的廚藝那是沒話說的。」柳懷仁一聽就叫好，一行人高高興興地回了柳家。
第二天，吳牙人就帶來消息，說那塊地主家不賣了，再有好地出售再來請柳葉去看地。柳葉笑了笑，隨意敷衍了幾句就把人打發了。心裡更加確定，那地有問題。

藍府，翠竹院。
書房內，輕風小心翼翼地把柳葉買地的事跟司徒昊稟報。
「嗯，這丫頭還不算太笨。」司徒昊伏案寫著什麼，筆下不停，繼續問道：「那塊地是什麼情況，可查清了？」
「查清了，那劉麻子就是個老賭鬼，那塊地前幾天就抵押給賭坊了，還欠賭坊幾百兩銀子呢，打聽到柳家就母女三人，沒有主事的男人，就想騙些銀子。」
「姓吳的可知道？」
「知道。」
「讓姓吳的去賭坊贖了那塊地給柳葉，以後牙人的活計也別再做了。至於那劉麻子，他既然喜歡賭，那就讓他賭個盡興。事情做得隱密些，別讓柳家那丫頭起疑。」司徒昊輕飄飄的一句話，就斷了兩家人的生計。

「是，奴才這就去辦。」說完正事，輕風一臉八卦地湊過來問道：「主子，您對柳姑娘真沒有什麼想法？」

「沒。」

「奴才不信，除了藍府那幾位表小姐，奴才可沒見過您對哪位姑娘如此上心過呢！」

「輕風，你最近是不是太閒了，都敢八卦你家主子了？」司徒昊抬起頭狠瞪輕風一眼，喝道：「滾！」

「嘿嘿，主子別生氣，奴才這就滾，去把您交代的事給辦得漂漂亮亮的，定讓柳家姑娘滿意。」輕風依舊嬉皮笑臉的，退出房間辦事去了。

# 第二十七章　購置產業

幾天後，吳牙人又找到了柳葉，這回的態度跟前幾次大不相同，變得異常恭敬。

「柳姑娘，您上次看過的劉麻子那塊地，您還滿意不？還要不要了？」

「那塊地不是不賣了嗎？」柳葉一臉疑惑。

「唉，不賣不行了，他欠了債，要賣地還債。劉麻子說了，十五畝地只要一百兩銀子。」吳牙人一臉討好。「哎呀，我就跟您交個底吧，最低價九十兩。柳姑娘，這可是天上掉餡餅的好事，錯過這個村可就沒這個店了。」吳牙人有些急切。那位爺可說了，要是柳家不買地，他就得進大牢，罪名就是詐欺。

「九十兩？那可是中等田的價格了，我記得那塊地都是上好的水田。吳叔，你可別欺負我年紀小，拿有問題的田地來糊弄我。」柳葉心中的狐疑更深。

「沒沒沒，怎麼敢？唉，其實是那劉麻子賭錢輸了，欠了賭債，對方說再不還錢就要剁了他的一隻手臂抵債。這不，想著柳姑娘也滿意那地，才託我來促成這樁買賣。」吳牙人努力裝出一副誠懇模樣，心裡卻是急得不行。

「當真？那我可是要立紅契，一手交錢，一手交契約。」

「那是當然，肯定去衙門立紅契，您就放心吧。」

「行，什麼時候簽約？你約個時間，咱三方一起去衙門。」柳葉想了想，只要立紅契就不怕對方使壞。

第二日，幾人便去地裡重新丈量面積，再到衙門辦地契。柳葉只覺得跟前些天相比，劉麻子整個人精氣神都沒了，落魄得很。

柳葉最厭惡賭博之人了，也不多言，交了五兩銀子的稅銀，看著紅色的官印敲在白紙黑字的契書上，才算徹底放下心來。爽快地付了銀錢，收好地契，也不與劉、吳二人多交談，便陪柳氏回了鋪子。晚上，柳晟睿下學回來，三人拿出地契來看了又看，欣喜之情溢於言表。

柳葉欣喜中卻夾雜著點點羞愧，自己來這個世界也有幾年了，還是不自覺用現代的眼光看待問題，一直以來只固執地認為只要靠自己努力賺錢，務農或從商沒什麼區別，卻不知道無論是古代還是現代，土地才是安身立命的根本。

「葉兒，現在這地也買了，接下來該怎麼辦？」柳氏看著十五畝的地契，欣喜之餘也是憂心忡忡。自己打小就沒種過地，兩個孩子還小，這地該怎麼種，還是個問題。

「娘，這十五畝地都是種水稻，那劉麻子人雖壞，卻也沒讓地荒著，趙六叔去看過，好好打理，還是能收穫些糧食的。」柳葉想了想，繼續說道：「那塊地連著我們雙福村的地，我想回村去找里正叔，問問看村裡有誰願意種的，佃也好，雇長工也好，先把這一季的糧食收上來再說。」

「這樣也好。對了，找里正前，妳先去問問妳趙六叔，看他家願不願意接手。現在那食鋪都雇了掌櫃、夥計，妳趙六叔在家也是侍弄莊稼，石頭那孩子，夏天退學回家也是閒著，搞不好他們願意種咱這地。」柳氏提醒道。

「石頭哥可惜了，挺聰明的人，就是不肯好好讀書，趙嬸子打了他好幾回也沒用。」柳晟睿自從上了學堂就把自己當成大人了，一副老氣橫秋的語氣，讓人看了就想笑。

「並不是人人都能讀好書的，有人讀書不行，卻不代表其他方面也不行，沒什麼可惜的。條條道路通羅馬，沒必要一條道走到黑。」柳葉笑著對自家弟弟道。

「羅馬？什麼意思？是個地方嗎？我怎麼沒聽說過。」小傢伙又從姊姊口中聽到一個新名詞，開始追根究柢。

「我隨便說說打個比方的。對了，我們若回家種地，你讀書怎麼辦？那麼遠的路。」柳葉趕緊岔開話題。

「我可以住校啊，我們學院有校舍。」柳晟睿一臉正經地道。

「不行，你太小了，不能住校。」柳氏第一時間反對。

「確實太小了。」柳葉也不贊成住校。五歲的娃兒再早熟也是個小孩，可不放心讓他一個人住校。

「那怎麼辦？我可不換學院，我們學院的夫子對我可好了。」柳晟睿焦急起來。

「娘，我們買輛馬車吧。」柳葉想了想，說道：「前幾年我們的牛車轉給趙六叔，這次我們乾脆買輛馬車，有了馬車，即使大冬天也不怕小弟來回上學的路上凍著了。」

「這樣也行，只是家裡的銀錢還夠用嗎？」柳氏問道。

「我們還有一百三十幾兩銀子，繡鋪每個月都有進帳，年底食鋪那裡還有分紅。娘，我還想買幾個人，最好是一家人，這樣馬車夫有了，家裡也有人幫忙分擔一些事情。」柳葉默算了下家裡的銀錢，說道。

「買吧，既然要買馬車，車夫是少不了的，就買一家子的，他們不用骨肉分離，我們也輕省些。這些年苦了妳了，小小年紀就要操心這、操心那的，手都粗了，再不好好養著，日後可找不到好婆家了。富貴人家可不喜歡媳婦的手跟個農婦似的骨節粗大。」柳氏愛憐地摸著閨女的小手。

「骨節粗大怎麼了？我們剛買了田地，本就是農婦，農婦也有農婦的驕傲，看不起我的，再富貴我也不稀罕。」柳葉滿不在乎。自己憑本事賺錢，若日後的夫君敢嫌棄她的雙手，這樣的人不嫁也罷。

「姊，放心吧，我一定好好讀書，日後考個狀元回來，讓姊和娘都過上好日子。」柳晟睿眼睛閃爍著光芒，信誓旦旦。

「好，姊就等著我們睿哥兒考狀元，為姊撐腰。」柳葉笑著刮了弟弟的鼻子一下。

之後幾天，柳葉先是找了趙六說了十五畝田地的事，趙六想了想便答應下來。兩人說好，等糧食收割，除去交農稅的糧食，剩下的兩家五五分。

# 第二十八章　重建房屋

柳葉拉著柳懷仁前後跑了幾天的牙行，買人的事卻遲遲定不下來。家裡沒男人，不能單獨買車夫，萬一傳出閒言碎語，就能把柳氏逼上死路。最理想的就是一家子一起賣身，可要有經驗，又要全家一起，哪有那麼好找？

好在柳葉也不急，她們還沒打算立時就搬回雙福村，慢慢尋找就是了。她還想先把雙福村的院子修整一番，跑了幾趟村子，把院子前前後後測量了個遍，又在紙上寫寫畫畫了好幾天，這才拿著最後定稿的房屋設計圖去找柳氏商量。

到了柳氏房間，看到柳氏正在裁剪一套青色衣衫，才恍然想起，那個姓司徒的十六公子指明讓自己縫製的衣衫，她徹底忘了。當初說好十天後取貨，已經離交貨時間沒幾天了。

「葉兒來了？」柳氏看到女兒，放下手中的活計，拉女兒去窗邊坐。「就要到交貨時間了，我看妳這幾天一直在忙，就想幫忙裁剪一點，只要我們不說出去，不會看出來的。」

「謝謝娘，這幾天瞎忙活，我都把這事給忘了，還好有娘在。我這就開始縫衣服。唉，這麼好的料子交給我，真的是糟蹋了。」

「葉兒，那個司公子，娘總覺得不安，會不會有什麼不妥？萬一到時候獅子大開口，要我們賠償衣料可怎麼好？」柳氏對司徒昊讓一個十歲的女娃縫製那麼貴重衣料的事，還是有些耿耿於懷。

「娘，就是件衣服，我們盡力做到最好就是了，您就別操心了。對了，這是我畫的新房子的圖紙，您看看，順便去打聽有沒有好的泥瓦匠，問問建造這樣的房子要多少錢才是正經。」柳葉倒不擔心司徒昊會敲詐，在她看來，那樣的人就是閒得發慌，戲弄下自己找個樂子罷了。

忙碌了幾天，拆拆縫縫的，終於趕在司徒昊上門前把衣衫做了出來。

看著那件沒有一絲繡花的長衫，針腳還算細密，仔細看還有拆掉重縫的痕跡。司徒昊微微一笑，道：「還行，起碼沒有假手於人，是妳親手縫製的。」

「嘿嘿，十六公子有命，小女子豈敢不從？這件衣衫，一針一線，絕對都是我一個人完成的。」

「嗯，走了。」司徒昊不再多說，也不試穿衣服，站起身就要走。

「呃，十六公子不試試衣衫？這可是我辛苦好幾天才做好的。」柳葉故意把「辛苦好幾天」幾個字咬得重重的。

「不了，這衣服拿來收藏比較好。」司徒昊眼角含笑，戲謔道。

「啊？」柳葉愣了愣。這冷面公子也會開玩笑？「既然是拿來收藏的，可見這件衣服的不凡，那這工錢是不是應該加倍啊？公子這樣的神仙人物，總不會拿件廢品去收藏吧？」

「妳自己都說是廢品了，那我是不是應該讓妳賠償衣料的損失？妳還想要工錢嗎？」司徒昊寸步不讓。

「……」柳葉無語，一臉哀怨。「是你自己指明讓我做衣服的，再說了，這衣服只是做工粗糙了些，又不是不能穿，憑啥不給工錢啊？」

「要工錢沒有，不過我有幾個造房子的好手，可以借給妳一段時間。」司徒昊好笑地看著柳葉，問道：「妳要不要？」

「要要要，我正打算修建家裡的院子呢，找了幾天都沒找到合適的人選，多謝公子了。」柳葉立刻換成一張笑臉，一副狗腿樣。

「笑得太假，真難看。」司徒昊斜了柳葉一眼，起身出門。「具體的妳找輕風去辦。」

「是，公子慢走，歡迎下次再來。」

幾天後，輕風就帶著一個粗壯漢子來見柳葉。

這漢子叫周工，看了柳葉畫的圖紙，眼中精光閃爍，不由得多看了柳葉幾眼。

「怎麼了？圖紙有什麼問題嗎？」柳葉問道。圖紙上畫的是間二層半的小樓，她只是根據記憶中排屋的樣式畫的。第三層只有一個小閣樓，其他地方被她設計成空中花園。

「房屋樣式挺新穎。這個地暖是不是就是地龍？北方大戶人家建房用地龍的比較多，南方好像沒有這樣的結構。還有，這二樓地龍的鋪設方式還得好好斟酌才行。」周工指著圖紙中二樓的地板說道。

「嘿嘿，周叔，這方面您是專家，我們當然聽您的。」柳葉從善如流。

「還有，這個廁所……應該是指淨房吧？馬桶？是蹲坑嗎？固定的？為什麼還連著下水道？」周工仔細看著圖紙。

「是啊，周叔你看，這裡還有個水箱，只要提前蓄水，輕輕一拉，水箱裡的水就會把蹲坑沖洗乾淨，然後水會順著下水道流到院子裡的蓄糞池。」柳葉耐心地解釋著，語氣裡難免有些得意。

「乾淨是乾淨，可是每次都要往水箱裡蓄水，太麻煩了，而且二樓也有蹲坑，防水是個大問題，成本有些高啊。」

「其實，我原本是想設個自動蓄水系統，可一直想不出可行的方法。而且我只有五十兩銀子的預算，要是實在不行，這個淨房就不要了，還是按常規的淨房設置吧，再在院子裡找個地方建茅房好了。」柳葉有些失望。或許是前世的自來水太過平常，她對自來水系統沒什麼概念。現在想破腦子也想不出個可行方案。

「妳把銀子給我，建房的材料和工人妳都不用操心，保證給妳辦得妥妥的。」周工一邊跟柳葉說話，一邊還在看那圖紙，似乎對蹲坑的設計很有興趣。

「好，你稍等。」柳葉眼睛閃了閃，就進裡屋拿了五十兩的銀票給周工。用人不疑，何況還有輕風在一邊監督著。幾天後，周工就帶著十人的建築團隊，熱火朝天地開工了。

不用過問材料的購買、不用準備工人的飯食，帳目也記得清楚明白，柳葉突然發現，自家建造房子真是簡單得很，除了周工偶爾來跟她討論圖紙的問題，其他都不用操心。

# 第二十九章　經濟危機

不知怎的，柳家打算買奴僕的事被輕風知道了，興沖沖地領了一戶人家來給柳葉相看。中年男子姓胡，腳有些跛，卻不影響正常行走。身體健壯，手上滿布老繭，一笑就露出一口白牙，是個很有安全感的男人。他的媳婦自稱芸娘，一眼看去，通身的氣質竟比柳氏還要高貴幾分，再仔細一瞧，也是個規矩老實的僕婦。

兩口子帶著一兒一女。聽輕風說是原來的主家外放為官，遣散家裡多餘的奴僕，因老胡的腿受過傷，第一時間就被打發出府了。輕風念著些往日的交情，就厚著臉皮把他們帶來了，希望柳葉能收留他們一家。

柳葉把老胡一家打量了遍，就瞪大眼睛盯著輕風，直把輕風看得汗毛直豎。最後，燦爛一笑，花了六十兩銀子買下這一家人，害得柳葉肉疼許久，這可比從牙行買人貴多了。

輕風卻是嬉皮笑臉地說：「相信我，六十兩銀子買老胡一家，絕對物超所值。」

柳葉回給輕風一個大白眼。若不是覺得老胡兩夫妻不尋常，她會甘心當個冤大頭嗎？可是柳葉不知道，她還是低估了老胡一家的能力，六十兩不是冤大頭，而是天上掉餡餅的好事。車夫有了，馬車自然也要儘早買回來。清河縣沒有馬市，偶爾有幾匹馬在牲口交易市場出售的也不是什麼好馬，可柳葉不管這些，她已經沒多少銀錢了，三十五兩是她現在能拿出的最大數目，這還是算上了九月繡鋪的利潤。

跟著老胡跑了好幾趟牲口交易市場，總算在矮個子裡挑了個高個的，花了二十三兩銀子。老胡撇撇嘴表示不滿，柳葉卻是滿意至極。這匹雜毛馬正值壯年，健康、性子溫馴，最適合拉車代步了。她又跟賣馬車的老闆討價還價，加上車廂、馬具，六兩銀子又沒了。摸摸荷包裡僅剩的銀子，柳葉愁眉苦臉地回了家。

又一次送走了行色匆匆的周工，柳葉不禁有些疑惑。這段時間，周工來找她的次數越來越多，而且每次討論的話題都離不開廁所。她記得她說過不建廁所，周工這是……

她已經有段時間沒回雙福村看看了，得找個時間回去看看工程進度才是。可一想到她房間裡的某位小祖宗，柳葉就頭疼無比。

藍府的七小姐藍若嵐，不知怎麼了，隔三差五就會來柳家。一開始還以逛街、買東西的名頭前來，後來乾脆日日來報到，還美其名曰找柳氏請教繡工。

柳葉不清楚她有沒有請教繡工，她只知道，若嵐小姐每次來就會賴著她不放，還搶走她唯一的絨毛玩具。那是一隻柳氏親手用兔毛縫製的垂耳兔，通體雪白，活靈活現。光是為了那當兔眼睛的兩顆紅色石頭，柳葉就差點跑斷了腿。買不起紅寶石，只能一次次跑集市、翻小販的地攤，才得了這兩顆不知名的石頭。

可藍七小姐毫不客氣，看了一眼就抱在手裡不撒手，軟磨硬泡的，硬是逼得柳葉把兔子玩偶送給她。

一會兒得跟藍若嵐說清楚，明天就不要來找她了，她一定要回雙福村一趟。柳葉摸摸荷包裡的幾兩銀子，心頭隱隱不安。

柳葉回到雙福村，看著自家院子，徹底愣住了。

這是什麼？正屋、東西廂房，最規矩不過的院落布局，雖然正屋樓頂還是有閣樓和露台，可是她的小別墅呢？

周工見她過來，笑嘻嘻地迎上來。「二樓鋪設地龍的成本實在高了點，我就擅自作主給改了。而且妳那圖紙上的房屋，房間實在太少，客房都沒有，再過幾年妳弟弟成親，也得有房子住才是啊！」

「……」柳葉深呼吸。這個周工是司徒的人，幾千年的思想差距，不是一張圖紙就能抹平的，自己不能發火。

「來來來，小娘子，快來看，妳那個廁所我弄出來了。」周工興奮地拉著柳葉繞到屋後。屋後，新造了三間小屋，依次是廚房、浴室和廁所。廁所的屋頂明顯比另外兩間高出不少，而且還用圍牆圍起來，屋外搭了個簡易樓梯。

「妳那個蹲坑，我給妳弄出來了，坑道和水箱都是陶瓷燒製的，我還在屋頂放了個大水缸，水缸連著水箱，中間有閥門，每次沖完水，只要閥門一開，水缸裡的水就會流到水箱，挑一次水可以用好幾天。」周工得意洋洋地說道：「妳不知道，為了這個閥門，我差點把鐵匠鋪的門檻給踏平了。」

柳葉在周工的介紹下參觀了整間屋子。浴室不大，卻鋪設了火牆，大冬天的在裡面洗熱水澡，想想都舒服。廁所裡很貼心地隔成兩個小間，再也不用怕人多搶廁所了。不管是正屋還是東、西廂房，都鋪設了地龍，有各自的循環軌道，方便也避免不必要的浪費。

對於這個院子，柳葉無比滿意，同時又惴惴不安，低聲問道：「周叔，當初給你的五十兩銀子，應該早就用完了吧？」

「這個……剛剛好，剛剛好。」周工有些尷尬。

「周叔……」

「妳不信？我這兒都有帳目可查的，不過接下來的木匠活計，銀子可能就不夠用了。」周工眼神亂飄。「不過沒關係，我已經安排好了，木匠明天會來，費用等完工後再結。」

柳葉無語望天，最後只好拿了帳本鬱悶地回到城裡。

等看完帳本，柳葉就恨不得撞牆。周叔這是把她當小孩哄呢！雖然她確實只有十歲，可做假帳這種貓膩，她還是能看出來的。無語的是，別人做假帳是為了貪錢，周叔做假帳卻是在貼錢。柳葉初步估算了下，算上木工的錢，差不多有三十四兩的漏洞。

摸摸荷包裡的五兩銀子，柳葉一陣頭疼。短時間內讓她去哪裡弄幾十兩銀子回來，真是一文錢難倒英雄漢了。

# 第三十章　謝俊來訪

就在柳葉為銀錢犯愁的時候，司徒昊的書房裡，藍夫人也是憂心忡忡地看著自家唯一的外甥。

「三舅母，您與我是一家人，有什麼話儘管說。」司徒昊端正地坐在藍夫人對面，一副聆聽長輩訓話的模樣。

藍夫人輕吁了口氣。司徒昊既然自稱為「我」，那就是不論君臣，只論親情了。「昊兒，你對柳家小娘子是不是有什麼想法？」

「三舅母何出此言？」司徒昊的眼睛閃了閃。

「周工是你特意從京城帶回來修葺祖祠的，已經快一個月沒出現在工地了，聽說被你派去給柳家造房子了？區區農房，有必要勞動周工這位大師？」

「三舅母，當初我只是讓輕風找幾個人去幫柳家建房，沒想到周工親自去了。聽說柳葉想了個廁所的設計，把周工給迷住了，一天到晚就在研究。」司徒昊笑道。他也很好奇，柳葉一個鄉下丫頭，竟能有這樣的奇思妙想，讓身為建築大師的周工入迷至此。

「那胡侍衛呢？他可是你的近衛，雖說傷了腿，不能再當侍衛，可那也是個忠心護主的，這樣的人就該好好養著，怎麼能讓他全家都去給個農戶做僕役呢？」

「這次來清河縣，是老胡自己請求的，辛苦了半輩子，又傷了腿，現在他只想平平安安地度過下半輩子，我就把他推薦給柳家了。」

「你……唉，昊兒，你幼年喪母，我們是你的外家，總想著能多照顧你一點。」

「我知道。」

「柳家姑娘出身著實低了些。你若當真有意，我去跟柳氏說，把那小姑娘帶在身邊調教幾年，等她長大了，再送進王府做個侍妾也是行的。」藍夫人語重心長地道。

「不需要。」司徒昊一口回絕。「三舅母，您是不是又聽輕風胡說了，柳葉才幾歲，我怎會起那樣的心思？」

「也是，才十歲的小丫頭而已。可是，昊兒，你也十六了，有些事我們不好插手，可你也該好好考慮了。」只要一想到坊間的流言蜚語，藍夫人就頭疼得很。自己這個外甥身分敏感，他們身為外家，很多事不好插手。

「知道了，三舅母。」司徒昊難得乖巧地點頭。對於外祖一家，他一向是親厚重視的。

輕風腳步匆匆地走進司徒昊的房間，附在他耳邊低聲彙報著什麼。

「她拿走了帳本？還給青州謝家去了信？」司徒昊問輕風。

「是的，主子。根據我們先前的估算，柳姑娘這段時間支出太多，怕是沒多少銀錢了。就怕她從帳本上看出什麼來。」

「她去找周工對質了？」

「這倒沒有，只是謝家的謝俊少爺已經來了，這會兒應該是跟著柳姑娘去了雙福村。」

「準備馬匹，我們出去逛逛。」司徒昊沈著一張臉，起身就往外走。

「是，主子。」

雙福村柳家，柳葉陪謝俊一間房一間房地看過去，輕聲問道：「如何？」

「不錯，這院子完全建好了，沒個百十兩銀子不行。」謝俊連連點頭。從房子到家具，用料雖不是上好的，卻也不差，尤其是廁所，還有家具的製作手藝。他雖是外行，可身在富貴之家，這點眼光還是有的。

「哎，妳啥時這麼大方了，花這麼大本錢建個小院子？據我對妳的了解，妳應該會拿錢去開鋪子吧？」謝俊一臉調侃。「妳看，開食鋪的時候，妳投入大部分的家當，之後積攢了幾百兩銀子，又一下子全投到繡鋪裡，這次怎麼又買地又建房的？」

「房屋是安身之所，土地是立命之本，花再多錢也是應該的。」柳葉有苦難言。這房子她是被強建的啊，誰知道十六公子會推薦這麼一個人來，最鬱悶的是，人家十六公子姓司徒。司徒啊，她柳葉能說什麼？什麼都不能說。

「再說了，你這不是給我送來了五十兩銀子嗎？」柳葉搖了搖手中的荷包，裡面放著謝俊剛剛給她的一張銀票。

「妳啊……」謝俊無奈地笑了笑。

這一幕正好被進來的司徒昊看了個正著，陰沈著臉立在那兒，臉黑得像鍋底。

「柳姑娘。」輕風看看自家主子，又看看面前交談甚歡的兩人，只能主動開口叫人。

「呀，輕風你怎麼來了？正好，我這裡有五十兩銀子，你幫我交給周叔吧，我剛才問了，周叔都幾天沒來這兒了，我也不知道去哪兒找他，就只能煩勞你了。」柳葉說著就要解開荷包往外掏錢。

「柳姑娘，我家主子也來了。」輕風頭皮發麻，趕緊提醒柳葉。

「哦，司公子，貴客啊，難得難得，只是我這院子還沒建成，沒法子招待公子了。」說實話，柳葉對司徒昊是有怨氣的，又發作不得，這說話語氣就不好了。

司徒昊定定看了柳葉許久，一言不發，轉頭就走。

「柳姑娘，妳……主子生氣了。」輕風重重嘆了口氣，也要往外走。

柳葉一臉莫名其妙。自己還沒發作呢，他這是鬧哪門子脾氣？

「站住，把銀票拿上。」柳葉一把拉住輕風，「啪」的一聲把銀票拍在輕風手中。

「妳……唉，我先回去了，告辭。」輕風無奈地搖頭，收起銀票，騎上馬追自家主子去了。

「他是？」謝俊看著來去匆匆的兩個人，疑惑地問道。

「喔，一位姓司的公子哥兒，人不錯，對我有恩，就是脾氣怪了點。」柳葉搖搖頭，不想多說。「走，我們回家，我再跟你說說藥材種植的事。謝爺爺怎麼沒來？我還以為這次會是謝爺爺親自來呢，都好久沒見到他了，他身體還好吧？」

「曾祖父身體挺好的，只是年紀越來越大，家裡人不放心他出遠門。我說，妳能不能不叫我曾祖父爺爺啊？平白的我就矮了妳一輩。」謝俊有些哀怨。

「啊？你從小就喜歡跟我對著幹，不會是因為這樣的原因吧？」柳葉看著謝俊，突然靈光一閃，有種恍然大悟的感覺。

「嘿嘿，一開始是，後來覺得跟妳抬槓也滿有意思的，再後來就習慣了。」

「那你現在為什麼不跟我抬槓了？」

「因為……」謝俊支支吾吾的不說話了，感覺臉頰有點熱。

「呀，還臉紅了，還真是長大了，知道不該欺負我這個比你小的妹子了？」

「……」

# 第三十一章 被誤會了

送走謝俊，柳葉只覺得心頭大石落地，無債一身輕。雖然拿種植草藥的法子向謝家換錢，有些不地道，畢竟這幾年謝家對她家也算是照顧有加，可她也是沒法子了。目前經濟危機，被迫財政赤字。再說了，拉下臉賣法子，總好過欠司徒的。

心情大好的柳葉，對於芸娘給她安排的課業也是笑著接受了，一句反駁都沒有。看看這日程表，每天辰時一刻起床，上午一個時辰的文化課，讀書練字，沒有女夫子，柳氏客串；下午一個時辰的禮儀課，由芸娘教導；一個時辰的才藝課，琴棋書畫、舞蹈歌曲輪番上陣，也是由芸娘教導。

還好沒有女紅，柳葉正在慶幸，芸娘就說：「女紅也要學，因為姑娘已經有了些基礎，所以暫時沒有安排。姑娘琴棋書畫一樣不會，得著重培養。等姑娘學過一段時間後，再重新安排課程。」

只堅持了三天，柳葉就受不住了，直打退堂鼓。早晨賴床不肯起，上課磨蹭故意遲到，課業更是敷衍了事。直到挨了芸娘的一頓「竹筍炒肉絲」，才乖乖聽話。沒辦法，芸娘的行為得到柳氏的大力支持，戒尺打手心的滋味真不好受。

柳葉每天晚上睡覺前都會祈禱第二天藍若嵐能來打擾她，再不濟，司徒十六來也行。可藍七小姐來造訪的次數越來越少，司徒十六更是人影都沒見一個，連輕風都沒見到。

周工倒是來了一趟，雙福村的院子終於完工了。重寫的帳本上，人力、原料一筆筆記得清楚明白，柳葉為此付了十兩銀子的尾款，繡鋪十月的利潤又去了一半。

輕風最終還是出現了，還帶來一句話。「司徒公子有請柳姑娘。」

望著藍府花園亭子裡端坐的人影，柳葉總覺得這畫面格外熟悉。只是記憶中的人影是個好看的小胖子，而眼前的人，渾身散發著生人勿近的氣息。

仔細端詳眼前這張俊臉，竟讓她從眉宇間看出一絲絲熟悉來。鬢若刀裁、眉如墨畫、面如桃瓣，紅唇性感。尤其是那雙眼睛，宛如夜晚的星空，深不見底，又星光閃爍。這若是放在現代，活脫脫一張明星臉啊，美顏模式都不用開。

「在看什麼？」司徒昊見柳葉到來後一直在犯花癡，不禁有些失笑。

「啊？喔，沒什麼，只是突然覺得此情此景有些熟悉罷了。」柳葉腦中的小人狠狠給了自己一巴掌，自己竟就這麼一直盯著男子的臉神遊天外，會被當成花癡吧？

「哦？說來聽聽。」

「嘿嘿，我記憶中的人可沒你這麼養眼，那是個小胖子，第一次見他時，他酷酷的，還幫我抓小偷來著。第二次見他時就不太愉快了，他那滿臉悲傷看得我都心疼。」想起那個小胖子，柳葉不禁有些遺憾，之後就再也沒見過他了。

「你知道嗎?那時候我還想調戲人家來著。」柳葉會心一笑，繼續道：「可惜之後再也沒見過他了。」

司徒昊的嘴角微不可察地抽了抽，自動忽略掉柳葉關於調戲的話語，說道：「妳既然記得，為何就沒認出我來呢？」

「啊？」柳葉愣了足足有一分鐘才反應過來。「不會吧，你就是當年的小胖子？你、你這變化也太大了吧，都說女大十八變，原來男子更厲害，何止十八變！」柳葉上下打量著司徒昊，一臉驚訝。

「現在妳知道了，打算怎麼辦?竟然向別的男人借錢，也不願接受我的好意。」一想到這事，司徒昊就滿臉陰沈。

「你那不是好意，是惡意好嗎？一聲不吭，擅改圖紙，我發作不得，還得想盡辦法賺錢還債。」柳葉氣苦得不行。

「……那是我給妳的，不需要妳還。」

「你說不還就不還啊？你們這些高高在上的人，怎麼可能明白我們平民百姓卑微的自尊心。」說著說著，柳葉就氣餒了。「唉，也是我矯情了，從一開始我就不停地接受你的好意，一直這麼處下去多好，可我就是不甘心，明知道不能拒絕，卻硬是要丁是丁、卯是卯地跟你算清楚。其實哪裡算得清。不說其他，就是一個芸娘，若沒有你，我家就是賠上全部家當也換不來，何況還有個至今不知道究竟有多少本領的老胡。」

「妳都知道了？」

「知道什麼？我什麼都不知道啊，老胡一家是我花了六十兩銀子買來的，你可不能要回去。」發洩完情緒，柳葉就本性外露。既然已經還不清了，就假裝從來沒欠過吧！

「妳……差點被妳蒙混過去了。妳為什麼跟謝俊借錢？還要跟別的男人借錢來還我，妳就那麼討厭我？」司徒昊的臉又一次冷了下來。

「我沒借錢啊。」柳葉疑惑地眨眨眼，說道：「你是說那五十兩？那是我用種植藥材的法子跟謝老大夫換的。」

「什麼法子？」聽說錢不是借的，司徒昊的心情立刻好了起來，臉上卻半點不顯。

「一個增加白朮產量和藥性的新種植方式，幾種能有效預防蟲害的套種技巧。嗯，具體的不能告訴你，現在法子已經是謝家的了，可不能再從我嘴裡傳出去，做生意要有誠信。」

「套種是什麼？我發現，經常能從妳嘴裡聽到些稀奇古怪的詞語。」好心情的司徒昊也不再繃著臉，化身成好奇寶寶。

「哼，不告訴你，我還要靠它賺錢呢！我家還有十五畝地要種。再說了，我就一小兒，不做出點成績來，就這麼紅口白牙的，說出來也沒人信。」

「好吧，我就等妳做出點成績來證明給我看。時候不早了，讓輕風送妳回去吧。」司徒昊說完，輕輕一笑，率先出了亭子。

從藍府回來沒幾天，藍若嵐就找上門來。原來藍七小姐是來辭行的，過幾天他們就要回京了。

柳葉也不免傷感起來。京城離清河據說有一個多月的路程，若無機緣，她跟藍若嵐，再見渺茫。

送走藍若嵐，柳葉就開始挖空心思準備禮物。兩個月的相處，想想以後或許再無相見的可能，便想著總要送點什麼留作紀念。時間不多，五天後他們就要啟程了。

# 第三十二章　喬遷之喜

三日後，柳葉拿著禮物去了藍府。薄薄的兩本畫冊，一本畫著一頁頁的薔薇花，從藏在枝葉間的點點小花苞到完全盛開，花團錦簇。快速翻動書頁，花朵在指間綻放。小姑娘就搶過畫冊寶貝地收了起來，誰都不許碰。

送給司徒昊的畫冊上，畫的是米老鼠。書頁翻動間，米老鼠似活了過來，跑動間，手上的風箏就飛上天空。輕風指著風箏上小小的「順」字，驚愕地掃視柳葉，把柳葉看得莫名其妙。

「怎麼了？這是祝福你家主子一切順利的意思，你幹麼用見鬼的眼神看著我？」

「沒、沒什麼。第一次見畫冊也能這樣玩，很好奇。」輕風輕吁一口氣。他還以為自家主子的身分暴露了呢。

「這是什麼動物？」司徒昊指著米老鼠問道。

「小耗子啊。怎麼樣，可愛吧？」柳葉雙眼亮晶晶的，嘴角的笑掩都掩不住。

司徒昊卻是瞬間冷了臉，拿起畫冊，起身就走，留下大笑出聲的柳葉和莫名其妙的輕風，轉眼就不見了人影。

十一月十二，宜入宅。家裡的東西早就搬進新家了，搬家當天，柳氏、柳葉、柳晟睿，人手一樣，捧著米桶、布疋和紅包率先進了新屋，象徵著以後的日子衣食無憂、富貴安康。後面跟著柳老爺、趙六一家，以及謝俊和村裡相熟的人家。

幫廚的、送賀禮的、看熱鬧的，院子裡人聲鼎沸，熱鬧非凡。柳葉看著端坐在正廳裡喝茶的大舅柳懷孝，一陣無語。自己邀請柳家時，明明白白地說了，只請姥姥、姥爺和小舅一家，沒想到大舅一家竟也厚著臉皮過來了。

「哎呀，不得了，全是胡桃木的家具，咱爹娘都沒能用上胡桃木呢。三娘啊，有這麼些錢也不知道孝敬爹娘。」張氏本是抱著看笑話的心思來的，誰知才進正廳，看著那些全新的家具擺設，就讓她眼紅得不行。

「大舅母，正廳裡擺胡桃木家具，那是體面。」柳葉翻了個白眼，懟了回去。「大舅母若是覺得我們對姥姥、姥爺的孝敬給少了，我不介意把姥姥、姥爺接到我們家來養著。」

「胡說八道，什麼叫接來養著？哪有讓女兒贍養父母的，說出去妳讓我的臉往哪兒擱？」柳懷孝一拍桌子，怒罵柳葉。

「還是大舅懂道理，知道不該胡說八道。我家的錢不偷不搶，都是我們辛苦賺的，該怎麼花，不需要大舅母來操心。」

「妳……」柳懷孝與張氏齊齊瞪眼。

「好了，在新家不能吵架，桌上那麼多茶果、點心，還堵不上你們的嘴啊？」田氏沈聲道：「葉兒，來，帶姥姥四處參觀參觀。」

「好的，姥姥。」柳葉扶住站起身的田氏就往外走。

「爹、大哥、大嫂，你們坐，我去廚房看看酒席準備得如何了。」柳氏也起身要出門。

「三姊，我也一起去，有啥需要幫忙的，妳儘管開口。」王氏拉著柳氏的手就出了門。一時間，正廳裡只剩下柳老爺和柳懷孝一家大眼瞪小眼。

熱熱鬧鬧的喬遷宴吃了快兩個時辰，眾人才陸續散去。累了一天的一家人早早就各自回房歇著了。第二天，柳氏重新分配家裡的差事。

老胡家十二歲的閨女桃芝給了柳葉，專門負責柳葉的生活起居；八歲的兒子飛白給了柳晟睿；老胡夫婦則負責家裡的日常瑣事。

差事安排完，老胡駕著馬車送柳晟睿去學堂，柳氏帶著柳葉和芸娘她們清點賀禮。村裡相熟人家的隨禮簡單而樸實，一塊布、幾個雞蛋，卻都是家裡省吃儉用留下來的東西。

謝家送了一對青花瓷瓶，芸娘說是前朝的東西，雖不珍貴，卻也值百十兩銀子。柳氏連聲說著禮太重了，讓柳葉在人情冊子上著重記錄，日後好還禮，這才把瓶子小心翼翼地收起來。趙家和春花家都有送賀禮過來，昨兒趙家人好，忙裡忙外地幫忙。春花沒來，賀禮是託自家娘親轉交的，她剛檢查出有孕，婆家人都寶貝著。柳葉聽到消息，也是高興了許久。

早已離開清河的司徒昊竟也派人送了一百八十八兩的禮金。柳葉抹額，這傢伙是知道她現在阮囊羞澀，才故意送銀票的吧？救命之恩、多次相助，不管是錢財還是人情，自己都欠他太多了，難道要像劇本裡演的那樣，以身相許來償還？啊呸，童言無忌！司徒昊那樣的身分、那樣的人才，以身相許還是算了，有機會調戲幾把才是正經。

一百八十八兩……柳葉的心思又開始活泛起來。買鋪子肯定是不夠的，還得留下一部分銀錢當作日常開銷呢。倒是可以再買些田地，反正來年開春要雇長工，多些田地也就是多雇個人的事。可買什麼樣的地、買多少，還要好好考慮。

幾日後，柳葉和柳氏就提著一盒點心去了里正家裡。雙福村家裡有僕役的，柳葉家還是頭一份。跟村人打交道的事，柳葉還是覺得由自己出面比較好。

雙福村後有幾個小山頭，山不高，卻一座接一座的連成了片。柳葉看中其中一塊山坡地，這次去里正家就是去打探情況的。

與里正的談話很愉快。雙福村不富裕，這幾年靠著種甘菊賣了些錢，可也沒人願意買那山地。六十兩銀子，整個向陽的山坡都歸了柳葉家，雙方約定過幾日去縣衙辦契約。

才從縣衙回來，就見王氏坐在廳裡等她們，雙眼紅腫，芸娘則陪在一旁。

柳氏與柳葉兩人一看這情形，趕緊進屋詢問。

「三姊，妳可算來了，家裡出大事了。」王氏一開口，眼淚又流下來。

原來，前天家裡來了幾個衙役，二話不說就把柳懷孝給帶走了。託人去打聽，消息還沒傳回來，昨天下午，柳老爺、柳懷仁、柳承宗，家裡的成年男子也都被官差帶走。家裡亂成一鍋粥，田氏當場就暈了過去。

「聽說是大哥科考作弊，詳細情形還沒打聽出來，三姊，這可如何是好？」

# 第三十三章 池魚之殃

「這、這……」柳氏乍聽到消息，也是嚇得方寸大亂。

「娘、小舅母，妳們先別急，既然人已經被官差帶走，再急也不在這一時。」柳葉開口安撫，先讓兩人坐下歇息。

「胡叔，這裡有二十兩銀子，你現在就騎馬去縣衙，使些銀子，找人打聽一下具體情況，一會兒在我姥爺家會合。」柳葉從荷包裡拿出一張銀票交給老胡。

「是，姑娘。」老胡接過銀票就出了門。

「桃芝，妳去一趟趙六叔家，請他一會兒趕車送我們去縣裡。芸姨，妳去廚房準備點吃食，吃過午飯我們就走。」柳葉一一給眾人安排活計。

匆匆吃過午飯，留下桃芝看家，一行人坐著趙六家的牛車就進了城。

一進柳家院子，王氏的大兒子、四歲的柳承韻就迎了上來，奶聲奶氣地喊道：「娘、娘。」

王氏一把抱起兒子，問道：「韻哥兒吃過飯沒？弟弟、妹妹呢？」

「吃過了，大嫂做的，弟弟、妹妹也吃過了，大嫂在房裡哄他們睡覺。」

「韻哥兒，你奶奶和大伯母她們呢？」柳氏摸了摸柳承韻的頭，問道。

「她們在屋子裡。」柳承韻指了指上房的位置。

「三姊，妳們先去娘那裡，我想先去看看孩子們。」

「去吧，一上午沒見，孩子們也該想妳了。」柳氏趕忙推著王氏離開，自己帶著柳葉和芸娘進了正屋。

屋子裡，田氏半躺在床上，張氏和柳玲玉陪在一邊抹眼淚。看到柳氏進來，田氏從床上坐起來，柳氏趕緊從旁邊拿了個靠枕塞在田氏背後，開口問道：「娘，您怎麼樣？請大夫了沒？」

「不打緊，用不著請大夫。」田氏拉著柳氏在床邊坐下。「我啊，就是擔心妳爹他們，還不知道他們在牢裡受怎樣的苦呢。」

「娘……」

「姥姥，還是先請個大夫來給您看病吧，姥爺他們的事，也不是一時能解決的，您可要照顧好自己的身體，姥爺他們回來了還得仰仗您照顧呢。」柳葉說著，向芸娘使了個眼色。

「芸姨，去請個大夫來。」

芸娘應聲就出了門。

「哼，呼奴喚婢的，也不想想，自己的老爹和兄弟還在牢裡受苦呢。」張氏哼了一聲，陰陽怪氣地說著。

柳氏動了動嘴沒說話，柳葉卻不慣著這個自私自利的大舅母，開口就問道：「這麼長時間了，大舅母可有打聽到什麼消息？使了多少銀子？大舅他們怎麼就莫名其妙地進了大牢呢？」

「打聽消息要使什麼銀子？」張氏梗著脖子說道。

「呵，請人幫忙，還是跟衙門有關的事，不給點好處，誰會搭理妳？大舅母，牢裡可還有妳的丈夫和兒子呢。」

「我、我這不是被嚇到了嘛！」張氏說著，又拿起帕子抹眼角。

柳玲玉見自家娘親落了下風，跳出來大叫：「柳葉，妳說什麼風涼話，有本事妳把姥爺他們都救出來啊！」

柳葉送了個大白眼給柳玲玉。「表姊，不急，我已經派人去衙門打聽了，一會兒就會有消息傳來。」

果然，沒一會兒工夫，老胡就趕了過來，在門口通報一聲就被田氏喊進了屋。

老胡低著頭，眼睛盯著地面不敢亂瞄，規規矩矩地立著等回話。

「胡叔，打聽到什麼消息了嗎？」柳葉開口問道。

「回姑娘的話，打聽到了，大舅爺是被州府的衙役給帶走的，說是被人告發他在這屆的秋闈中作弊，還涉嫌倒賣試題，目前被關在州府衙門待審。老太爺、小舅爺和表少爺被關在縣衙牢房，沒有提審，具體處罰要等大舅爺那邊判下來才能定奪。」老胡把他打聽到的一五一十說給屋裡的人知道。

「呵，大舅可真是好本事，科場舞弊、倒賣試題？他是白癡嗎？犯法的事也敢做？」柳葉都無語了。把自己送進大牢還不夠，還要連累全家，腦袋裡裝的是豆腐渣不成？

「妳說什麼呢！那是妳大舅，還有沒有長幼尊卑了?!」張氏一聽柳葉一個小輩開口罵自家男人就炸了毛。

「大嫂，這事就是大哥糊塗，連累了大家，葉兒可沒說錯什麼。」哄完孩子進來的王氏剛好把老胡的話聽了個十全十。她現在是恨死柳懷孝了，平時就仗著大哥的身分欺壓自家丈夫，現在更是把全家連累得進了大牢。

「妳……我……」張氏環視一圈，發現大家都用厭惡的目光看著自己，一屁股坐在地上，哭道：「娘啊，媳婦沒法活了啊！一家子男人都進了大牢，就拿我開刀，一個個都恨不得我們娘兒倆去死啊！」

柳葉眨巴著眼睛徹底懵了。這又是唱哪一齣？

「行了！」田氏一拍床板，嚇得張氏立刻閉了嘴。「瞎嚷嚷什麼呢，虧妳還是秀才娘子，作的什麼潑婦樣，老大怎麼就娶了妳這麼個媳婦兒？」

田氏才罵了幾句就覺得胸口一緊，一陣眩暈感襲來，坐在一旁的柳氏趕緊給田氏拍背順氣。

田氏無力地揮揮手，說道：「好了，都別杵在這兒了，都回屋去，好好想想有沒有什麼辦法，或是有什麼門路可以把他們從牢裡弄出來。天寒地凍的，他們在牢裡還不知道怎麼受苦呢。」

「是。」眾人說完就魚貫著出了屋。

柳氏卻沒出去，而是道：「娘，我陪您，一會兒大夫來了，您可得好好看看。」

直到田氏看過大夫，確診只是一時急火攻心並無大礙後，柳氏才帶人回了雙福村。

一進院門，桃芝就跑過來，急急地道：「娘子、姑娘，衙門來人了，正在廳裡等著呢。」

柳氏一個趔趄，差點摔倒。柳葉和芸娘趕緊扶了一把。柳葉問道：「怎麼回事？」

桃芝微低著頭，答道：「兩個衙役來了快半個時辰，說是因大舅爺的事來問話的，我什麼也沒說，只是好茶好水地伺候著。」

「桃芝，做得好，現在妳先陪娘回屋。芸姨，妳跟我一起去見見。」柳葉說著就向正廳走去。

柳氏一把拉住她，說道：「葉兒，妳跟桃芝回屋去，娘去見見衙門裡的人。」

「娘……」

「姑娘放心吧，那兩個衙役估計就是例行公事來走一趟，順便撈點好處，我們家全是婦孺，跟大舅爺的事搭不上邊的。」芸娘攔住柳葉，陪著柳氏去了正廳。

# 第三十四章 保釋出獄

果然如芸娘所言，當柳氏拿出二十兩銀子後，兩個衙役就不再提柳懷孝的案子，而是一個勁兒地述說著牢獄的苦楚，以及衙役、獄卒的艱辛。

還是芸娘聰明，當著兩個衙役的面拿出錢匣子，把其中兩個十兩的銀錠子給了他們，嘴上說著拜託他們照顧獄中親眷的話。

兩個衙役看看匣子裡僅剩的幾兩碎銀子，互望一眼，心滿意足地走了。

柳葉忍不住舉起手來，對著太陽研究手掌心。難道自己就是漏財的命？一百八十多兩銀子，轉眼間就沒了大半。

晚上柳晟睿下學回來，聽說白天發生的事，又是一陣跳腳。埋怨柳懷孝害人害己，咒罵衙役勒索拿好處。被柳氏在屁股上重重拍了兩下，才揉著屁股說自己錯了。

柳葉卻是奇怪，柳懷孝的案子還沒個定論，衙役怎麼就找到他們家來了？她娘雖然和離了，卻是外嫁女，又不是誅九族的大罪……

芸娘笑著為她解釋。「娘子和離的時候，睿哥兒還沒出生，娘子父兄皆在，立不了女戶，戶籍自然就回到了娘家。朝廷歷來抓科考舞弊案抓得嚴，地方官借題發揮也是有的。」

柳葉到這時候才知道，原來他們幾人的名字一直在姥爺家的戶口本上。若是柳老爺以

「女子無私產」為名，要求柳氏上交名下的田畝、房產，柳氏也只能乖乖就範。

柳葉不禁扶額，問芸娘：「那我和睿哥兒名下的財產呢？」

「你們是表親，名下財產雖不能過戶，但他們可以以你們未成年為由代為管理。」

「那不是跟過戶沒區別？」

「是的。當然，如果姑娘的父親願意出面……」

「算了。」柳葉立刻打斷芸娘的話。「一個能一巴掌打死親生女兒的父親，我巴不得他一輩子都別再想起我們來。再說了，他出面，我們只會更加難過。」

柳葉眉頭緊鎖，又問道：「芸姨，我家這樣的情況，想要自主，有什麼辦法？」

「很簡單，讓睿哥兒去衙門立戶，等他將來娶妻生子，再另建族譜。但睿哥兒單獨立戶要經過老太爺的同意，還得花些錢走門路，畢竟睿哥兒才五歲，離成年還早。」

「這事先別跟我娘說，我得好好想想，到底該怎麼做。」柳葉很頭疼，搞半天，自己辛辛苦苦賺下的那點家業，只要柳老爺一句話，就全不是自己的了。

「是。姑娘也別苦惱，老太爺不會這麼做的。」芸娘開解道。

柳葉笑了笑。「我姥爺會不會這麼做我不知道，但我敢保證，大舅一家若是知道我家現在的財產情況，肯定會有所行動的，大舅母早就眼紅我家的院子了。」

「唉。」芸娘也是嘆氣。「姑娘，大舅爺的案子，姑娘打算怎麼辦？」

「他那是咎由自取，當自己頭上長著兩個腦袋呢，砍了一個還有一個。只可憐了其他人跟著他受苦。」

「那……姑娘要不要告訴公子一聲？」芸娘小心翼翼地試探。

柳葉深深地看了芸娘一眼，說道：「暫時不用，明天還要去姥姥家，看看他們有什麼辦法再說吧。實在不行就先把姥爺、小舅他們撈出來。」

「是，姑娘早些休息。」

看著芸娘退出去的身影，柳葉無奈地笑了。

自己還是太過渺小，老胡和芸娘根本從未把自己當成主子，連自稱奴婢都儘量避免，何來的認主之心？算了，只要自己不跟司徒昊為敵，他們不誠服卻也不會背叛自己。估計自己也沒資格跟那個人為敵。

第二天的縣城之行還是沒半點結果，柳葉只得提醒田氏，多使點銀子給獄卒和捕頭。所謂閻王好見，小鬼難纏，不把直接關係人打點好，牢裡的人難熬。

幾天後，柳家傳來消息，說是案子有了進展，柳氏急忙帶著女兒去了縣城柳家。

柳老爺畢竟是個舉人，託了幾層關係，才得到一個保釋的機會。柳老爺、柳懷仁、柳承宗三人，每人一百兩。至於柳懷孝，只能在牢裡等待最後的宣判。

田氏催張氏去交錢接人，張氏卻哭哭啼啼地開始喊窮。

「娘，家裡哪裡還有銀子，為了找門路，家裡的銀錢都已經花得差不多了，再說，承宗他爹還在牢裡呢。」

田氏嘆了口氣，問道：「還能拿出多少銀子？」

張氏的眼珠骨碌碌一轉，說道：「也拿不出幾個銀子了。三妹家條件好，若是能多出一點，弟妹的體己銀子再湊點，也就差不多了。」

「娘，我出五十兩，家裡最近花銷大，只剩這些了。」柳氏看不慣張氏的做作，卻也真心擔心自家老爹和兄弟，很乾脆地出了銀子。

張氏的眼都亮了，轉頭看王氏。「弟妹，三妹都出了五十兩，妳應該不會比這少吧？小弟可還在牢裡呢。」

王氏不理她，直接對田氏說：「娘，我手上還有八十兩銀子，這就去給您取來。」

「好孩子，難為妳們了。」田氏看著閨女和小兒媳婦，總算有了點安慰。

第二天，柳老爺一行三人就被接回家了。

柳懷仁還好，畢竟正值壯年，身體底子好，人只是看著有些疲憊罷了。

柳承宗就差了許多。從小嬌生慣養沒吃過苦，牢裡走一遭，整個人都消瘦了，狼狽不堪。

柳老爺更是遭了大罪，年紀大了，本來身體機能就在走下坡路，在牢裡吃不好、睡不好，還要擔心長子的案子，整個人瘦得脫了形，連精氣神都沒了。

田氏一見到三人就哭成了淚人兒，吩咐人去請大夫，又叫人去燒熱水給幾人洗澡，又讓人準備吃食。

等安頓好幾人後，柳氏才帶著柳葉回家。

後來柳葉問芸娘，保釋的事是不是司徒昊插手的？

芸娘笑道：「姑娘既然不讓告訴公子，自然沒人敢違背姑娘的命令。再說了，公子何等人物，他若是插手，哪裡需要保釋？」

# 第三十五章 湊錢交罰銀

時間匆匆，轉眼就到了十二月。

這天，柳葉正坐在窗前對著外面的皚皚白雪發呆，桃芝走了進來。「姑娘，清河柳家傳來消息，說是大舅爺的案子判下來了，讓妳們過府一敘。」

「哦？可知道判了什麼罪？」柳葉懶洋洋地起身收拾，一邊向桃芝打聽消息。

「大舅爺買賣考題、考場作弊，證據確鑿，判入獄三年，剝奪功名，終身不得參考，罰銀五百兩。」桃芝一邊幫柳葉整理頭髮，一邊把自己知道的消息一一告知。

「哼，咎由自取。」柳葉看自己打扮妥當，便起身出房門找柳氏會合。

等兩人到了清河柳家，除了幾個小孩，其他人一個不落地全聚在廳裡，一個個面露苦色，王氏臉上還隱隱透著憤怒。

兩人見了禮，就自動走到王氏旁邊坐下。柳老爺坐在上首，有一搭沒一搭地扯著閒話。

柳葉懶得聽這些場面話，拉拉王氏的衣袖，小聲問道：「小舅母，怎麼了？」

王氏狠狠瞪了張氏一眼，微微低下頭跟柳葉小聲說道：「還不是為了大哥的五百兩罰銀，大嫂就知道哭窮，算計公中的錢不算，還算計上我們了。上次已經出了八十兩，這次承韻他爹拿出了六十兩，她竟然還不知足。葉兒，妳是知道的，我們也就食鋪裡的那點分紅，日常已經被她以各種藉口盤剝了不少，實在拿不出多的了。她竟然說讓我交出嫁妝，她自己的嫁妝怎麼不拿出來，那可是她自己丈夫造的孽。」

「怎麼能這樣？姥爺和姥姥怎麼說？」

「還能怎麼說？只說家裡有難，更要團結一心才是。哼，話說得好聽，還不是偏著大房。這麼些年，全靠承韻他爹打理鋪子養著他們，結果好處撈不到，還處處受埋怨。葉兒，妳要當心，這次老爺子喊妳們過來，指定沒好事，三姊孝順，妳可得警醒些，別讓他們把妳們好不容易攢下的銀錢給算計了去。」

「知道了，小舅母。」

兩人正聊著，就聽見上首傳來幾聲咳嗽聲，柳老爺輕咳幾聲，終於還是說出了正題。「三娘，妳大哥糊塗，遭賊人陷害，現在身陷牢獄，我們沒辦法救他出來，可那五百兩罰銀是一定要交上去的。現在家裡困難，妳看……妳那裡能不能湊上一些？」

「爹，我……」

「姥爺，我家現在也沒多少銀子了。」柳氏正要開口，柳葉就搶先一步，打斷了娘親的話，說道：「上次為了打聽消息，花了二十兩，後來保釋姥爺出獄又花了五十兩，前幾天因為大舅爺的案子，衙役到我家問話，又拿走四十兩，現在手上就只有二十兩銀子，姥爺若是需要，就全拿去吧，過年的時候我們節省點就是了。」

「妳……」柳老爺臉色瞬間就變了，一陣紅、一陣青的。

「哼，誰信妳？我可是打聽過了，妳家不但新建了院子，還買了地，整整十五畝上好良田呢，別以為妳不說就沒人知道。」柳承宗一臉得意洋洋，一副看破人詭計的模樣。

柳葉無語，送了個白眼給他。

「就是、就是，又買田又建房的，還有食鋪的分紅，又開著繡鋪。現在家裡有難，讓妳拿點錢出來就推三阻四的，眼睜睜看著自家兄弟在牢裡受苦、自己爹娘愁眉不展。三妹，妳的孝道就只是嘴上說說？」張氏憤憤不平地指著柳氏，就差沒把手指戳到柳氏臉上了。

「大舅母。」柳葉一把拉過要說話的柳氏，瞪著張氏就問道：「我聽說小舅拿了六十兩出來，大舅母還嫌不夠，想要拿小舅母的嫁妝，不知道大舅母出了多少銀子？大表哥又出了多少？要是還不夠，不是還有玲玉表姊的嗎？聽說大舅母給玲玉表姊準備了不少嫁妝，現在自己爹爹有事，正是表哥、表姊表孝心的時候啊！」

「妳個臭丫頭，我還在書院讀書，哪裡來的銀錢？」

「柳葉妳個小賤人，竟敢算計我的嫁妝，看我不撕了妳的嘴！」一聽要自己出銀子，柳承宗、柳玲玉一個個都坐不住了，柳玲玉甚至要起身找柳葉打架，被自家嫂子吳氏死死按住，低聲說著什麼。

坐在上首的柳老爺和田氏的臉色也越發不好起來，柳老爺更是厭惡地瞪著柳玲玉。

張氏一看公婆變了臉色，趕緊用帕子抹著眼淚，開始哭訴。「爹、娘，不是兩個孩子不願意出錢，咱家的情況爹娘都清楚，孩子他爹和承宗都是埋頭苦讀的人，哪裡來的進項？玲玉年紀也不小了，因為這次的事，差點被蔣家退婚，要是嫁妝再少，可真是沒法活了。爹，但凡有法子，我也不會向三妹她們開口的啊！」

「唉，把家裡那間小一點的鋪子賣了吧，再賣幾畝地，加上家裡現在湊的銀子，差不多也夠了。老爺子，這樣可以嗎？孩子們都不容易，就別太為難他們了。」田氏輕嘆口氣，詢問柳老爺的意見。柳老爺吧嗒吧嗒抽著旱煙不說話。

「不行，賣了鋪子和田地，家裡以後的日子怎麼過？」張氏見老爺子不說話，就跳出來反對。在她看來，家裡的財產以後都是他們大房的，現在賣掉一點，他家日後就少一分，這跟割她的肉沒啥區別。張氏眼珠一轉，又衝著廳裡的眾人哭訴。

「三妹、弟媳，爹娘年紀都大了，妳們就忍心讓爹娘賣了田地、鋪子，日後生活悽苦嗎？三妹，幾個兄妹裡就數妳條件最好，隨便賣間繡鋪或雙福村的院子就能解決家裡的困難了。三妹，妳就當是可憐可憐承宗、玲玉這兩個娃，好不？」

「葉兒，不如……」柳氏搖擺不定，詢問柳葉。

柳葉不理會柳氏，無語地看著張氏。「大舅母，賣了繡鋪，我家吃什麼？賣了院子，我們住哪裡？搬回來嗎？大舅母不怕我娘和離的身分給家裡丟臉了？別到時候玲玉表姊被人退了親，還賴到我們娘仨頭上來。」

「臭丫頭，牙尖嘴利的，我跟妳娘說話，妳插什麼嘴？」張氏見自己表演了半天沒一點效果，惱羞成怒。

# 第三十六章　立戶單過

「哼，當初搬出去的時候，啥都沒有，不是也過得很滋潤？這次就讓妳們賣間鋪子，有什麼大不了的。」柳玲玉翻著白眼插嘴道。

「喲，玲玉表姊還知道我們搬出去時啥都沒有啊，現在妳哪來那麼大臉面要我們賣鋪子？」柳葉對這個表姊真是無語至極，自私自利還蠢笨如豬，這樣的人嫁去婆家，不會被吃得連骨頭都不剩吧？

柳氏也被說得火起，起身對張氏道：「大嫂，大哥犯了法，那是罪有應得。我們湊錢交罰銀是情分，不是本分。我們家不欠誰，賣繡鋪的事，不要再提了。」

「柳三娘，妳……」張氏一臉怒色，指著柳氏說不出話來，轉身又開始抹起眼淚，對著柳老爺哀聲叫道：「爹——」

柳葉輕嘆一聲，走到正廳中央，對柳老爺道：「姥爺，我們可以賣了繡鋪幫大舅湊錢，但是，我也有條件，那就是請姥爺同意我們娘仨另立戶頭單過。」

「妳……」

「葉兒？」屋裡眾人聽了柳葉的話，都愣了愣，柳氏更是驚愕地要去拉柳葉的手。

「娘，我和睿哥兒雖說姓柳，畢竟只是柳家的表親，相信姥爺也不會把我們倆的名字寫進族譜，立戶單過是遲早的事。即使現在分開了，該孝敬姥爺、姥姥的，一分都不會少，那是本分。」

柳葉握住柳氏的手，轉頭又對柳老爺道：「但是，大舅四十多的人了，還能把自己折騰進大牢，實在是……為大舅擦屁股的事，我們不想再做了，誰家的錢也不是大風颳來的。姥爺，您說是不是？」

柳老爺面色複雜地看著柳葉，吧嗒吧嗒抽了幾口旱煙，對柳氏道：「三娘，妳的意思呢？」

柳氏面色猶豫地看看自家閨女，又看看廳中眾人，定了定神，說道：「爹，葉兒的意思就是我的意思。」

「唉，那就這樣吧！」柳老爺的肩膀垂下，繼續抽旱煙。

田氏憐愛地看著自家閨女，動了動嘴，說不出話來。

「是，爹，那我回去就讓人送繡鋪的地契、房契過來。」柳氏沒了繼續待下去的興致，拉起柳葉就往外走。

柳葉看著大舅母一家計謀得逞的笑臉，轉身對柳老爺道：「姥爺，我知道您一直對大舅寄予厚望，但現在大舅被奪了功名，您指望大舅考進士入官場的期望怕是實現不了了。不如趁早看看小一輩裡有沒有可造之材，好好培養，別到時又出個大舅那樣的，四六不懂，淨做那損人害己的事。」

「妳……」

說完，不理會廳中眾人的反應，柳葉徑直出了屋，回了雙福村。

第二日一早，柳氏帶著眾人去繡鋪收拾東西。

還好訂作的繡品不多，有留下地址的，柳氏一一上門親自說明情況，並承諾一定按時交貨。又寫了張告示貼在繡鋪門口，告知那些沒留下地址的人家去「有間食鋪」取貨。並跟隔壁的店鋪打了招呼，萬一有人找上門來，請告知一聲。

一直忙到傍晚時分，才去了清河柳家，把地契、房契和鑰匙一併交給柳老爺，約定明日去辦理戶籍手續。

又一日，柳晟睿特意請了半天假，娘仨接上柳老爺，一起去縣衙辦理戶籍手續。

摸摸空空如也的荷包，柳葉不禁感慨。果然是沒錢別進衙門，只是在戶籍簿上改了幾筆，就要走了二十兩銀子，還得全程看對方的臭臉。

自此以後，柳晟睿成了柳家的戶主。

之後很長一段時間，柳氏一直沈默寡言的，把自己關在房裡繡繡品。柳葉卻是頓感輕鬆，畢竟那天芸娘的話當真是嚇到她了，現在好了，再也不用擔心自家錢財莫名其妙成了別人家的。

她找出紙張，開始寫計劃書，打算來年開春好好幹一場。

另一頭的清河柳家，王氏卻是動了分家的念頭，私下與丈夫商量許久。

兩人找了個機會跟柳老爺說，結果當然是被拒絕了。於是，家裡變得不太平起來，王氏與張氏互看不順眼，先是兩人互別苗頭，漸漸發展成兩房間的戰爭，一天小吵，三天大鬧，搞得家裡雞犬不寧。

柳葉得到消息時，王氏已經帶著三個娃兒坐在柳葉家的客廳裡。

打發桃芝帶三個小娃去其他屋子玩，王氏才開口道：「三姊，我總算知道老爺子的心到底有多偏了。即便當初為了大哥的事，賣掉一間小鋪子，可家裡也還有一間鋪子、二十畝田地。分家時，老爺子只分給我們五畝地外加二十兩銀子就把我們打發了。連房子都不分一間給我們，大年下的，大嫂要趕我們出門，老爺子也只當沒看見。」

「怎麼能這樣？娘呢？她也同意了？」柳氏也是驚愕。老爺子重男輕女，她早就知道，只是沒想到對自家小兒子也這麼狠心。

「唉，娘的身體一直不是很好，再說了，在這些大事上，娘一向沒有什麼說話的分兒。三姊經歷了那些事，難道還沒看清嗎？這麼多年了，家裡但凡有一點好的，都要緊著長子、嫡孫，我們這些人做牛做馬的，落不到一句好話。」王氏說著就哭了起來，想想這些年受的委屈，淚水止也止不住。

柳氏也跟著落起淚來，緩了緩精神，才又問道：「那你們現在怎麼辦？住哪裡？」

「娘出面，好說歹說，才讓我們在原來的屋子裡住到找到住處為止。可我是一天都不想待在那兒了。妳不知道，自從分家後，大嫂說的話有多難聽，還一天天的來找我要伙食費。」王氏擦乾眼淚，抬頭對柳氏說：「三姊，我寧可來求妳，也不想在那邊受氣了。還請三姊隨便騰間屋子給我們暫住幾日，等承韻他爹找到房子，我們就搬。」

「說什麼話，我們這兒又不是別人家，你們隨時都能來住。大年下的，別想那麼多，安心在三姊這裡住著，等來年開春再說。」

「就是，小舅母對我們的好我們可都記得呢，想住多久就住多久，三個弟弟、妹妹那麼可愛，我和睿哥兒也正好有個伴。」柳葉也上前拉住王氏的手，親暱地道；「要是小舅母相信我，等來年開春，我們一起種田去，保證能賺大錢。」

「噗哧！」王氏笑了起來。「我們都沒種過地，妳小舅還在擔心那五畝地怎麼辦，妳個小妮子倒是敢說大話，還保證賺大錢呢，別到時候下了地哭鼻子才好。」

「嘿嘿，是驢是馬，拉出來遛遛就知道了，小舅母就好好看著吧！」柳葉一臉洋洋得意，看得柳氏忍不住拍了她額頭一下。

# 第三十七章　匆匆又一年

當天，柳氏就收拾了西廂出來，柳懷仁一家住進了柳家小院。

王氏幫柳氏繡花、料理家務，柳懷仁則天天出去打聽哪裡有房子出租，被柳氏說了幾次，才不再折騰，留在家裡幫著做這做那。

轉眼到了小年夜，柳晟睿的書院從今天起開始放假，趙六也把今年食鋪的分紅送了過來，新年的氣氛越發濃厚了。

掃塵的事，自然輪不到幾個孩子來做。柳氏、王氏、柳懷仁、芸娘、老胡，幾個人分工合作，一上午就把院子裡裡外外都打掃了個遍。因是新蓋的房子，糊牆、糊窗紙就免了。芸娘剪得一手好窗花，大紅的窗花往窗戶上一貼，再把大紅的燈籠一掛，整個院子都喜慶起來。

柳家沒養豬，沒年豬可殺，可架不住村裡人家多，幾個小孩子東家西家趕場子看熱鬧。肥嫩的豬肉買了整整半扇，醃一點、醬一點、各家的年禮送一點，剩下的就全是自家吃的了。

這麼吃喝玩樂就過了正月十五，該上學的上學，該開店的開店。柳葉卻是請來了趙六，幾個人圍坐在一起討論柳葉寫的計劃書。

首先是關於那塊山坡地，柳葉打算把它分成三塊。山腳比較平整的地方開墾出來，種植葡萄，葡萄園裡還可以種些蔬菜、豆類。山腰本來就長了不少竹子，柳葉不想多動，稍微整理一下，再在四周圍上欄杆，在竹林裡建個雞窩，打算養雞。再往上的地方就種桃樹，春天可看花，夏天可食果，想想都是美事。

至於那十五畝田地，柳葉打算種五畝的棉花、套種西瓜，剩下的全種水稻。民以食為天，在這個糧食產量偏低的年代，種植面積當然是多多益善。

當柳葉按照計劃書才剛介紹了個大概的時候，趙六就坐不住了，對柳葉說道：「俗話說得好，一地不打二糧，妳這個葡萄和菜怎麼能種在一起？還有這個棉花和西瓜，這不是胡鬧嘛！」

柳葉笑了笑。「六叔，您別急，聽我慢慢說完。您看這葡萄，它是需要搭架的，那架子下面的土地，我們是不是可以好好利用？只要把握好作物間的間距，就能種些豆子、白菜之類的蔬菜。至於棉花和西瓜套種，則是利用兩種作物不同的成熟時間，以提高單位面積內土地的使用率。」

「這真能行？」趙六半信半疑。

「有啥不行？想當年葉兒才多大，就能帶著大家種甘菊，不也成功了？現在種甘菊的人家越來越多，菊花已經賣不上好價錢，我們正好換個花樣。」趙錢氏一巴掌拍在自家丈夫肩膀上，大咧咧地說道。自從跟著柳葉一起種甘菊、開食鋪賺了錢後，她對柳葉的本事是無條件信任的。

「能行的，只是日常照顧的要求就比較高，另外就是對土地比較傷，肥料要跟上，作物收穫後還要及時養地。」柳葉在肯定答覆的同時，也說了要注意的地方。

「那都不是事，地裡刨食的，哪有不辛苦的？至於肥料，自家的不夠用，還可以去縣裡的茅廁挑，一文錢兩擔。」趙六聽了柳葉的肯定，有些激動起來。「嘿嘿，讀過書的就是不一樣。葉兒，這個什麼套種的，可得教教妳叔我，我們家就全靠妳了。」

柳葉不禁莞爾。「看六叔說的，都把您叫來了，難道還會撇下您不成？」接著又轉向柳懷仁道：「小舅，你們家那五畝地，您打算種些什麼？」

「本來我打算全種水稻，但是聽了妳的話，又想跟著妳種些棉花，至於具體各種多少，我還得考慮考慮。」柳懷仁答道。

「那行，咱說好了，我負責教套種的技術，但這種子和樹苗，還請六叔和小舅幫忙找找賣家。」柳葉又是拍胸脯又是作揖的分派了任務。說完後又想起什麼，問向柳懷仁。「小舅，您家的地是打算自己種，還是雇人？」

柳懷仁想了想，道：「現在離春播還早，我想先去城裡找找活計，看能不能繼續當個掌櫃的，若是找到工作就雇人，若是找不到工作就自己種。」

「找什麼呀，直接來食鋪就成了。當初食鋪是你們都沒空管理我才接手的，還得另外請個掌櫃。現在你既然閒了下來，當然是回食鋪幫忙啊！」趙六拍著柳懷仁的肩膀說道。

「那怎麼好意思？食鋪的老掌櫃都做了那麼多年，一直做得不錯，不能說辭就辭了。再說了，現在你是食鋪的最大股東，我去當掌櫃，不合適。」柳懷仁連忙拒絕。

「你……」

趙六還打算說些什麼，柳葉就打斷了他。

「六叔，我小舅說得也有道理，食鋪這幾年越做越大，您和老掌櫃功不可沒，我們還是安心拿分紅的好。您就讓我小舅自己去找工作吧，再說了，即使找不到，回家種田也沒有什麼不好的。」

「好吧、好吧，我一個人說不過你們，就按你們說的辦吧！」趙六無奈地說道。

「對了，我想趁著還沒農忙，請幾個人把山坡地給整理出來。六叔，您幫我在村裡找幾個人唄！按活計輕重，分一天三十文和一天十五文的，我們家管一頓飯食。」柳葉把話題又拉回到土地上。

「行，這包在我身上。什麼時候開工？」

「明天報名確定人數，後天開工，工具自備。」柳葉嘻嘻一笑，事情就算是商量好了。

第二天，柳葉從報名的人裡選了十五個壯年勞力，先砍了山上的樹木，才開始開荒整地。之後又請了五個婦人專門負責撿樹枝、石塊的活兒。至於雜草和小灌木叢，一把火燒了，正好肥地。

柳懷仁還是找了個掌櫃的活計，帶著一家人住到了店鋪後院。

在一起住了一個多月，突然搬走了五個人，家裡一下子冷清下來。繡鋪沒了，遺留下來的繡活也差不多做完了，家裡又有芸娘幫襯著，柳氏就覺得無所事事起來，天天嚷著太過空閒。

柳葉卻是忙得腳不沾地。二月初就得先把西瓜種上，找長工、買種子，尤其是西瓜的保暖、抗寒部分。這裡沒有塑料膜，柳葉便請人編了許多草簾，到時候厚厚地鋪在地裡，希望能起到作用。

請了六個莊稼漢子當長工，可倒座房住著老胡一家，有女眷，長工們自然沒辦法再住進來。柳葉便用山上砍下來的木頭，讓人在山腳下建了三間房子，安排六個長工住進去。好在都是吃苦耐勞慣了的，在房子邊上搭了個簡易廚房，每個月從柳家領取米麵錢糧，六個人輪流自己做飯。

# 第三十八章　司徒昊歸來

二月初，老胡扛著木尺，柳葉帶著眾人來到地裡做種西瓜前的最後準備。

柳葉採用兩行棉花間種植一行西瓜的模式。柳葉監工、老胡測量、趙六標記，長工們跟在後面整地，忙活了幾天，終於把幾家留好的地裡都種上西瓜，只等著四月種棉花。

看著柳家、趙家的土地播了幾行種子，村裡吃過甘菊第一杯羹的幾家不淡定了，男的去圍堵趙六，女的去柳家打聽。柳葉也不藏私，把她所知道的套種知識一一告知，於是雙福村掀起了一股套種熱潮。

桃樹林已經整理出來，樹洞也都挖好了，樹苗卻是遲遲沒找到。後來還是謝家幫忙，不但買到了桃樹苗，還預訂好了葡萄苗，只等著時間到了種植就好。

進入三月後，柳葉就開始為育苗做準備。

由於是第一次實際操作旱育苗法，柳葉十分上心，幾乎天天都往地裡跑。如何澆水、什麼時候該掀草簾降溫通風、什麼時候出苗……一點一滴都仔細記錄在本子上，等到秧苗長成三葉一心後就開始煉苗。

當其他人家還在育苗時，柳葉家的秧苗已經開始移栽了。看著長勢比往年都粗壯的秧苗，趙六笑得嘴巴都咧到後腦勺去了。有羨慕的，當然也有說風涼話的，柳葉笑了笑，不置一詞，等到水稻收割的時候自見分曉。

五月下旬，司徒昊輕車簡從，風塵僕僕地出現在雙福村的時候，柳葉家的農忙早已告一段落。桃樹、葡萄、早稻、棉花長勢喜人，西瓜已經結出一個個果實，只等著再養些時日就可以開始分批收穫了。竹林裡，上百隻小雞仔嘰嘰喳喳地刨地找食物。

由於是新栽種的葡萄園，柳葉考慮再三，還是沒在葡萄園裡套種蔬菜，畢竟優先保證葡萄的生長才是最重要的。

當司徒昊出現在柳家時，柳葉正提著籃子準備出門。老胡技癢，出去打獵時發現一小片野生的桑樹林，滿樹成熟的桑椹無人採摘，柳葉便打算摘些回來釀桑椹酒。

見到司徒昊，老胡立刻上前牽過司徒昊的馬，牽進了院子。

「咦，你怎麼來了？什麼時候到的？要不要跟我們一起上山？胡叔說他發現了一片桑樹林，我們正打算去採一些桑椹回來呢。」柳葉急著出門，也不跟司徒昊客氣，隨手就遞了個竹筐過去。

這動作嚇得旁邊的輕風趕緊上前搶竹筐，但是一隻白皙大手卻搶先一步接過竹筐。柳葉撇撇嘴，一個大男人，長了雙比女子還要白嫩的手，真是看不過眼啊！

「走吧。」司徒昊單手拎著竹筐，抬腳欲走。

「欸，葉兒，等等我呀！」謝俊從院子裡跑出來，手上也拎著竹籃。

「你一個文弱書生，跟著去幹麼？留在家裡幫忙清洗酒罈不好嗎？那片林子可是要翻過一個山頭的。」柳葉很自然地把自己手裡的竹籃丟給謝俊拿著。

謝俊接過，隨手挎在手臂上，說道：「妳都去了，我怎能不跟著？」

走在最前面的司徒昊聽著兩人間再自然不過的交流，把手中的竹筐往輕風懷裡一塞，加快步伐往前走去。

柳葉小跑幾步才來到司徒昊身邊，問道：「公子，怎麼這個時候來了？藍夫人來了嗎？若嵐呢？有沒有一起來？」

「沒。」司徒昊依舊是一張冰塊臉，腳步卻慢了幾分。

「好可惜啊，都有些想若嵐了，也不知道她過得好不好？」柳葉有些失落，不過這種情緒一下子就過去了，又問道：「公子這次來是路過，還是有事要辦？什麼時候回京？」

「怎麼，這就要趕我走？」司徒昊停下腳步，瞇著眼睛問道。

「不是，今天要去採的桑椹是為了釀酒的，公子若是時間充裕，搞不好還能喝上親手釀製的桑椹酒呢。」柳葉笑著朝司徒昊眨眨眼。

司徒昊看了柳葉一眼，說了句「來得及」，又繼續往前走。

說說笑笑間就到了目的地。看著滿樹紅得發黑的果子，柳葉「哇」的一聲就竄了出去，爬上其中一棵粗壯的大樹，坐在上頭一邊摘桑椹，一邊衝著下面的人喊：「快點，記得要挑那些熟透的、品相好的果子摘喔！」

樹下幾人看著她那迅猛的動作，都愣了愣。謝俊急得在樹下大喊：「葉兒，快下來，危險！」

「沒事的，哪個鄉下孩子不上樹掏個鳥窩什麼的。俊哥，你趕緊忙你的去，我們來比賽，看誰摘得多。」柳葉興奮地對謝俊說，趕他去旁邊的樹上摘桑椹。今天她可是特意穿了長褲出門，就是為了方便爬樹。

前世因為身體原因，連學校的體育課都上不了，到了這一世，有個好身體的柳葉那是完全放開自我，上山爬樹、下河摸魚，一樣不落。柳氏先是要照顧小奶娃，後又要忙繡鋪的事，等到她發現閨女像個男娃似地胡作非為時，已經晚了。好在柳葉大部分時候還是挺文靜的，待人處事比她這個當娘的還要沈穩幾分。

# 第三十九章 留宿

幾人分散開來，各自找了棵桑樹採摘果實。只有司徒昊，悠閒地站在一邊看熱鬧。柳葉看著他那一身一塵不染的冰藍衣袍，眼珠一轉，一把桑椹果實就朝司徒昊扔了過去。

只見司徒昊雙腳輕輕一點，人就穩穩地站在柳葉所在的樹杈上，那幾顆桑椹毫無阻礙地掉落在地。柳葉眼睛瞪得老大。當初她就見過那玄衣漢子使過輕功，一下就不見了，當初的感覺更像是見了鬼般不真實。不像司徒昊，動作不疾不徐，就這麼輕飄飄地到了身邊。

司徒昊學著柳葉的樣子坐下來，撈過一根樹枝，慢慢地把上面的桑椹摘下來，對著柳葉說道：「還不摘？不是要比賽嗎？」

柳葉回過神來，也撈過一根樹枝開始摘桑椹，一邊還興奮地問司徒昊。「剛才那是輕功吧？真的能飛簷走壁？我能學嗎？」

司徒昊上下掃視柳葉一眼，說道：「練武是要有天賦的，還要能吃苦。妳若想學，可以讓老胡教妳一些強身健體的招式。」

「胡叔？我就知道他不簡單，沒想到還會武功。他厲不厲害？跟你比如何？」

「他打不過我。」司徒昊輕輕一笑，鬼使神差地把手上的桑椹餵進了柳葉嘴裡。

「……」兩人同時愣住，然後若無其事地低頭採摘，誰也不再說話。

另一邊的謝俊這會兒卻是鬱悶得不行，雖然枝葉漫漫，看不清樹上兩人的動作，但是只看著那兩個挨在一起的身影，就讓他煩躁得不行，很想衝上去隔開那兩人，又不知道到底該怎麼辦，只能恨恨地拿桑椹出氣，採摘的動作很是野蠻。

幾人的動作飛快，帶來的一個竹筐、三個籃子很快就裝滿了，原路返回，柳氏和芸娘已經把幾個酒罈清洗乾淨了。柳氏母女、芸娘一起把桑椹一顆顆挑揀出來，捨去破損、腐爛的，又用井水沖洗一遍，放在一邊瀝乾。

早早吃過晚飯，謝俊和司徒昊誰都沒提離開的事，柳葉身為主人當然不好趕客人離開，只好裝作不在意，指揮著司徒昊和謝俊把桑椹搗碎，再把搗碎的桑椹和糖按照一定比例放入酒罈。

輕風拉過柳葉，偷偷給她豎大拇指。「姑娘厲害，連我家主人都敢指使，難道妳就一點都不怕我家主人嗎？」

「為什麼要怕？你家主人長得挺正常的啊，還是個養眼的美男子呢！」柳葉笑了笑，對輕風說道：「輕風啊，你家主人具體什麼身分，我雖然不是很清楚，但非富即貴是跑不了的。他那樣的人，看慣眾人對他的恭維、敬畏，偶爾有個人像對待普通朋友般對待他，會是一種很新奇的體驗。你不覺得你家主人很享受現在這種被人呼來喝去的感覺嗎？」

「哇，姑娘，還是妳厲害！」輕風睜大眼睛，連連豎大拇指。

「好啦，開玩笑的啦！我只是遵循本性，以平常心待人，也希望人以平常心待我罷了。」柳葉拍掉輕風豎著大拇指的手，說道：「趕緊去幫忙，天都要黑了。」

等到所有的酒罈都裝好、封口，竟然還留下一小籃的桑椹。柳葉挑揀了一些裝到盤子裡，給廳裡的人送去。看著廳裡坐著喝茶，卻誰都不理誰的兩個少年郎，柳葉抹抹額頭，放下盤子就去找芸娘一起收拾西廂房。都已經戌時三刻了，這回是真的不能攆客了。再有兩刻鐘就要關城門，怎麼也趕不回清河縣去了。

安排好兩位客人，柳葉早早地就回房睡覺。今天又是上山、又是爬樹，實在有些累了，一沾床就睡，一夜無夢到天亮。

隔天吃過早飯，謝俊就要告辭離去。今天他得回府城，再不甘心也不能再留下來，還有大半天的路要趕，回去晚了又該挨罵了。

柳葉一大早就去地裡摘了兩顆相對成熟的西瓜讓謝俊帶走，並告訴他過幾天親自去府城給謝爺爺送西瓜。送走謝俊，柳葉安排老胡去買十個酒罈和幾斤白糖，自己帶著司徒昊和輕風兩人繼續去採桑椹。她打算再釀十罈桑椹酒，八月十五走節禮時正好可以送禮用。

今天上山的人少，需要的桑椹卻比昨天的要多，柳葉三人沒有拿籃子，帶著三個竹筐就上了山。午飯是在山上吃的，輕風一石頭過去就砸死了一隻野雞，柳葉看得眼珠子都要瞪出來了。真是人不可貌相啊，平日嘻嘻哈哈沒個正行的輕風，竟還是個深藏不露的高人。

「輕風打不過老胡。」看著忙碌地架火堆、烤野雞的輕風，司徒昊突然來了一句。

「啊？」柳葉疑惑地看著司徒昊。

「他們兩人走的路數不同，輕風擅長暗器，近身搏鬥不行。老胡是軍營裡出來的，見過血，兩人對戰，輕風在氣勢上就落了下風。」

柳葉不由自主地縮了縮脖子。「胡叔……當過兵？」

「嗯，我在軍營裡發現了他，把他帶回京都做了一名侍衛，後來他傷了腿，就退了下來。」

「你、你也當過兵？你才幾歲啊？」柳葉指著司徒昊，跟見了鬼似的。

「十七。」

正當柳葉還要感慨幾分的時候，輕風拿著烤好的野雞走過來，兩人的交談就此結束。

烤野雞、桑椹，以及從家裡帶來的點心，三人飽飽地吃了一頓，繼續開始幹活。等裝滿三個竹筐，三人才收拾東西往回趕。

柳葉身為唯一的女孩，揹竹筐這種活計當然輪不到她來做。可憐的輕風找了根木棍當扁擔，挑著兩個竹筐。司徒昊輕輕鬆鬆地單手拎著一個竹筐，若是只看他的神情，還以為竹筐是空的呢。

柳葉不用負重，全身輕鬆的她就開始不好好走路了，蹦蹦跳跳的，一會兒踢飛一顆小石子，一會兒跳起來折樹枝。突然，樂極生悲，隨著「哎喲」一聲，柳葉已經坐倒在地上。原來是她又一次跳起來折樹枝時落地不穩，妥妥地摔了個屁股開花。

# 第四十章　露臺夜談

司徒昊趕緊放下竹筐上前查看。「怎麼了？摔哪兒了？」

柳葉試了兩次都沒能站起來，只好揉著屁股繼續坐在地上，呻吟道：「沒事、沒事，摔了一跤。哎喲，痛死我了！」

「噗哧！」輕風看著柳葉扭曲著臉、痛得直吸氣，忍不住笑道：「誰叫妳不好好走路，讓妳得瑟！」說完突然感到後背一寒，接觸到自家主子冰冷的眼神，訕訕地退到一邊不說話了。

司徒昊蹲下身來，一邊查看柳葉有沒有摔傷腿，一邊問道：「可有哪裡不舒服？」

「沒有、沒有，坐一坐緩一下就好了。」柳葉有些窘迫，縮了縮被司徒昊抓著的腳。突然身體凌空，柳葉不由自主「啊」地叫出聲來。

司徒昊竟然一聲不吭給她來了個公主抱！

「喂喂喂，放我下來，我自己會走！」驚慌失措的柳葉一陣掙扎，一下就掙脫下來，站在一邊假借拍打身上泥土的機會掩飾尷尬。前世今生除了前世的老爹，還沒被其他男人抱過，忽然來這麼一下，還是個超級大帥哥，心都要跳出來了，說不出是害羞還是害怕。

手上一輕的司徒昊看都不看柳葉一眼，抬腳就往前走去。

輕風默默地拎起司徒昊丟下的竹筐，就要往自己的那根木棍扁擔上套。自家主人第一次抱了女子卻吃了癟，這時候的輕風巴不得自己是透明人。

「把那竹筐給我。」柳葉出聲攔住輕風的動作。

「這……」輕風看看竹筐，看看柳葉，又看看走在前面頭都不回的司徒昊，不知道該怎麼辦。

「給我。」柳葉上前幾步奪過竹筐，一把提起，發現拎不動，衝著前面的司徒昊大聲喊道：「喂，小昊子，快來幫我抬一下，我一個人拎不動！」

「……」剛挑起扁擔準備走的輕風一個踉蹌，差點連人帶筐摔倒在地。

小……小昊子？我的天哪，柳姑娘果然彪悍，非吾輩能比擬的。更讓輕風吃驚的是，自家主子竟然真的走回來幫柳葉一起抬竹筐！完了、完了，主子對關係最好的幾個表小姐都沒這麼放縱過，竟然還說自己對柳姑娘沒那意思，騙鬼呢！可柳姑娘這年紀也太小了點，不能立刻迎進王府啊！

不提自顧自在一邊天人交戰的輕風，當事人柳葉和司徒昊早已一起抬著一個小小的竹筐走遠了，只是一人是明目張膽地笑開了花，一人是偷偷地微翹嘴角而已。

等到把所有的酒罈都裝滿桑椹，又來不及趕回清河縣了。沒辦法，當然只能再留宿一晚了。

靜寂的夜空，一彎明月穿梭於雲層間，幾顆調皮的星星互相眨著眼睛嬉戲。月光下，露臺上，一身深色衣衫的司徒昊躺在竹搖椅上，身體隨著搖動一晃一晃的。椅上的人微閉著眼，面色柔和，似是睡著了一般。如扇般的睫毛、筆挺的鼻梁、微微張開的紅唇。柳葉上來的時候，看到的就是這麼一副驚世容顏，不自覺停住腳步不敢上前，怕破壞這難得的美景。

「看夠了沒有？」搖椅上的人依舊閉著眼，聲音卻輕飄飄地傳了過來。

「哦，公子您醒著啊，我還以為您睡著了呢，不敢上前打擾。」柳葉訕訕一笑，恭敬地走上前來，把一盤切好的西瓜放在搖椅旁的小桌上，退到一旁站好。

「別學輕風那一套，妳不適合。」司徒昊姿勢不變，依舊是淡淡的語氣。

「啊？」

「妳不是下人，也沒有半點恭敬之心，何必為難自己？有時候我在想，妳是不是根本就沒有尊卑觀念。」司徒昊半撐著身子，一雙眼睛就這麼直直地看向柳葉。

「嘿嘿，這都被你看出來了。」柳葉不再拘束，拉過一把椅子，隔著小桌坐在司徒昊對面。「我自幼散漫慣了，芸娘教了我很多規矩，可我就是做不來，每次禮儀課都把芸娘氣得不輕。」

「妳這樣挺好，很真實，不像別的女人，表面恭敬親和，背後卻能毫不猶豫地捅刀子。」

「聽你那語氣，貌似對女人的怨念極深啊！」柳葉以手臂支著頭，笑問司徒昊，滿眼八卦之色。

司徒昊躺回搖椅上，微閉了閉眼，說道：「我母親就是被一群所謂的姊妹陷害致死的。」

柳葉收回手臂，端端正正地坐好，輕輕地說了句。「對不起。」

司徒昊沒有回應，只是依舊搖著搖椅，望著頭頂深不見底的夜空。柳葉也沒再說話，單手支頭，陪他看星星。

一刻鐘後，柳葉已經從單手支頭變成趴俯在桌上了，司徒昊還是一動不動地保持沈默。柳葉無聊地換隻手臂趴著，面對著司徒昊，無話找話。「小昊子，你這到底是怎麼長的？怎麼能長這麼漂亮呢，真是羨慕嫉妒恨啊！」

「我長得像我母妃。」

柳葉一下就坐直了身子，一個字一個字地說道：「母、妃？」

說溜嘴的司徒昊無奈地坐起身，正色道：「當今聖上是我的父皇，我的母妃是嫻妃，死後追封為皇貴妃。榮寵一時，卻也只能成為政治鬥爭下的犧牲品。」

「那……我現在應該是大禮參拜，還是奪路而逃？你會不會殺人滅口？」驚愕過後的柳葉坐在椅子上，屁股扭來扭去，不知如何是好。

看著裝模作樣、其實沒一點惶恐之色的柳葉，司徒昊不由得嘴角一翹。「妳這丫頭，就知道妳不知尊卑，別裝模作樣了。」

「誰說我不知尊卑了，只是一個人尊貴與否，不在於這個人的身分，而在於他的品行，在於他是否在能力範圍內實現他的人生價值。」

「妳……這樣的話，不准對外說。後半句還行，前半句說出去會遭禍的。妳還小，不知道身分地位代表著什麼。」司徒昊說著，伸手摸了摸柳葉的頭。

「喂喂喂，說話就說話，別動手動腳的，男女授受不親。」柳葉立刻跳起來指責司徒昊。自己好歹活了兩世，竟然被一個十七歲的少年摸頭？

「真是的，我走了，你早點休息。」柳葉轉身欲走。雖然在知道他姓司徒時就有心理準備，可如今證實了身分，還是很害怕，不知道日後該如何相處。

繼續當朋友？不妥當。當個王子供著？彆扭啊！

# 第四十一章　大豐收

看著欲奪路而逃的柳葉，司徒昊站起身，拉過柳葉在她耳邊說道：「本王封號『順』，丫頭，記住了。」說完縱身一躍，直接從露臺上跳了下去。

看著那施施然走進西廂的身影，感受著耳邊殘存的溫熱，柳葉跺跺腳，下了樓梯，思緒煩亂。

她想靜一靜。

第二天，當柳葉躊躇了好久才鼓起勇氣去找司徒昊時，才發現人家早已不告而別了。老胡說他天矇矇亮就啟程了，不知道去了哪裡。

柳葉百無聊賴地踢著腳邊的石子玩。這樣也好，身分上的差距讓她不知該如何面對他，要是讓她像別人一樣，見了面就下跪請安，她寧可沒認識過他。

第一批西瓜已經成熟，柳葉挑了十個大西瓜，由老胡駕車去了趟府城，拜訪謝老大夫。

謝老大夫幫忙引薦了府城有名的水果商人魏員外。魏員外家不但有自家的果園，還收購倒賣各種鮮果，生意橫跨好幾個州府。柳葉家的桃樹和葡萄苗就是向魏員外家買的。

魏員外嚐了口柳葉帶來的西瓜，連連稱讚。「嗯，不錯，又甜又沙，最難得的是，比往年的西瓜提早了半個月的時間上市。柳姑娘，妳開個價吧！」

「五十文一斤。」

「柳姑娘，這個價格我會虧本啊！往年西瓜剛上市的時候，也就三十文一斤。」

「員外，現在這時候的西瓜本就不是給普通百姓吃的。我捨棄清河縣，大老遠跑來府城為的是什麼，員外比我更清楚。老實說這西瓜我這邊也不多，總共也就幾畝地，第一批能採摘的就更少了。」

「姑娘，西瓜這水果不好保存，也就只能在我們青州府賣。四十文，實在不能再多了。」

「行，但我不負責運輸。」

「這……好吧！柳姑娘，我這可是看在謝老大夫的面子上才答應的，下次可沒有這麼高的價格了。」魏員外想了想，答應下來。

「那是自然，我也就是沾了早上市幾天的光，等過幾天別的西瓜陸續上市，自然就賣不了這個價格，這點道理我還是懂的。」

價格談妥，雙方約定明日一早就去拉貨，柳葉想著連夜回雙福村安排採摘事宜。謝老大夫不同意柳葉趕夜路，後來實在勸說不動，就安排了三個護院隨行。

柳氏看到柳葉半夜歸來，嚇了一跳，以為發生了什麼大事。待聽到是西瓜買賣談妥後，又是責怪又是心疼，親自下廚做了消夜，囑咐柳葉吃完早點休息。

等這一季的西瓜賣完，光柳葉家就賣了五百多兩銀子。柳懷仁和趙六家雖沒種那麼多，但也都有幾百兩銀子的進帳。趙六喜得直搓手，嚷嚷明年還要這麼種。

柳葉笑了笑，說道：「六叔，今年是我們占了先機，我們的西瓜最低也賣了二十五文一斤，其他人最高也沒有三十文一斤。到了明年，種植的方法傳開後，種的人多了，大家的西瓜都差不多時機成熟，就賣不上價格了。」

「那不管，叔以後啊，就跟著妳幹了。」

到了「雙搶」的時候，消失了一個多月的司徒昊突然又出現了。那是柳葉家搶收糧食的第一天，為了趕進度，柳家還特意請了幾個短工幫忙。割稻、收糧這些活兒柳葉做不來，下田幹活只會幫倒忙，但她也不閒著，帶著柳晟睿和幾個村裡的孩子，提了個竹籃在已經收割的田地裡撿拾遺落的稻穗。

司徒昊就這麼突兀地出現在田埂上，白衣黑髮，不紮不束，微微飄拂。手執一柄摺扇，輕輕搧動。

溫文爾雅、玉樹臨風，說的就是這樣的人物。

柳葉把小弟趕去跟別的小伙伴一起玩，自己迎上前去微微福了一禮，態度恭敬。「公子，您怎麼來了？輕風呢？怎麼沒在身邊伺候？」

「……來看看這季莊稼的收成。」司徒昊微嘆口氣。小丫頭什麼時候對自己這麼有禮過，就不該告訴她自己的身分，可自己也只是不想騙她罷了。「輕風在曬穀場，還有清河縣的主簿梁大人。」

兩人正慢慢往村裡走，聽了司徒昊的話，柳葉一下止住腳步。「沒聽說稻子還沒收割，主簿大人就上門的啊？再說了，農稅不是由農戶自己上衙門繳納的嗎？」

「我聽說妳用了新方法種水稻，很是好奇，就請了梁主簿一起來做個見證。」司徒昊邊走邊說。

柳葉跺跺腳，小跑幾步跟上司徒昊的腳步，問道：「啥意思？說清楚。」

「丫頭，糧食增產意味著什麼，妳可清楚？這不是妳那些種草藥的法子，說破天去，也只關乎小部分的利益。糧食，關乎民生。」司徒昊停了下來，正色道。

「套種的事，你是不是也知道了？呵，不用問也知道，胡叔肯定什麼都跟你說了吧？」柳葉也停住腳步，正視司徒昊，雖是問話，用的卻是肯定句。

「是的，西瓜早產高產，這沒什麼，重要的是棉花，等棉花收穫的時候，主簿也會來。」

「司徒昊，你到底想幹麼？」柳葉有些跳腳，努力壓抑自己的火氣。

「丫頭，若妳的這些方法當真切實可行，推廣開來，受益的可是百姓，妳家也會有朝廷的賞賜下來。」

「可我並不想要什麼賞賜。村人若是想學新的種植法子，我自然會教，不需要順王殿下操心。」

「柳葉！」

「殿下生氣了？殿下要怎麼懲罰民女？要打要罰都可以，但請殿下日後別再來了。」柳葉說完，頭也不回就朝曬穀場走去。

「丫頭，生氣的是妳，妳到底在氣什麼？」司徒昊長手一撈就拉住了柳葉，緩下語氣問道。

「氣什麼？司徒昊，你做這些事前，有問過我的意見嗎？也對，您是王爺，我們這些平民百姓的感受，又怎會在您的考慮中。」柳葉說完，別過臉去不看他。

沒想到司徒昊卻突然笑出聲來，心情大好。「嗯，不錯，還是我認識的那個野蠻丫頭。」

「你……」柳葉無語了，甩開司徒昊的手，大步離開。

司徒昊笑了笑，跟在後面慢悠悠地走著。

# 第四十二章 水稻收割

雙福村的曬穀場是村裡公用的，每年收穫時，村民們都會提早去里正那裡報備，里正會根據每家收割的日子和田地的多少統一分配。

柳葉家的水稻種植得早，收穫也早了那麼幾天，因此整個曬穀場就只有柳葉和趙六兩家在使用。柳懷仁家的田地不在雙福村，當初柳葉只幫他們準備了秧苗，等確認秧苗移栽成活後就不再操心了。

柳葉到的時候，曬穀場邊上已經圍了不少人。大家本就好奇新法子育秧的水稻到底能有多少收成，又聽說連縣裡的主簿大人都來了，看熱鬧的就更多了。

從柳葉家搬來的桌椅擺放在場邊，邊上還站著兩個衙役。場中，趙六和柳葉家的兩個長工正在稻床上甩稻稈脫粒，輕風在一旁轉來轉去，躍躍欲試。另一個穿著端正的中年男子抓了一把稻穀，在手中使勁揉搓，又挑出幾粒大米放進嘴裡嚼了嚼。

看到司徒昊過來，輕風立刻迎了上來。中年男子不認識司徒昊，但看輕風恭敬的樣子，也扔掉手中的稻穀，整了整衣衫跟了過來。

「公子，柳姑娘。」

司徒昊「嗯」了一聲，便不再說話。柳葉更甚，狠狠地瞪了輕風一眼。輕風敏銳地感覺到兩人間的氣氛不對勁，臉上討好的笑容更盛了。

主簿戰戰兢兢地問輕風。「輕風大人，這兩位是？」

「哦，梁主簿，這位就是柳姑娘，新的育苗法子就是她想出來的。」輕風向梁主簿介紹柳葉，卻提都不提司徒昊。

梁主簿也是乖覺，輕風是連縣令大人都要敬著的人物，眼前這位主兒不是自己能認識的。他向柳葉輕施一禮，道：「柳姑娘大才，若此法真能使水稻增產，柳姑娘功德無量。」

「主簿大人過獎了，小女子只是賣弄些許小聰明罷了，不敢當主簿大人誇讚。」柳葉回禮。

「柳姑娘估計這季的水稻，畝產多少斤？」梁主簿問出他最關心的問題。

「這個我也不清楚，梁主簿既然來了，不妨多等幾日，等我家的糧食收割、曬乾了，一秤便知。」柳葉有些不好意思。她真的只是拿前世的見聞來賣弄罷了，對農事真的不精通，若非趙六和長工們幫忙，這地肯定種不成。

「輕風，這裡交給你了。」司徒昊交代了句，拉起柳葉的手說了聲「走」，就大步離開了。

待遠離眾人的視線，柳葉才甩開司徒昊的手，怒道：「男女授受不親，拉拉扯扯的不像話，我以後還要嫁人呢！」

「才多大的人，就想嫁人？」司徒昊笑著摸了摸柳葉的頭。

柳葉一揮手，拍開司徒昊的手。「別摸我的頭，再摸我翻臉了啊。」

「好。」司徒昊又揉了幾下柳葉的頭髮，才道：「丫頭，我這都是為了妳好，我找人看過，不出意外，妳家的水稻畝產比起往年至少增產三成，到時消息傳開，妳家沒有後臺，那些官吏只會貪墨了妳的功勞，況且萬一出差錯，他們就會拉妳出去頂罪。現在我讓輕風挑破此事，日後即使有差錯，他們也只會怪底下的人，卻不敢拿妳開刀。」

柳葉撇撇嘴道：「你的好意我知道，但我就是不喜歡你不知會一聲就安排事情的做法。每次都這樣，從不問問我到底願不願意接受你的好意，好像我就是路邊的一條小狗，你高興了就施捨一些……」

「胡說，妳去問問輕風，除了親近的幾人，我何時對別人如此上心過？」司徒昊打斷柳葉的話，有些急切地道。

柳葉眨眨眼，再眨眨眼，突然就笑了。「你的意思是……我也是你親近的人？那是不是意味著，我找了一個比山還要大的大靠山？」

司徒昊看著柳葉，認真地說：「妳是我的朋友。」

柳葉也認真地看著司徒昊。「好，既然是朋友，那就應該坦誠相對，下次再有事，記得提前跟我說。」

「好。」

「走吧，回家。上次釀的桑椹酒早就能喝了，我已經分罈裝好了，味道不錯，回去嚐嚐？」

「好。」

兩人一邊閒聊，一邊往家裡走去。

忙碌了幾天，梁主簿仔細秤量了柳葉家和趙六家的糧食收成，又去問柳懷仁家的收成，三家一合計，算出個平均數，平均畝產五百六十斤。

梁主簿很興奮，連縣令大人都特意來柳家查看。天宇王朝的水稻平均畝產量只有四百五十多斤，這一下子長了一百多斤，讓人很難不興奮啊！

柳葉卻有些失望。前世水稻畝產都有千斤左右，超級稻更是有畝產兩千斤的收成。在這裡，沒有雜交稻，沒有化學肥，想要增產就有些困難。

送走縣令和主簿，司徒昊也準備回京。臨走時，他告訴柳葉，明年司農寺會派人下來，向柳葉學習新的育苗方法。

「別再來人了吧？」柳葉有些不情願。「你把我的筆記帶走吧，育苗法子和日常照顧，裡面都有詳細記載。」

司徒昊有些無奈。「丫頭，只有妳當面把方法教授出去，並讓司農寺的人親眼見證糧食產量，妳才能完全脫身，日後有什麼差錯也就怪不到妳頭上。」

「那萬一明年天公不作美，年景不好呢？」柳葉直皺眉。

「這些事那些官員自會衡量，再說了，還有我在呢。」

柳葉皺皺鼻子，斜了司徒昊一眼。「有你在才麻煩，本來我可以安安靜靜種我的田的。」

「丫頭……」

「好了、好了，我知道了。不過事先說好，要派就派個實幹的來，別派些官僚主義者過來，小心被我一掃帚趕出去。」

「好。要不要我順便讓人帶些朝廷的試種種子過來？我看妳對種地的事懂得挺多的。」司徒昊建議道：「試種田可以免稅，還有朝廷的補貼，要是試種成功了，還有獎賞。」

「試種種子？」柳葉眼睛亮亮的，明顯很感興趣。

「都是些外邦進貢的種子，還有一些是司農寺自己研究出來的新種子，不過種植成功的很少。」

「好啊，多帶一些過來。」

「不行，不能多了，妳的主要任務是種好水稻。」

柳葉撇嘴。

# 第四十三章　謝俊心意

送走司徒昊，忙著把晚稻種下，一年中最辛苦的「雙搶」便算是順利結束了，那些下地幹活的人，一個個都累得夠嗆。還好，「雙搶」期間，柳葉特意買了不少肉食改善他們的伙食，還每天熬了綠豆湯解暑。

休息了一段時間，柳葉便想起一事來，當時打穀子的時候，用的是稻床。問了趙六，這邊用的都是稻床，還有用稻桶的，都是拿一捆捆的稻子用力敲打在器物上來脫粒。

柳葉想起前世看到的脫粒機，就想著能不能也做一個出來，畢竟現在的脫粒工具實在太費力了，效率也不高。電動的脫粒機做不出來，人力的總能試試吧？

她把自己關在房裡寫寫畫畫許久，最終還是不得其門而入。東西可以憑著記憶畫出來，可具體尺寸、怎麼組裝，柳葉一籌莫展。

煩躁地丟掉紙筆，柳葉決定去府城一趟。一來給謝府送中秋節禮，二來是想採買點東西，三來就是想給家裡的雞蛋和雞找個買家。現在竹林裡已經有兩百多隻雞了，雞蛋的銷售就成了問題。柳葉不想零賣，只想找個固定客戶，價格便宜點沒關係，省時省力最重要。

她本想順便帶著全家出去散散心，結果柳晟睿說自己不想請假，愛讀書的好孩子必須支持。誰知柳氏說不放心睿哥兒一個人在家，她也不去府城了。最後只有柳葉帶著桃芝和老胡，駕著馬車，帶著禮品出發了。

由於是遊玩性質，柳葉幾人也不急著趕路，到府城時已是傍晚。先在悅來客棧住下，打算明日再去謝府拜訪。

其實原本可以住在謝府的，謝老大夫一定會很開心。可謝家人實在太多了，四代同堂加上下人、僕役，柳葉到現在連謝家的主人都還沒認全呢，還是住客棧自在些。

隔天見到柳葉，謝老大夫很開心，笑得臉上的皺紋都深了幾分，丫頭長、丫頭短的問個不停，還拉著柳葉說要下棋。柳葉只會五子棋，被謝老大夫數落一番不求上進後，兩人便拿著圍棋下五子棋。

「葉丫頭，妳轉過年就十二歲了，妳家大人可有給妳相看人家？」謝老大夫一邊下棋，一邊佯若無意地問道，說完還朝柳葉擠眼睛。

柳葉抹額。「謝爺爺，說這些您不覺得太早了嗎？」

「不早了、不早了，慢慢相看著，三書六禮下來也得三、五年，到時十五、六歲的年紀，正好完婚。」

「那也太早了，我要過了二十歲才嫁人。」

「那就成老姑娘嘍，沒人要了。」謝老大夫拿手指指向柳葉，笑著落下一子。

「沒人要就沒人要唄，我又不是養不活自己。」柳葉也落下一子，興奮地道：「我贏了。」

謝老大夫把棋盤一推，叫道：「不玩了、不玩了。葉丫頭，跟爺爺說說，妳將來想嫁個什麼樣的人家？」說著還衝柳葉挑了挑眉。

柳葉整理著棋子，頭也不抬地道：「沒想過。」

「哎，妳這丫頭，敷衍我老頭子。快說、快說，想嫁個什麼樣的人家啊？」

柳葉想了想。「嗯……人品要好，要能聽管教，家裡人口簡單，小富即可，最重要的是，要長得帥氣，喔，就是要長得漂亮好看。」

「貌似潘安？」

「必須的。」柳葉把頭一揚，提著調子說道。

「臭丫頭！」謝老大夫一巴掌拍在柳葉頭上。

「哎喲，謝爺爺，丫頭都要被您打傻了。」

陪著謝老大夫嘻嘻哈哈的，直到老爺子的午休時間，柳葉才告辭出來，徑直回了客棧。

謝老大夫的房間裡，謝俊正陪老爺子說話。

望著神情俊朗的少年，謝老大夫輕嘆一聲。「俊哥兒，葉兒那丫頭……怕是不可能嘍！你還是聽你娘的，找個門當戶對的人結婚吧。」

「曾祖父，難道您也嫌棄她家的條件嗎？葉兒聰慧善良、美麗大方，您不也很喜歡她嗎？為什麼就……」謝俊有些急迫，怎麼連一向支持自己與柳葉來往的曾祖父也勸自己娶別人？

「不是她不好，而是她無心嫁入我們這樣的家庭。人口簡單，小富即可，這是她親口說的，她這樣的人，受不了大戶人家繁瑣的規矩。而且她的年紀也確實太小了些，再等個三、五年，你都要二十了。」

「不行，我要親自去問問葉兒。」謝俊說完就急匆匆地往外走。

「站住！」謝老大夫喝住謝俊，道：「你想過沒有，要是那丫頭拒絕了你，你該怎麼辦？」

「我……」謝俊有些窘迫。

謝老大夫緩下語氣，道：「俊哥兒，做事不能急，好好跟葉兒相處。你爹娘那裡我去跟他們說，兩年時間，若是還不能搞定那丫頭，你就放棄吧，乖乖聽你爹娘的安排成親。」

「……是，曾祖父。」謝俊有些沮喪，但很快又振作起來，跑去挑送給柳葉的禮物去了。

對這一切一無所知的柳葉，這會兒正帶著桃芝和老胡在街市上閒逛。

三人一路逛著進了一家首飾鋪。這些年忙忙碌碌的，從沒置辦過像樣的首飾，柳葉耳朵上掛著的珍珠墜子還是從柳氏的妝匣裡找的。母女兩個都不是很在意這些，柳氏覺得自己是個和離過的人，滿頭珠翠的會惹閒話；柳葉則是個實用主義者，一副耳環、一條項鍊就已足夠。

這次難得有時間又有閒錢，柳葉就打算給家人買點什麼回去。老胡在外面等候，柳葉拉著桃芝進了這家名為「玲瓏閣」的首飾鋪子，立刻就被各式精美的珠寶首飾給晃花了眼睛。果然，女人對這些閃閃發亮的東西完全沒有抵抗力，就算是實用主義者，也擋不住她欣賞珠寶的心。

# 第四十四章 姊妹偶遇

二人邊逛邊看，把整間店鋪都逛了個遍，最後柳葉指著一塊和田白玉的葫蘆玉珮，問道：「店家，這個玉珮多少錢？」

「伙計，這個玉珮拿出來看看。」同一時間，另一個女聲響起。

柳葉聞聲看去，只見一個十四、五歲的綠衣小娘子手指著一塊玉珮，正是她們看中的那塊，一邊站著一個跟柳葉差不多年紀的粉衣小姑娘。

伙計看看柳葉，又看看小娘子，笑道：「這位小娘子，實在抱歉，這塊玉珮是這位姑娘先看中的。小娘子不妨看看本店其他款式，本店的玉珮件件都是精品，絕不會重複。」

綠衣姑娘輕蔑地上下掃視柳葉兩人，見她們穿著棉布衣衫，頭上連件像樣的首飾都沒有，輕蔑之色更重。「伙計，你這雙眼睛是不是白長了？她們兩個是能買得起玉珮的人嗎？還不快把玉珮拿出來！」

伙計猶豫地拿出玉珮，卻沒遞給綠衣姑娘。柳葉一把搶過玉珮，放在手裡翻看，道：「這玉珮不錯。伙計，多少錢，給我包起來。」柳葉手一伸，把玉珮遞還給伙計。

不料一邊的粉衣小姑娘手快，搶過玉珮就放在綠衣姑娘手上，道：「顏姊姊既然喜歡，拿著就是了。伙計，不管多少錢，我們都買了，帳記在夏府帳上，一會兒你們自去結帳。」

聽到「夏府」兩字，柳葉眼神閃了閃，她就說嘛，怎麼就會無故討厭這麼個小丫頭呢，原來是原主那個同父異母的妹妹啊，但他們不是去京城了，怎麼回來了？

「是，玉珮五十兩。」伙計見玉珮已經被綠衣小娘子收入懷中，只能答應下來。

「喲，沒錢買什麼東西啊，還記帳。伙計，這是五十兩，那玉珮我買了。」柳葉瞥了夏新柔一眼，從荷包裡拿出銀票遞給伙計。

「妳！」被稱呼顏姊姊的綠衣姑娘怒瞪柳葉。

「這……」伙計左右為難，看到不遠處的掌櫃，趕緊跑過去求救。

掌櫃聽了伙計的話，過來抱拳行禮道：「幾位貴客，能看上小店的東西，是小店的榮幸。只是本店的玉珮都是獨一無二的，也拿不出第二塊來供姑娘們挑選。不如哪位姑娘割愛，退讓一步，小店感激不盡。」

柳葉沒理掌櫃的，遞出去的銀票也不收回，只拿眼盯著夏新柔，挑釁意味十足。

「六十兩，掌櫃的，這個玉珮我要定了。」夏新柔惡狠狠地瞪了柳葉一眼，就差沒衝上來動手了。

「七十兩。」柳葉輕飄飄地說了句，低頭翻荷包拿銀票。

「一百兩。」一道響亮的女聲響起，從門口進來一華服婦人，傲慢地看了柳葉她們一眼，說道：「新柔，帶著妳顏姊姊，看上什麼儘管去挑，要是有人跟妳搶，我們夏家都以雙倍的價格買下來。」說完逕自去一邊的椅子上坐著喝茶。

去。

「娘！」夏新柔一見婦人底氣十足，衝著柳葉「哼」了一聲，拉著綠衣姑娘就往邊上看

柳葉聳聳肩，跟在夏新柔身後，每當夏新柔或綠衣姑娘看上一件飾品，柳葉就上前去搶。夏新柔就得意洋洋地衝掌櫃的喊一句：「雙倍，包起來！」

如此反覆五次，就在姜氏要上前制止的時候，柳葉似是洩氣了，長嘆一聲，拉著桃芝去了別的櫃檯看飾品。這次，她挑了個金鑲玉的手鐲，喊了掌櫃拿出來看看，夏新柔就一把搶了過去。

柳葉看向夏新柔。「雙倍？」

夏新柔毫不示弱。「雙倍。」還挑釁地瞟了柳葉一眼。

柳葉看了看那只手鐲，有些無奈地走開了。夏新柔得意一笑，繼續跟上。

沒一會兒，柳葉看中一串碧璽手鐲，又被夏新柔搶了去。如此幾次，姜氏再也坐不住，起身走過來的時候，柳葉又看中了一套藍寶石頭面。

「哼，不知天高地厚，這套頭面也是妳這樣的人能染指的？」綠衣姑娘語氣傲慢。

「就是，妳有那麼多錢嗎？鄉巴佬。」夏新柔輕蔑地道。

「妳們不搶，我就買得起。」柳葉看了兩人一眼，語氣中有無奈、有洩氣，還帶了絲請求之意。

「哈，想得美。掌櫃的，包起來！」夏新柔頭一抬，得意洋洋。

「妳……算妳狠。」柳葉怒氣沖沖，一甩袖子就要離開。

「哈哈，鄉巴佬，還想跟我鬥？快滾，別丟人現眼了。」夏新柔笑得得意，轉身對掌櫃說：「把剛才那些通通包起來，送到夏府去。」

「好嘞！小姐大方，總共六千六百兩白銀。好意頭啊，六六大順！」掌櫃的笑得見牙不見眼，今兒可是賺翻了。

「那麼貴？掌櫃的是不是算錯了？」趕過來的姜氏一聽這價格就嚇住了。

「錯不了、錯不了，這位小姐說了，所有東西都是雙倍價格購買。請問，是記帳還是現銀？」掌櫃笑著問道。

「都是小孩子間的玩笑罷了，掌櫃的，不如……」姜氏很為難，打著商量問掌櫃。

「掌櫃，若是有人打腫臉充胖子，說話不算話，那些東西裡有幾樣我還挺喜歡的，掌櫃的把它挑出來，我買了。」去而復返的柳葉微笑看著姜氏幾人，眼中不屑意味十足。

「誰說我們不要了？這些東西我們都要，就按雙倍的價格買，哼！」夏新柔跺著腳大叫。綠衣姑娘也看著姜氏，眼中意味不明。

姜氏輕嘆口氣，朝掌櫃擺擺手，說道：「都包起來吧，送去夏府結帳。」

「好嘞！」掌櫃的立刻下去收拾東西，心裡早就暗暗給柳葉豎大拇指了。

柳葉不再理會眾人，帶著桃芝逕自離開玲瓏閣。

桃芝憤憤不平地說道：「姑娘，她們那些人太過分了，剛才妳就不該攔著我，看我不撕爛了她們的嘴！」

「喲，沒看出來我們桃芝姊姊這麼厲害啊！但是太凶了可就不可愛了喔！」柳葉笑得開心，調侃桃芝。

老胡跳下馬車迎上前，正好聽到兩人的對話，忙問：「怎麼了？可是出了什麼事？」桃芝嘴快，把買首飾被人欺負的事一一說了。老胡一聽就怒了。「小小商戶也敢如此放肆？姑娘等著，小的這就去給姑娘出氣。」

「胡叔，不用了。」柳葉笑著攔住他。「這會兒姜氏母女還不知道怎麼後悔呢，用雙倍的價格買了一堆自己不喜歡的東西。」

# 第四十五章　賞花

「好了，時候不早，回去吧。」柳葉扶著桃芝的手就要上馬車，卻被人叫住了。

「姑娘，等等！」來的是玲瓏閣的伙計，捧著個盒子遞上前來，說道：「我們掌櫃的說，今日多謝姑娘，一點薄禮，還請姑娘笑納。」

柳葉示意桃芝接過盒子，對伙計說：「辛苦小哥，替我多謝你家掌櫃厚贈。」

「哪裡、哪裡，掌櫃的說了，今日若非姑娘，小店做不成那麼大筆買賣，小小薄禮，姑娘應得的。」伙計小心翼翼地後退，行禮道：「姑娘慢走，歡迎再次光臨。」

柳葉和桃芝一同進了馬車，老胡一揚馬鞭，馬車緩緩駛遠。車內，桃芝打開盒子給柳葉看，一塊玉珮、一支金簪、一只赤金手鐲，東西不貴重，卻勝在做工精細。

柳葉很喜歡，笑著對桃芝說：「收好了，這可是白得的好東西。還真要多謝姜氏她們了。」

「是。」

回到客棧，掌櫃過來說下午有位姓謝的公子來尋人，留下話說明日上午再來。

沒想到晚上謝俊就過來了，約柳葉明日去翠雲峰賞桂、品茶。

翠雲峰在府城北郊，那裡風景秀麗，春有桃花秋賞桂，山頂翠雲觀香火鼎盛，是府城有名的遊玩之地。

綿延山道，兩旁桂樹林立，芳香撲鼻，清風吹過，桂花雨下，一地芳華，讓人不忍踱步。拾階而上，偶有岔路，盡頭一座小亭，早有遊客駐足，或執子對弈，或揮毫弄墨，或品茶論道……處處風雅處處景。

柳葉幾人邊走邊逛，一路上到山頂的翠雲觀。拜三清祖師、用午膳、品茶、閒聊，幾人趕在太陽下山前回到了府城。

與此同時，夏府姜氏的房間裡，姜氏正與貼身嬤嬤許氏在說話。

「查得怎麼樣了？那柳氏過得如何？」

許嬤嬤有些幸災樂禍地道：「回娘子，查清楚了，柳氏就住在雙福村，靠著種地、養雞過活呢，成了一名農婦了。」

「哦？她不是繡工了得嗎？再怎麼樣也淪落不到當農婦啊。」

「哎喲，娘子，再能幹又能怎樣？抵不住有個拖後腿的娘家啊！聽說前幾年柳氏還開過繡鋪呢，後來她娘家犯事，繡鋪就開不成了，她那大哥到現在還在牢裡呢。」

「嗯。那丫頭的事查得怎麼樣？」

「娘子沒認錯，那丫頭確實是婉姊兒，這次來府城就是為了賣雞蛋的。」

「哼，她倒是生了個好女兒，新柔比那丫頭差得遠了。」

「娘子說的什麼話，我們家新姊兒可是娘子悉心教養，入了怡王妃的眼，豈是隨便什麼人都能比的？」許嬤嬤很會說話，知道姜氏愛聽什麼。

「那倒是。嬤嬤，妳放話出去，就說那丫頭得罪了怡王府的貴人，讓那些人眼睛擦亮了，不是隨便誰的生意都能做的。」姜氏眼中閃過複雜之色。臭丫頭竟敢讓她白白損失了幾千兩的錢財，那她也別想好過。

「是。」

接下來幾天，柳葉就在為她家的雞蛋奔波。可是連著三天，沒一點收獲，連原先有意的都反悔了。

被拒絕的次數多了，柳葉就察覺出不對勁來。在再一次被拒絕後，柳葉問出了心中的疑問。

她家的雞蛋不壞不臭的，價格又便宜，為啥沒人買？

掌櫃的嘆了口氣。「姑娘，夏家放出話來，說妳得罪了京裡來的貴人，要找妳的麻煩呢，現在誰還敢跟妳做生意啊？」

「呵，不就是賣個雞蛋嗎？搞得這麼複雜。」柳葉輕笑出聲，問道：「掌櫃可知，京裡來的貴人是誰啊？」

「不知道，聽說是怡王府的人。」

「哦，這樣啊，多謝掌櫃告知。」

告辭掌櫃後柳葉就回了客棧。原來夏家攀上怡王府了，也難為他了，一個商戶竟也這麼會鑽營，只是不知這次回來會待多久，還會不會離開？最好立刻就走，走得越遠越好。

這時老胡過來討主意。「姑娘，要不要小的去打聽打聽？」

「不用，夏府的事不關我的事，收拾收拾，咱們明天就回家。」柳葉很是乾脆。

「不賣雞蛋了？那雞蛋怎麼辦？」桃芝一臉憤憤。「該死的夏家！」

「好了，不就是雞蛋嘛，咱還不賣了。回家，姑娘我做好吃的給你們吃。」柳葉手一擺，定下了回程事宜。

回到雙福村，柳氏聽說府城發生的事，長嘆一聲，什麼話也沒說。

第二天，柳葉就把自己關在廚房裡忙活半天。

麵粉、雞蛋、白糖……沒錯，她打算做蛋糕，沒有烤箱，可以做蒸蛋糕嘛！分離了蛋黃和蛋清，柳葉把老胡拉進廚房，給了他三根筷子，讓他打發蛋白。

等到柳晟睿下學回來，滿院子都充斥著一股勾人的甜香，柳氏、芸娘、桃芝都眼巴巴地望著廚房的方向。聽到柳晟睿回來的聲音，柳葉把尚有些燙的蒸蛋糕拿出來，等不及柳葉把盤子放好，柳晟睿就伸手搶了一塊，一口咬下，眼睛一亮，再也顧不得說話，衝著柳葉豎了豎大拇指，兩三下就把一塊蛋糕吞下肚去。

柳氏、芸娘、桃芝、老胡、飛白，一人分了一塊。看著眾人把手上的蒸蛋糕吃完，柳葉笑著問道：「好了，幾位都吃完了，現在來說說這蛋糕的味道如何？」
「香軟。」
「甜而不膩。」
「鬆軟可口。」
眾人七嘴八舌地發表意見，桃芝更是誇張，瞇著眼睛一副享受的樣子，道：「這是幸福的味道啊！」
柳氏看著女兒，笑道：「葉兒，妳這個……蛋糕，是怎麼做的？我看妳今天一下午都在廚房裡搗騰，還叫了老胡進去幫忙。」
「雞蛋、麵粉、白糖。」柳葉伸手拍了還在做鬼臉的桃芝一下，又問道：「那如果我們開間點心鋪子，專賣蛋糕，你們覺得可行嗎？」
「行，這麼好吃的東西，肯定會有很多人買的。」柳晟睿邊說還邊望著裝蛋糕的盤子吞口水，明顯沒吃夠的樣子。
「能行嗎？做了一下午，才做了這麼小小的一塊，我可是看妳來來回回拿了好幾次雞蛋。」柳氏提出異議。
老胡也跳出來說：「小的也覺得不行，下午我打雞蛋打得手都抖了，一般人承受不住這般高強度勞作的。」

# 第四十六章 開蛋糕鋪子

柳葉不好意思地撓撓頭，道：「嘿嘿，這不是第一次做嘛！失敗了幾次，材料浪費得有點多。」其實最主要的還是沒有電動打蛋器，手動打蛋，蛋糕發不起來，跟蛋餅似的。後來柳葉找了老胡來幫忙，又嘗試幾次才算成功了。

「至於打發雞蛋的事，我也沒有特別好的法子。」想到自己完全沒辦法打發蛋清，柳葉也有些沮喪起來。

「這有啥，多幾個人的事！」芸娘倒是不在意這些，她在意的是配方。「只是這蛋糕的配方，我們必須保密，不可外傳。我看要是開鋪子，鋪子裡的人還是都簽死契的好。」

「沒必要吧？」關於買人的事，柳葉有些猶豫，一個蛋糕方子而已。

「有。」眾人異口同聲。

柳葉無所謂地聳聳肩。「也好，配方不外洩，我們也能多賺些銀子。」

「那鋪子開在哪兒?開在我們學堂門口吧？」柳晟睿兩眼亮晶晶的，笑得賊。

柳葉一巴掌拍在柳晟睿屁股上，說道：「想得美，開學堂門口，賣得還沒你吃的多。我打算開在府城，府城富人多，賣得出價格，而且我打算每天限量銷售，讓工人有足夠休息時間。如此，蛋糕的價格就會漲，縣城沒有府城合適。」

「葉兒，鋪子還是開在縣城吧，開在府城，我怕夏府的人來鬧事。」

「這……」看著自家娘親擔憂的神色，柳葉想了想，說道：「好吧，那我們先在縣城開間小鋪子專賣蛋糕，等日後點心的種類多了，我們再把鋪子開到府城去。至於夏家，他們攀上了怡王府，遲早會回京師的。娘不用擔心，離得遠了，誰還會在意我們幾個？以前那麼多年不都是這樣過的嗎？」

聽女兒這麼說，柳氏明顯鬆了口氣，點頭答應。

「好了，既然商量妥當了，胡叔，找鋪子和買人的事就交給你了。芸姨，蛋糕方子我教給妳，日後蛋糕鋪子就由妳來負責。」柳葉一一分配任務。

「啊？我去蛋糕鋪子，那家裡怎麼辦？而且，我只是個下人。」芸娘有些驚訝。

「芸姨、胡叔，我從來沒把你們當成下人過。自從知道胡叔的身分後，我就想著要把賣身契還給你們。只是家裡還少不了你們，司公子那邊也不知道該怎麼說，所以一直這麼拖著，但還你們自由是遲早的事。把蛋糕鋪子管起來，日後多少也是個進項。」

聽到柳葉這麼說，老胡和芸娘都有些感動。說實話，當初王爺讓他們賣身給柳家時，他們私底下是有怨言的。可一年相處下來，說沒有感情是假的，現在柳葉又說出這樣的話，兩個人都有些情緒激動，不知道說什麼好了。

「好了、好了，煽情的話也說了，現在該幹麼就幹麼，爭取早日把鋪子開起來。家裡的雞蛋太多，再不消耗一些，就只能眼睜睜看著它們壞掉了。」柳葉收拾好盤子就去了廚房，眾人也各自去忙了。

八月底，蛋糕鋪子裝修完畢。柳葉在廚房裡砌了一排架子，打蛋盤可以傾斜放在架子上。又去鐵匠鋪訂製一批超長手柄的打蛋器，使用時可以適當借助身體的力量，減緩對手臂的壓力。選了個黃道吉日，蛋糕鋪子便開張了。每天只做十個蛋糕，差不多八寸大小，每個蛋糕都切成八塊，裝在一個小小的紙盤上，賣完為止。

最初三天，柳葉在店門口擺了試吃盤，把蛋糕切成丁，請路人免費試吃。蛋糕一下子在清河縣風靡起來，每天十個蛋糕根本不夠賣。

芸娘建議提高每天的蛋糕製作量，柳葉笑著同意了，卻告訴芸娘每天未時三刻後就不可再製作蛋糕。一是為了預防蛋糕滯銷，二是為了讓工人們好好休息，恢復體力。

過了一個月，瘋搶蛋糕的風潮過去，蛋糕銷量趨於平穩，柳葉適時推出一款紅棗蛋糕，又過一個月，再推了款葡萄乾蛋糕。

其實柳葉很想弄個烤爐出來，有了烤爐，就能做更多品種的糕點了。只是雜事繁多，一直沒能靜下心來研究。

忙忙碌碌間，時間就到了十二月。

司農寺的人十一月初就到了，來的是一位梁主事，一到柳家就抱怨自己路上事多給耽擱了，對自己不能親眼見到柳家的糧食收割表示遺憾，並說來年一定要陪著柳家一起大幹一場。說完就施施然地走了，說是多年未與家人團聚，回家住段時間。

經過打聽，柳葉才知道這位梁主事是清河縣人，跟縣衙的梁主簿是親兄弟。柳葉不禁懷疑，梁主事那麼早來柳家報到，不是他工作積極，也不是他熱心農事，而是他思鄉情切，早早趕回來與家人團聚的。但柳葉懶得去追究這些，只期望與這位梁主事合作愉快。

大表姊柳玲玉總算嫁出去了。先前因為柳懷孝的原因，蔣家一直想要退親，張氏受不了柳玲玉的哭訴，也是真心疼愛自家閨女，一咬牙，又追加百兩銀子的嫁妝，蔣家才不情不願答應了婚事，於十一月底把柳玲玉迎娶進門。

因先前的事，柳氏和柳葉都沒去觀禮。按照柳葉的性子，連添妝都不想送，還是柳氏想著畢竟是自家晚輩，送了一份添妝過去。那邊卻如石沈大海，連個回應都沒有。柳氏也不在意，兩家關係本就不好，也沒期待對方會有好的回應，自己盡到禮數就好。

十二月的某一天，消失許久的梁主事又來到柳家，找柳葉商討明年糧食種植事宜。

柳葉本著好資源不用浪費的原則，向梁主事提出自己的想法。

「梁大人，我聽說有種稻田養魚的法子，既可增加水稻收成，又可獲得漁產品。不知梁大人覺得此事是否可行？」

梁主事想了想才說：「按理說，田裡有水，魚是可以存活的，可是水位不夠，魚苗長大後如何處置？最重要的是，魚要是吃稻秧怎麼辦？那不是得不償失嗎？在下見識淺薄，還是第一次聽說這種法子，小娘子既知此法，可否為在下解說一二？」

# 第四十七章　稻田養魚

「梁主事是農事上的行家，小女子唐突，若有說得不對的，還請主事大人教我。」柳葉理了理思緒，說道：「稻田養魚，魚可以吃掉稻田裡的害蟲和雜草，魚的糞便會成為水稻肥料。同時，稻田也給了魚群良好的生活環境和豐富的食物。至於主事擔心的問題，我記了些筆記，這就去取來與大人細看，請稍等。」

柳葉說完就去自己房間拿了本筆記回來，指著其中一張圖紙，說道：「大人請看，這是我設計用來養魚的稻田。我們需要在春耕前加高加固田埂，並挖好魚坑和魚溝，還要做攔魚柵防止逃魚。具體的尺寸我在這張圖裡都有標示。」

梁主事奇怪地看了柳葉一眼，便低頭仔細看起筆記來。筆記上除了圖紙外，還詳細記錄整個養魚種植的過程，按照時間順序，各個階段該做什麼、如何做都一一寫明。梁主事往後翻了幾頁，發現還有注意事項。

像是得了什麼不得了的寶貝，梁主事抓著筆記不放，問道：「柳姑娘，這本筆記能否容我帶回去好好參詳，待過幾日再來與姑娘討教這稻田養魚的法子？」

「可以，梁主事儘管拿去看。」柳葉大方地答應下來，又拿出另一本筆記。「這是我今年旱育秧法種植水稻的記錄，大人亦可拿去。」

「好、好，如此多謝姑娘。」梁主事把兩本筆記收好，又問：「姑娘為何如此大方就把筆記給我參詳，就不怕我貪墨了姑娘的功勞嗎？」

「這個……我如果說我大公無私，為了天下蒼生，說出來連我自己都會臉紅。」柳葉嘿嘿笑道：「我想這個法子只是為了讓自家多些收入罷了，既然不影響我家實施新方法，我又何必計較那麼多？」

「姑娘真性情，不貪功、不藏私。順王爺眼光不錯，京都那些大家閨秀們怕是要傷心難過了。」

「梁大人何出此言？」柳葉有些疑惑。這關京師閨秀們什麼事？

梁主事哈哈大笑，道：「鄉下農女新法種田，順王爺親自面見陛下為其表功，京師可謂謠言四起，都說順王被妖女迷惑，心神不屬啊！」

「大人玩笑了，小女子我才十一歲而已，何來妖女之說？」柳葉敷衍著梁主事，暗地裡卻把司徒昊罵個半死。他是腦袋秀逗了，還是故意的？

這天，玄十一來了，他是司徒昊身邊的暗衛之一。

柳葉聽到老胡稟告時，好奇心大起。暗衛啊，只在小說和電視劇中見過，現在卻有一個活生生的暗衛在眼前，一定要好好見識一下才行。

一身玄衣、身姿筆挺地站在廳中，面容冷峻。柳葉來到廳中見到的玄十一就是這麼一副模樣，可沒想到玄十一見到柳葉，還未說話臉就紅了。柳葉一下就樂了，原以為是個冷酷男，沒想到卻是個靦覥的大男孩。

她笑著問玄十一。「你家主子可好？這次讓你過來有什麼事？」

玄十一連耳根子都紅了，取下身後的包袱，遞給柳葉，嘟囔了半天才道：「這是主子給妳的，裡面有主子的信。」

柳葉更樂了，接過包袱也不打開，歪著頭看著玄十一。「你跟你家主子說話時也這麼害羞嗎？耳根子都紅了呢！你那麼容易臉紅，是怎麼當上暗衛的？跟敵人打架的時候也會臉紅嗎？」

「我、我、我去找胡叔。」玄十一手足無措，結結巴巴地說了這句就「咻」地一下不見了。

「哈哈哈哈！」

笑過之後，柳葉就開始翻看司徒昊給她的包袱。裡面有兩封信、一個匣子、兩包種子和一卷畫軸。匣子裡是京師時下流行的幾朵絹花和一對珠花，柳葉只驚豔了一下就擱到一邊。兩包種子，一包不認識，細細小小的，估計是某種菜籽。另一包一打開，柳葉的嘴角就不自覺揚了起來。

南瓜子，一顆顆白白胖胖的，前世到處都有的零食之一，不過柳葉不喜歡吃。當然，現在手上的這包南瓜子是生的，用來當種子用。柳葉不會種菜，這兩包種子只能交給長工們去折騰了。

兩封信，一封是藍若嵐寫的，敘述自己回京後的悲慘生活，各種規矩、各種課業，壓得她都沒了自由，還埋怨司徒昊要給柳葉送禮竟然不告訴她，害她沒時間準備禮物，只好送了幅自己畫的雪景梅花圖給她。

另一封是司徒昊寫的信，只有薄薄一張信紙，寥寥幾句，都是問候柳葉的話，問她過得好不好、地裡收成如何？最後還提醒她要多多吃飯，注意身體。整封信充滿了溫馨，卻沒提他自己回京後的事宜。

柳葉收拾好東西，就去找柳氏準備給各家的年禮。大姨家的委託車馬行送去——二十斤新棉花、幾疋布料、清河的一些特色吃食。其他人家的都是自己送去，東西也都差不多，只是在給姥姥、姥爺的年禮裡沒有布疋，是柳氏親手做的兩套棉襖和春裝，外加五十兩銀子。

柳葉把司徒昊送來的絹花拿出來，給春花和大姨的女兒南宮玉各送去了兩朵。

藍若嵐那裡，柳葉選了塊純白皮毛，請柳氏趕製兩隻波斯小貓玩偶。她記得藍若嵐很喜歡玩偶，當初自己答應把兔子玩偶送給她時，她可是開心很久。

輪到司徒昊的禮物，柳葉就犯了愁。以前也沒送過，可這次玄十一既然送了東西過來，她就得回禮，但送什麼東西卻讓柳葉愁白了頭髮。

她實在想不出來，最後惡作劇般地拿了根鵝毛，夾在信裡讓玄十一帶了回去。

這天，梁主事又來了，跟柳葉商議明年的水稻種植。柳葉家這一年又陸續買了些地，到現在已經有四十畝水田、十五畝旱地，再加上桃林、竹林、葡萄園，柳葉家已經算是不小的地主了。

按照柳葉的計劃，水田是要全部拿來實行稻田養魚的。梁主事卻不同意，他還要收集旱育苗法促使水稻增收的資料呢。同時他對稻田養魚心存疑慮，擔心失敗後柳葉家損失一整年的糧食收成。最後大家商議，選十五畝水源邊的田地來做稻田養魚試驗，其他的則單種水稻。

# 第四十八章 病重

謝俊親自送了年禮來，除了謝家備的禮外，謝俊還偷偷送柳葉一支寶石頭釵。望著那顆在陽光下閃閃發亮的紅寶石，雖然只有指甲蓋大小，柳葉還是拒絕了這份禮物。

「俊哥，這太貴重了，我不能收。」

「葉兒，這是我特意買給妳的。」謝俊有些急。他的那些姊妹們都挺喜歡首飾的，為什麼葉兒不要呢？

「俊哥，你我雖是朋友，我們兩家關係也不錯，可這釵子太貴重了，我不能收。」

「為什麼？」

「首先，東西太過貴重，不適合我戴；其次，我若收下，不知該如何回禮。」

「我不要妳回禮，葉兒，我只是想送妳一件禮物。」謝俊執著地把釵子往柳葉手裡塞。

柳葉索性背過手去，嘆了口氣，說道：「俊哥，這釵子於你我是一份禮物，在外人看來卻很容易被誤解為是你我二人私相授受。」

「沒有，我只是單純想送妳一個禮物罷了。」謝俊連連解釋。

柳葉也不說話，就這麼背著手看著他。

「好吧，是我考慮不周，葉兒妳別生氣。」謝俊洩氣地垂下雙手，向柳葉道歉。

「謝謝你，俊哥，我很高興你送我禮物，只是這禮物選得不妥當，也不該私下給我。」

「我知道了，下次一定考慮周全。」謝俊聽柳葉這麼說，又高興起來。「我先回去了，等選了別的禮物再給妳送來。」

過了幾日，謝俊果然又送了禮物來，給柳晟睿的是一刀上好宣紙、幾枝湖筆；給柳葉的是幾本時下流行的話本、書籍。柳氏只當是他們三人要好，笑著收下，親自包了些蛋糕、點心讓謝俊帶回去吃。

新年一過，柳葉就忙了起來。先是村人一個個上門來問如何育苗？來的人多了，柳葉索性請里正聚集村人，統一講述旱育秧法的具體操作和注意事項。

接著就是指揮家裡的長工加高加固那十五畝水田的田埂，挖魚坑、魚溝，再找商家預訂魚苗。只要草魚、鯉魚和少量的鯽魚。

家裡的長工又增加了幾個，柳葉重新給長工們分配工作，制定獎勵機制。

育苗、插秧、放魚、種菜、種西瓜、種棉花……司徒昊給的種子成活率都不高，那種不知名的菜籽出苗後只稀稀疏疏地種了半畝地，南瓜苗種了一畝，開了兩畝旱地種各種蔬菜，還種了十畝地的棉花，選了其中兩畝套種了西瓜。

長工來問剩下的一畝半旱地種些什麼時，柳葉看著種得密密麻麻的南瓜，想了想，留下那一畝半的地，讓長工們以間苗的方法，小心地拔出部分的南瓜苗移栽到那一畝半地裡。好在南瓜易活，小心地照顧幾天後，移栽過來的南瓜苗幾乎都成活了，只損失了少數幾株。

這次柳葉還在葡萄園裡也套種花生，負責葡萄園的長工樂得嘴巴都合不攏了。今年是種植葡萄的第二年，不一定有產出，有了花生的收成，今年的獎勵就有保證了。至於會不會套種失敗，長工都自動忽視，由主家小娘子手把手地指導，他們有啥好怕的，那可是連官家大老爺都誇讚過的人。

梁主事每日必到，只要關於農事，事無巨細，都一一記錄下來，有時還親自上陣，動手操作。直到水稻稻葉挺直，遠離水面，魚柵收起，草魚可以自由在稻田裡悠游，梁主事才改為三天一報到。

綿綿梅雨季到來的時候，清河柳家傳來消息說田氏病重。柳葉一邊督促長工們做好排水工作，一邊還要隔三差五地陪柳氏去探望田氏。

田氏自從那次暈倒後，身體就一直不好。大兒身陷牢獄，二兒分家單過，長女遠嫁他鄉，小女和離被棄，老太太思慮過重，又身體虛弱，生病吃藥便成了常事。張氏又是個自私懶怠的，得不到好的照顧，田氏的身體一天天地虛弱下去。

柳氏她們到的時候，表嫂吳氏正在廚房屋簷下煎藥。屋中，面色蒼白的田氏半躺在床上，柳老爺正倒了杯水遞給田氏。柳氏她們問了安，又問起田氏的病，得知只是著涼，大夫已經來診過脈、開了藥，才稍稍安下心來。

問起張氏，田氏搖搖頭說：「早上來看過一回，說是家裡事多就不見人了。」

正巧這時，吳氏端了藥進來。柳葉看吳氏臉色不佳，原豐潤的身材也瘦得不行，有種風一吹就倒的感覺。

柳葉示意柳氏，柳氏看了吳氏幾眼，也不說話，等柳氏服侍田氏喝完藥，看著吳氏端著碗出了屋，才問道：「爹、娘，家裡可是出了什麼事？我看承宗媳婦的臉色怎麼不是很好？」

「沒什麼大事，平日事多，妳娘又病了，大概是累著了。」柳老爺說著就起身。「妳們娘兒倆聊，我去看會兒書。」

柳葉也乘機出了屋，找吳氏聊天去了。

纏綿病榻十多天，田氏的病沒有起色，反倒越來越嚴重，還發起熱來。柳葉特意給謝家去了信，謝俊帶了謝家醫館醫術最好的老大夫來給田氏診病。

診脈、問病情、查看先前的藥方，老大夫摸著鬍鬚請謝俊也診了一遍。來到外間，兩人對視一眼，老大夫點點頭，示意謝俊先說。

謝俊輕咳一聲，才道：「老太太思慮過度，鬱結於心，又感風寒，寒氣入體，加之本就體虛，病勢凶猛，怕是不好。」

「這可怎麼辦啊？」柳氏聽完，眼淚一下就流出來了。

老大夫輕嘆口氣。「這樣吧，我開兩帖藥先吃著，一帖退熱，一帖止咳，三日後我再來複診，看病人情況再決定是否改藥方。這段時間你們要悉心照料，老太太胸中有痰，更要多加注意才是。若是高燒不退，怕是不好，你們要有心理準備。」

送走大夫，柳氏去找柳老爺商量，給大姊柳元娘去了信，說好三日後大夫複診時再來，便回了家。

# 第四十九章 爭吵

田氏的身體還是一天天垮了下去，謝家的大夫先是三日一診，後改為兩日一診，最後乾脆住下來，藥也成了一日一帖地開。

柳氏也住進了清河柳家，日夜服侍在田氏榻前，沒幾天人就瘦了一大圈。

張氏眼見著田氏不好，家裡又來了外人，不再在屋裡躲著不見人。每日三餐都來田氏床前點卯，卻是說得多、做得少。

田氏最終還是等不及柳元娘到來，在信件寄出後的第二十五天去世了。柳元娘家離清河太遠，來回最少也要一個月，若是信件在路上再耽擱幾天，花費四、五十天也是有可能的。

終於，柳元娘在出殯之日趕到了。

來不及洗漱休整，一家人披上孝服就跟著出殯的隊伍去了柳家祖墳，也算是趕上送田氏最後一程。喪事辦完，眾人才有機會坐下來休息。

柳葉環顧廳中眾人，柳老爺似乎一夜間就老了許多，坐在上首默默抽著煙；柳氏和柳元娘肩並著肩，眼睛腫得跟核桃似的；柳懷仁夫婦眼睛紅紅的，坐在那裡一聲不吭；張氏嗚咽著，不時拿手帕擦眼角，手帕卻沒半點水漬。

「爹，娘怎麼突然就……每次來信不都說家裡一切都好嗎？」柳元娘哭了一陣，率先打破沈默。

柳老爺抬頭看了大女兒一眼，嘆道：「唉！妳娘這幾年身體一直不好，藥就沒斷過。妳娘怕妳擔心，每次回信都不准我們說起。」

張氏又擦了一次眼角，插嘴道：「大姊，娘一直都斷斷續續地病著，誰也沒想到這次會這麼嚴重，若知道會這樣，就應該早點送信給妳的，害得妳連娘最後一面都沒見上。」

「哼，娘一直病著，妳在幹麼？分家那會兒說得多好聽，說妳一定會把爹娘照顧好，可妳都做了些啥？縣裡的大夫治不好娘的病，怎麼不早些去府城請大夫？還要柳葉一個小丫頭操心這些事。妳要是上心些，早點請府城的大夫來調理娘的身體，娘會一病不起，以至於年紀輕輕就去了？」柳元娘一想起自己日夜趕路，還是沒能見上田氏最後一面，就一肚子火氣無處發。

「也怪我，平日裡沒有多關心娘親。」柳懷仁說著，打了自己一巴掌，繼續道：「為了多賺幾個錢，沒能多回來看看娘，每次託人捎東西回來都說家裡挺好的，卻不知其實娘的身體早就虛透了。」

「這怎麼能怪你？你為東家做活，是想回來就能回來的嗎？」王氏心疼地道：「辛辛苦苦一年多，爹娘的孝敬一分不敢少，到現在連自己的房子都還沒有……」王氏說著，眼淚就無聲地落下來。

「也怪我，想著大哥一家不待見我，就回來得少了，竟然沒發現娘的異樣。」柳氏擦著眼淚，也是後悔不已。

「這可怪不到你們兩家，大家都知道，三妹那時候是連嫁妝都交了的，幾乎淨身出戶，小弟分家時也只得了五畝地，都是有幾個孩子要養的人，回家少誰也說不出錯來。不像某些人，吃喝都是爹娘的，還不知道好好孝順爹娘。我只恨我嫁得遠，日夜趕路，竟還是連娘的最後一面都沒見到。」柳元娘說完，恨恨地瞪了張氏一眼。

張氏見柳元娘看過來，一甩帕子，大聲道：「現在是都怪我嘍？承宗他爹不在，就打算欺負我一個婦人了？我一個人操持這一大家子，我容易嗎？大姊，話可不能亂講，你們問問爹，哪次娘生病，不是我去請大夫的……」

「妳閉嘴！看看妳自己的身形，都胖了幾圈了，我看妳是巴不得娘身體不好，沒力氣管妳吧？現在娘去了，妳心裡還不知道怎麼樂呵呢！」柳元娘一拍桌子，罵道：「這段時間我雖不在家裡，可我會打聽。妳自己說，妳給娘端過一次水，還是給娘煎了一次藥？一天天的，跟個大少奶奶似的，在娘跟前點個卯就跑了，大家都在妳就這樣，可見平日妳也是敷衍了事的。」

「我……大姊，說話要憑良心，家裡境況不好，承宗他爹還在牢裡，要銀子打點，家裡的進項又少了一半不止，可就是這樣，我也沒虧著爹娘啊！妳自己問問爹，我是讓二老自己做過飯，還是讓他們自己洗過衣服？我的委屈，我找誰哭去！」張氏說著，轉過身軀，嗚嗚地哭了起來。

「哼！」柳元娘一拍桌子，站起來指著張氏道：「若不是妳和懷孝不省心，娘會思慮成疾？趕走三娘，逼得小弟分家，妳自己說說，家裡這一樁樁、一件件，哪件事不是妳做出來的？」

「好了！妳娘屍骨未寒，妳們在這裡吵啥？都回去！」柳老爺敲了敲桌子。

「爹，大家也是心裡難過才沒控制住情緒，您別生氣，我們這就出去，您好好休息。」柳懷仁站起身來，拉著王氏率先出了屋，其他人也陸續退了出去。

聽到動靜的吳氏從廚房裡出來，怯生生地喊了聲「娘」。

正一肚子火沒處發的張氏開口就罵了句：「喊什麼，叫魂呢！」

吳氏低著頭不敢說話，雙手無措地揉著衣角。

柳元娘看不過去，怒道：「就知道擺婆婆譜，把好好的閨女都折騰得沒了人形，人家好歹是秀才之女，大哥的功名可是被奪了的，小心對方父母找妳算帳。」

「哼，我家的事，不用妳操心。」張氏白了柳元娘一眼，又道：「一隻不會下蛋的雞罷了，我還治不了她不成？」

「遲早有妳哭的時候。」柳元娘不再理會張氏，拉起柳氏的手就走。「三娘，走，我去妳家叨擾幾日，省得在這兒礙了某些人的眼。」

於是，柳元娘一家就在柳葉家住了下來，直到田氏三七過後，才回了齊州。嫡親的兩姊妹在一起互相安慰，因田氏的去世而帶來的悲傷，也似減輕了幾分。

# 第五十章　忙碌農事

南宮玉的性子跳脫，住在柳葉家的這幾天，每天都拉著柳葉東玩西跑的，柳葉家的蛋糕等吃食都讓她吃了個夠。

相反的，兩個雙胞胎表哥比較內斂、好學，每天躲在睿哥兒的書房裡看書、習字。柳葉還把旱育苗法、稻田養魚、套種技巧都一一教給大姨夫，稻田養魚是來不及了，但育苗法在晚稻還能用上，柳葉還特意講了幾種秋冬蔬菜的套種配方，大姨一家都欣喜得對她連連稱謝。

這段時間，謝俊跑柳葉家跑得很是勤快，來了不是給柳葉講他聽到的趣事，就是拉著柳葉滿山野亂跑。柳葉知道謝俊是怕她傷心，想法子轉移她的注意力，便也不戳破。

這倒是樂壞了南宮玉，小尾巴似地跟著瞎晃悠，有一次還不小心掉進水田裡，弄了個滿身泥。

田氏的三七一過，柳元娘一家就回去了，柳葉的生活也回歸平靜。學學禮儀規矩、琴棋書畫，操心田地裡的事，跟梁主事探討農事，時間過得飛快。

這日，負責南瓜地的長工跑來找柳葉，說地裡出了點狀況。正好梁主事也在柳家，幾人匆匆去了地裡。

到地裡一看才發現，兩畝半的地，後來移栽的一畝半地裡的南瓜已經開始結出小小的果實了，最初種植的那畝地裡卻只開花、不結果，有些花都已經凋謝，卻是一個果實都沒有。幾人認真觀察，把兩畝多的地仔仔細細比較。

柳葉又想起前世每到一定時期，菜市場裡就會有菜農拿南瓜藤來賣，價格便宜，不可能是為了賺那麼點錢而故意摘瓜藤，又看到不結果的那畝地裡，南瓜葉層層疊疊，明顯要比別的地裡密集許多。跟梁主事一商議，梁主事也覺得可能是植株太過密集的緣故。

柳葉指揮眾人又對這兩畝半的南瓜地做了一次間苗，拔掉不少植株，又對留下來的南瓜藤做了梳理，還搭了矮架，保證每株南瓜植株都有足夠的空間，也有充足的光照。

至於那些清理出來的南瓜藤，柳葉選了一部分炒菜，還給相熟的幾家都送了一點嚐鮮。其餘的都給了趙六，趙家養了幾頭豬，正好做豬飼料。趙六看一些南瓜藤的葉節間有根鬚生出來，就在自家院子裡試著種了些，竟然成活了幾株，到秋收時也收穫了一些南瓜。

司徒昊在這時候又悄悄地出現了，一副理所當然的樣子住進了柳家，駭得梁主事連柳家的二門都不敢邁了。可憐柳家的第一進院子只有一排倒座房，梁主事只能在倒座房裡跟老胡商議事情，不敢往柳葉跟前湊，這倒是讓柳葉輕鬆不少。

這日清晨，趁氣溫還沒升高，柳葉在院子裡架起畫架準備畫畫。院子裡搭了一個葡萄架，經過一年多的生長，葡萄架已經很壯觀，只可惜還是沒有果實。葡萄架下擺了石桌、石凳，炎炎夏日，坐在葡萄架下納涼，吃井水裡冰鎮過的西瓜，想想都涼快。

司徒昊一身青色長衫出現在柳葉身後，看柳葉拿柳條和眉黛畫畫很新奇，不由得拿起一根小指粗的柳條晃了晃，問道：「這也能畫畫？」

「當然了，你看這個。」柳葉取出火摺子，燃燒了一小段柳條，拿起柳條炭在畫紙上塗塗畫畫起來。

司徒昊見柳葉柳條、眉黛輪換著用，有時候一只眉黛畫得好好的又換一只，只見畫紙上的石桌、石凳、果盤、茶具慢慢生動起來，就像是眼前的實物縮小數倍搬到畫紙上。

「這……畫法奇特，畫面逼真，只是這好似某個番邦人的繪畫技巧，妳一個鄉下小姑娘，又是從哪裡學來這種技法？」司徒昊好奇地問出心裡的疑惑。

「還有人會素描？還以為只有我一個人會呢。」柳葉嘴上問得輕鬆，心裡卻緊張得要命。

「素描？是這種技法的名稱？」司徒昊微微瞇起眼睛，說道：「宮中藏著兩幅類似的畫卷，是我的一位皇兄為了討好父皇，費了不少精力從番邦商人那裡得來的。丫頭，妳又是從哪裡學來的？技法還如此嫻熟？」

「啊？我、我……」

「好像從認識妳開始，妳就一直在給我驚喜，育苗法、稻田養魚、套種、蛋糕……甚至於風格迴異的繡樣。最初我只以為妳聰慧，可細想起來未免聰慧過了頭。而且妳完全沒有尊卑等級之分，一些舉動也跟常人不同。丫頭，妳到底是誰？」司徒旲說完，直直地盯著柳葉看，看得柳葉心裡發毛。

「那個……我說了你可能不信。」柳葉在心裡拼湊好，整理好臉部表情，看著司徒旲，認真地說：「這些話，出我口，進你耳，不許讓第三個人知道。」

「妳說。」

「我五歲那年被親生父親一巴掌打暈，昏迷十天才醒轉的事，你知道吧？其實那時候我已經死了，只是機緣巧合沒去成地府，反倒去了南海見了觀音菩薩。菩薩見我怨氣沖天，為了化解我的怨氣，帶我看了一場鏡花水月。我彷彿覺得自己多活了一世般，我的那些知識都是在鏡花水月裡學來的。後來菩薩見我娘對我的肉身悉心照料，被母愛感動，便把我送了回來。」

柳葉說完，見司徒旲看著自己不說話，也靜靜地回望他，心裡不住給自己打氣。

要鎮定，不能慌！

# 第五十一章　莊周夢蝶

司徒昊就這麼和柳葉對視著，足足一刻鐘後，才輕嘆了口氣，說道：「丫頭，記住妳今天跟我說的話，以後不管誰問起類似的問題，妳都這麼回答。」

「啊？」

司徒昊突然開口，讓柳葉有些反應不過來。

司徒昊微微一笑，繼續道：「我很好奇，妳在鏡花水月裡都看到了什麼？什麼時候跟我仔細講講？」

「可以啊，鏡花水月裡的景象可神奇了……」柳葉點點頭，就要挑些前世的事來說，好增加點可信度。

「不急，想好了再說，別讓我從妳的話裡聽出漏洞來。」司徒昊說完就自顧自地離開了。

「喂，你什麼意思啊？」柳葉衝著司徒昊喊道，卻沒得到回應。自己一個人在原地愣了半天，滿腦子都在想司徒昊到底信不信自己的胡扯。

三天後，柳葉不知道司徒昊為什麼要把她帶到柳家桃林來。這個時節沒有桃花，新栽一年多的桃樹也沒有結果，根本沒什麼景致可看。

「這桃林不錯，妳應該在這裡建個亭子，春日裡，邀上三五好友，坐在桃花樹下吟詩品茶，豈不快哉？」

「公子的主意不錯，可惜我沒那個雅興，若是這裡有座亭子，我首先想到的是拆了亭子，我可以多種幾棵桃樹。」

「哈哈，妳這丫頭。」司徒昊搖搖頭，舉步繼續前行。柳葉亦步亦趨地跟在後面。

「丫頭，跟我說說，妳在妳那所謂的鏡花水月中，都見到了些什麼？」司徒昊走在前面，看不見他的神色，只有幽幽的聲音傳來。

柳葉停住腳步，想了想才道：「那是真正的人間天堂。公子，你能想像畝產千斤甚至兩千斤的水稻嗎？一年四季都有吃不完的水果、蔬菜，即使是普通百姓，也能冬天吃西瓜、夏天嚐冰品。冷了有暖氣，熱了有空調。電視、電腦、手機、飛機、汽車……每天，父親會為我們做好飯菜，糖醋排骨、蜜汁雞翅、筍乾燉鴨、番茄炒蛋……都是我和母親喜歡吃的。每到換季，母親就會為我準備新衣，我有整整一大櫥的衣服，可母親、父親卻永遠只有那麼幾件衣服。只要我考了好成績，父母就會給我獎勵。我記得我考完試後的獎勵是去海邊潛水，其實我知道我的身體並不允許我去潛水，可我就是想看看大海，坐在沙灘上，面前是一望無際的海，心境也如大海般開闊。父母最大的心願就是能治好我的病，能陪著他們老去，可我還是讓他們失望了，才二十歲，我就永遠離開了他們……」

不知何時，柳葉已經蹲在地上，頭埋在臂彎裡，淚如泉湧。

前世的父母啊，不知你們過得可好？我是如此思念你們，卻是再也回不去了。

司徒昊蹲下身來，輕輕地擁住柳葉。柳葉撲進司徒昊的懷裡，哭得更厲害了。

等到柳葉發洩完，看著司徒昊那件被鼻涕、眼淚糊花了的衣衫，不好意思地笑了笑，道：「對不起，我……」

「沒事，妳……還好吧？」兩人就這麼面對面站著，司徒昊的手還搭在柳葉的肩上。

柳葉吸了吸鼻子，抬起頭來。「沒事了，只是鏡花水月裡的景象太過真實，我一時迷了心智而已。」

司徒昊揉了揉柳葉的頭髮，說道：「好了，只是一場夢罷了。是我不好，不該問的，倒是惹妳傷心了。」

「只是一場夢嗎？」柳葉低著頭，神情說不出的悲傷。

「對，只能是一場夢。」司徒昊意味深長地看著她，說道：「妳知道慧濟大師嗎？大師曾說過，天下大道，奇人異事歷來有之，其中有一種最為神秘，那就是生而知之。我不知道妳身上到底發生了什麼，但是，請妳記住，如大師般通達的，只有他自己一人。所以妳的鏡花水月，只是一場夢，不要再跟任何人說起妳的那場夢，妳只是在昏迷時受到菩薩點撥的幸運兒罷了。妳的感情太過真切，不免讓人對妳的身世起疑。」

「你……」柳葉怔怔地看著司徒昊，說不出話來。

司徒昊掏出手帕，遞給柳葉。「好了，擦擦眼淚，妳看妳，眼睛都哭紅了，要是讓人看見，還以為我欺負妳呢。」

「哼。」柳葉一把奪過手帕，大步往前走去。

接下來的幾天，柳葉都刻意躲著司徒昊。太丟人了，竟然在人家懷裡哭了個昏天暗地。還有，自己怎麼就這樣把心中的秘密告訴他了呢？那傢伙又是怎麼想的？會把自己當成妖怪嗎？

一場夢而已？唉，也只能是一場夢，只是不知道究竟是莊周夢蝶，還是蝶夢莊周？

柳葉只能不停做事來轉移自己的注意力，讓自己不再去想這個無法解答的問題。西瓜地清理乾淨了，晚稻種下了，魚群放回了稻田，南瓜地裡已經有了一個個碗口大小的南瓜。

柳葉採了幾個嫩南瓜做菜，梁主事知道後，揪著柳葉狠狠罵了一頓。種子就那麼多，別的試種田裡的情況還不清楚，柳葉這邊好不容易結果了，怎能沒等成熟就摘了吃，留種才是第一重要的事。柳葉只能悻悻地挨訓，再也不敢打那些南瓜的主意。

烤爐砌起來了，體積有點大，效果卻不錯。蛋糕、麵包、餅乾……有時候也用來烤雞，柳葉玩得不亦樂乎，一家人也都有了口福。

柳氏和芸娘偏愛蛋糕；司徒昊、輕風、老胡喜歡餅乾，他們說這東西好保存，方便攜帶，味道還不錯；柳葉更偏愛麵包，烤得焦黃的麵皮上，刷上一層油，色香味俱全；睿哥兒和飛白當然是來者不拒，通通喜歡。

遺憾的是，沒有牛奶，做出來的東西口感上總是欠缺了些。柳葉知道司徒昊肯定能弄到這東西，可她不想為了口腹之慾求助於他。

自從那天在司徒昊懷裡大哭一場後，柳葉總覺得兩人間變得怪怪的，她竟然沒辦法用平常心去面對他，當初知道司徒昊身分時也沒這麼彆扭過。

輕風也察覺出主子與柳姑娘之間的怪異，偷偷地打聽，卻被司徒昊罰去外地辦差，沒個月餘回不來。

輕風走後沒幾天，謝俊就來了。

# 第五十二章　謝俊表白

謝俊也不說有什麼事，神思不屬地在柳家吃了頓飯就匆匆走了。第二天又來了，圍著柳葉轉了半天，終於找到與柳葉獨處的機會。

院子裡，柳葉收拾好東西正從廚房裡出來，謝俊拉住柳葉的衣服，說道：「葉兒，我有話要跟妳說。」

柳葉停住腳步，看了眼被謝俊拉著的衣服。謝俊訕訕地放開了手，柳葉問道：「謝大哥，什麼事？」

謝俊躊躇了半天，才道：「葉兒，妳以前都叫我俊哥的。」

柳葉微微一笑。「謝大哥，這只是一個稱呼而已。而且你也到了該成親的年紀，我再喊你俊哥，未來嫂子該吃醋了。」

「葉兒，我……」謝俊急切地想著什麼，卻生生轉移了話頭。「我爺爺前段時間生了場大病，差點沒救回來。」

「什麼？現在沒事了吧？」柳葉在腦子裡轉了個彎，才明白謝俊說的爺爺是謝老大夫的兒子。因為自己一直叫謝老大夫為爺爺，而謝俊跟自己的年紀又差不多，就下意識地以為說的是謝老大夫，著實嚇了一跳。

「沒事了，只是身體算是垮了，家裡讓我盡快成親。」

「嗯，你的年紀也差不多了，早點娶個嫂子回家也是好的。」柳葉有些奇怪，謝俊怎麼跟她說這些。

「葉兒，我……」謝俊的臉一下就紅了。「我喜歡妳，我想娶的人是妳。」

「……」柳葉看看謝俊，又望望天空，再看看謝俊，有些無奈地說：「謝大哥，我才十二歲，不適合成親，最重要的是，我一直都把你當朋友，從沒想過有一天自己會嫁給你。」

「沒關係的，葉兒，妳從現在開始想也可以啊，我會對妳好的。」謝俊急切地想要去拉柳葉的手。

柳葉把雙手藏在身後，說道：「謝大哥，你爺爺身體不好，你家裡人想讓你早點成親的原因是什麼，你想過沒？十八歲以前，我是不會成親的，你家人不會同意我嫁給你的。」

「不會的，曾祖父最喜歡妳了，我也可以說服我家人，我們先訂親，等妳到了十八歲再成親，好不好？」

「不好。謝大哥，閨密是什麼，你知道嗎？閨密就是兩人間沒有秘密，互相信任、互相依靠，一方有難，另一方會無條件幫忙的人。而你，就是我的閨密。因為太過熟悉，所以我對你是不可能產生男女之情的，我不可能會嫁給你的。」

「葉兒……」

「謝大哥，話我已經說清楚了，我還有事要忙，你自便。」柳葉說完，轉身就走，去地裡看她的莊稼去了。

謝俊在原地站了好久，才垂頭喪氣地離開。兩人誰也沒發現，屋頂有個人，把他們的談話聽了個清清楚楚。

等到傍晚柳葉回到家，謝俊已經走了。柳葉鬆了口氣，裝作什麼也沒發生過，吃過晚飯，上了露臺。沒想到司徒昊早已在那兒，照例霸占了唯一一張搖椅，一搖一晃地看著夜空。

「唉，又慢了一步。我是不是應該再買一張搖椅？」柳葉打趣了一句，在一張藤椅上坐下來，腿伸得老長，頭靠在椅背上，望著星空發呆。

司徒昊轉頭看了一眼，道：「今天有點奇怪啊，以前妳可不會這麼隨意，坐沒坐相。」

「唉！」柳葉雙手交叉，放在胸前，長長地嘆了口氣。

司徒昊也把手交叉放在胸前，狀似無意地問道：「謝俊是妳的閨密，那我是妳的什麼？」

柳葉轉頭看了他一眼，道：「你都聽到了？唉，煩啊！我一個沒長開的小孩有什麼好的，他是不是傻？放著那麼多如花似玉的美女不喜歡，跑來說喜歡我。鬧這麼一齣，怕是日後都不好相處了。」

「妳當真不喜歡他？」司徒昊支起半個身子，目光炯炯地看著柳葉。

「都說了是閨密，太熟悉的兩個人，怎麼可能談戀愛嘛！」

「談戀愛？是互相愛慕的意思嗎？那妳說，我們倆之間有沒有可能……嗯……談戀愛？」

「喂，這樣的玩笑可開不得，一點都不好笑。」柳葉「噌」地坐直了身子，皺著眉瞪著司徒昊。

司徒昊也坐了起來，認真地道：「柳葉，跟我回京吧！」

「你你你……你說真的啊？」柳葉有種轉身想逃的衝動，這可比謝俊的表白還要可怕。

「皇后和幾位妃嬪都想插手我的婚事，把她們的人塞進順王府，好把我拉到她們的陣營裡。」

「要是對方姑娘真的不錯，那你就娶了唄！況且這好像不關我的事啊？」

「我無心那個位置，不想被牽扯進去。那些人，我一個都不會娶。」

「等等，讓我想想。」柳葉拍了拍額頭，繼續說道：「所以，你想讓我當你的擋箭牌，幫你演戲？可我這個小身板，不夠京裡的那些貴人們拍一巴掌的吧？」

司徒昊嘴角微翹，說道：「身板雖小，卻很好用。堂堂順王爺竟然看上了鄉野村姑，這村姑還是個未成年的小姑娘。妳說，京裡的那些貴人會怎麼想？」

「會認為順王爺就是個傻子，腦袋裝了漿糊才會如此。」

「嗯？」

柳葉撇了撇嘴，道：「王爺有了推脫眾位娘娘的理由，也是給其他人一個你不想爭儲的訊息，畢竟娶個無權無勢的鄉下村姑，對爭儲沒有半點好處。若是思想再邪惡一點，或許有人會以為王爺有戀童癖，只要這樣的謠言一起，王爺名譽受損，於儲位更是無望了。」

司徒昊盯著柳葉，認真地道：「那妳願不願意幫我？」

「很危險啊，一不小心就不能脫身了。」柳葉摸了摸耳朵，繼續道：「不過，看在你一直幫我的分上，我就陪你演一場戲吧！」

「好，等輕風回來了，我們就回京。」司徒昊說完，繼續躺回搖椅上。

「起碼要等到秋收完吧？梁主事還在呢。秋收後很快就過年了，等過完元宵再進京也不遲。」柳葉也靠回椅子上，擺了個舒服的姿勢繼續看星空。

司徒昊看了她一眼，沒有再說話。

# 第五十三章 母女談話

自從那天晚上在露臺上與柳葉達成共識後，司徒昊對柳葉的態度有了明顯的變化。兩人在一起的時間越發多了，清晨漫步田間，中午作畫練字，晚上共聚露臺。柳氏看出兩人間的不妥，這天夜裡，來到柳葉房間找女兒說話。

柳氏進房時，柳葉正在看書，見到自家娘親進來，趕緊放下手中的書，把柳氏讓到屋裡坐。

「娘，這個時候過來，可是有什麼事？」

「葉兒，妳也十二了，娘想著是不是該給妳尋門親事了？」

「娘，您不要我了？我才十二歲，您就急著要把我嫁出去了啊？」柳葉拉過柳氏的手撒嬌。

「也不小了，慢慢準備著，到了十五歲正好可以出嫁。」

「我才不要那麼早嫁人呢，嫁人有什麼好的，婆婆要給妳立規矩、妯娌要為難妳、三姑六婆要講妳的閒話，萬一遇人不淑，這苦可就吃不完了。」

「唉，娘也不希望妳那麼早嫁人，可是，那個司公子對妳……唉，當初就不該讓他住在我們家，也是我想岔了。葉兒，妳老實跟我說，妳是不是對司公子……」

「娘，您說什麼呢？」

「唉，司公子人品好、相貌好，看他的作派，出身也定是不凡，確實很優秀。可是，葉兒，他太優秀了，那樣的人家不是我們能妄想的，他的家人絕對不會允許一個村姑做正妻。葉兒，妳可別行差踏錯，莫不可有做人妾室的想法。」柳氏語重心長地道。

「娘，我與司公子之間只是朋友而已，沒有您想的那些事。我就是終身不嫁，也不會去給人做妾的。」

「真的沒什麼？」

「真的沒什麼。」

「不行，我還是不放心，明天我就去找黃媒婆。葉兒，聽娘的，咱尋個門當戶對的人家，安安穩穩地過活，好不好？」柳氏拉著柳葉的手，還是一副不放心的模樣。

「唉，娘，您聽我說，司公子是不會讓黃媒婆來家裡的，我已經答應司公子來年開春後就隨他進京。」柳葉有點不敢看柳氏。這件事是她欠考慮，答應得太草率了。

「什麼?!」柳氏霍地站起身來。「葉兒，妳不是說妳跟他之間沒什麼嗎？」

「是沒什麼啊，我只是答應了要幫他個忙而已。」

「他一個富家貴公子，需要妳幫什麼忙?還要妳跟著他進京?葉兒，妳平時挺聰明的人，怎麼就……不行，明天我就去找黃媒婆，盡快把妳的親事定下來。」柳氏說完就往外走，柳葉想拉都拉不住，只好長嘆一聲，隨她去了。

第二天，柳氏就去找了黃媒婆，對柳葉和司徒昊也是愛理不理，沒個好臉色。

屋簷下，柳葉看著屋外的大雨唉聲嘆氣。剛剛就因為自己不喜歡吃肥肉，吃飯時挑食了些，就被柳氏喋喋不休地數落了一頓飯的時間。

司徒昊慢悠悠地從廳裡走出來，在柳葉身邊站定，看著漫天的雨幕，說道：「孀子這幾天怎麼了？心情不是很好啊。」

柳葉白了他一眼。「還不是因為你？我當時肯定是腦袋抽風了才會答應跟你去京城。我娘以為我倆之間有什麼曖昧關係，急著要幫我訂親呢。」

「哦？」司徒昊靠近柳葉，在她耳邊說道：「那妳說，我們之間有沒有曖昧關係？」

「切——」柳葉偏過頭去，斜睨了司徒昊一眼，道：「是你眼光太差，還是我沒自知之明？還曖昧關係，無聊。」

「哈哈！」司徒昊大笑出聲，邁步離開，邊走邊說：「我去找孀子聊聊，放心，我是不會讓妳隨便嫁給什麼不認識的人。」

也不知道司徒昊對柳氏說了些什麼，反正從那次以後，柳氏雖然還是板著張臉，卻也不再是看什麼都不順眼了。漸漸地，家裡又恢復往日的和睦溫馨。

柳葉也開始忙碌起來，收花生、種青菜、安排中秋節禮。過完中秋還沒休息幾天，又要著手安排棉花和南瓜的採摘工作。梁主事看著那一個個跟臉盆差不多大小的南瓜，欣喜得手腳都不知道怎麼擺了。

柳葉卻是一臉愁容，因為司徒昊和梁主事都不允許她賣南瓜。剛從外地回來的輕風又被司徒昊指使走了，帶著大部分的南瓜回了京城。可柳葉看著還是塞滿院子的幾千斤南瓜，有種想拿南瓜砸死自己的衝動。

她找了間沒有陽光直射又通風良好的空屋，又找村裡的木匠做了一批簡易木架，把挑選出來、沒有破損的南瓜一層層地放在架子上，儲藏妥當。蒸南瓜、南瓜粥、南瓜飯、南瓜餅、南瓜蒸肉，甚至南瓜吐司、南瓜蒸蛋糕，柳葉想盡一切辦法要消耗南瓜。

在大家快要吃到吐的時候，司徒昊終於大發善心，說只要能留下足夠多的種子，南瓜隨柳葉處置。柳葉趕緊在自家蛋糕鋪子和趙六的吃食鋪子裡推出相應的南瓜吃食，還給全村人都送去幾十斤的南瓜，並教他們做法，告訴他們南瓜子要曬乾收起來，來年好當種子。當然，小舅和大姑家更是少不了，各家送去了百來斤的南瓜。

收晚稻、起魚坑，在統計好收成後，梁主事樂呵呵地回了京都。收成很不錯，這次既立了大功，又與家人團聚了一年多的時間，梁主事覺得整個人都要飄起來了，恨不得一夜飛回京師領賞。

司徒昊也和梁主事一起離開，沒提讓柳葉進京的事，柳葉當然不會主動提及。她正後悔著呢，又不能出爾反爾，只能將拖字訣進行到底。

臘月二十八，早早地吃過晚飯，柳葉打算鑽暖被窩，卻被一陣敲門聲破壞她的躲懶計劃。

玄十一渾身冰霜，出現在柳家客廳裡。柳葉不免可憐這個靦覥的小伙子，寒冬臘月的，真是難為他了。

這次帶來的東西有些多，以布疋和補品為主，家裡每個人都有份，大部分是司徒昊送的，還有藍夫人和藍若嵐讓玄十一帶來的。司徒昊的信卻只有一封，還是給柳氏的。柳葉有些失望，卻也沒表現出來，沒有誰規定一定要給她寫信不是？

# 第五十四章　番薯面世

分完禮物，玄十一又捧出一個用黃綾蓋著的托盤，說道：「聖上口諭！」四字一出，廳裡的人都愣住了，芸娘趕緊上前扶著柳氏跪下來，廳裡的人反應過來，都齊刷刷地跪倒在地。

「聖上口諭，令青州清河縣雙福村村民柳葉盡全力栽培新作物，不得有誤。」玄十一說完，示意眾人起身，為難地說道：「姑娘，主子進宮為姑娘請功時，不知怎的惹怒了聖上，聖上收回了原本要給姑娘的賞賜，還命姑娘培育新作物，若是栽培不成功，會有重罰。」

玄十一一口氣說完這些話，長長地吐了口氣。天知道為了能順利說完這幾句話，他暗自練習了多久。

柳葉在心裡暗豎中指，顧不得安慰面色難看的柳氏和柳晟睿，問向玄十一。「新種子呢？」

「哦，在這兒呢。」玄十一這才想起，掀開黃綾，露出裡面一個個拳頭大的種子。

柳葉一看，就放下心來。

番薯啊，高產量且適應性強。

「就這些？」柳葉指著托盤裡的五個番薯，問道。

「其他在外面。」玄十一說完就去外面抱了一個筐子進來，用油布包得嚴嚴實實的。油布掀開的一瞬間，柳葉都能看到筐子上方升起的一團熱氣，又對著老天豎了豎中指。

顧不得其他，把筐子裡的番薯一個個拿出來檢查，變黑腐爛的、出芽的占了十之八九，只有區區十二個番薯還保存完好。

柳葉又挑選了些尚能拯救的番薯，找了個角落平放在地上，拿油布一蓋就不管了，對眾人說道：「睡覺，天大的事明天再說。」

說完，拿起桌上屬於她的那份禮物就回了屋。

眾人面面相覷又無可奈何，只能回屋睡覺。玄十一跟著老胡去了倒座房，他要在這裡住下來，直到主子有新的命令下來為止。

回到房間的柳葉卻沒有睡，她翻看了司徒昊給她的禮物。精緻的檀木盒子，裡面是一套珍珠頭面、十張百兩銀票，以及一張紙條。紙條上寫著「好好種地，快快長大」八個字。柳葉無語望蒼天，她還是好好想想怎麼處理那批番薯吧，王爺這種生物，腦迴路跟常人不同。

經過一夜思考，柳葉才想起前世一本穿越小說上提到，白綾塗抹桐油後可以替代塑料薄膜。不管三七二十一，先吩咐老胡去弄些回來再說。但今天已經二十九，店鋪都關門了，想買點東西可不容易，還好有司徒昊給的一千兩銀子，多花些銀子還是能弄到貨的。

接著又囑咐留守的幾個長工開始整地，她要建大棚、種番薯。

柳葉拿出小刀，小心翼翼地把出了芽的番薯切成小塊。一開始切壞了好幾塊，後來漸漸熟練，才能保證不切壞已經長出來的芽苗。

把切好的番薯塊種進大棚，從此以後，不管颳風下雪還是暖陽晴天，柳葉每日必到番薯棚報到。一家的興衰榮辱全繫於此，不能不上心啊！

許是上蒼聽到柳家人的祈禱，柳葉的努力沒有白費，百分之八十的番薯苗都成活了。待到春暖花開，把薯秧種植到大田裡，柳葉的心才算是稍稍安定下來，才有心情詢問玄十一事情的具體情況。

經過一段時間的相處，玄十一不再像初次見面那般一說話就臉紅，把他知道的情況一一說了。

宮中的事情還是不清楚，只能到時候問司徒昊。只知道番薯是今年番邦某國進獻的，因為送來時已是秋天，便沒有下發試種。沒想到保存不當，種子腐爛的腐爛、出芽的出芽。皇帝心情不爽，司徒昊正好撞在槍口上，柳葉就倒了大楣。挑挑揀揀的，才弄了這麼一筐尚能過眼的，運來的一路上怕凍壞了，一直用油布裹著放在馬車裡，沒想到……

柳葉已經無力吐槽了。該死的司徒昊，他若在這裡，自己肯定痛揍他一頓。不過看在他給了一千兩銀子的分上，就寫封信去斥責他一下好了。

信送去了，卻遲遲沒有回信。當柳葉開始收番薯的時候，司徒昊來了。兩人雙騎，黑衣紅披風，騷包得不要不要的。

正在地裡挖番薯的柳葉，隨手就把手中的番薯藤拋向剛下馬的司徒昊。看著黑衣上幾個泥印子，柳葉才心情大好，哈哈大笑出聲。

司徒昊無奈地拍拍衣服上的泥印子，朝柳葉招招手。「過來。」

柳葉拍乾淨手上的泥巴，跟身邊的長工囑咐幾句注意事項，就朝司徒昊走去。

輕風已經很自覺地牽著兩匹馬回了柳家。司徒昊等到柳葉走近，才信步往前走，示意柳葉跟上。

「怎麼樣？今年的收成如何？」

「還不錯。」說起這些，柳葉就很高興。「桃林和葡萄園都有了產出。而且果樹品種不錯，兩種水果的味道都很棒。早稻大豐收，晚稻長勢也不錯。沒種西瓜，旱地全種了棉花。今年稻田養魚的人家多了，估計不太好賣，不過沒關係，我給了趙六叔幾種魚的吃法，我們打算去府城開間酒樓專賣魚料理，咱家的魚就不愁賣了……」

司徒昊靜靜地聽著，適時插上一句，表示自己正在認真聽她講話。

「對了，番薯只種了兩畝不到，預計產量在八千斤左右，該怎麼處理？皇帝要驗貨嗎？」

「這麼多？比南瓜還高產。」司徒昊有些驚訝，更多的是欣喜。又一種高產糧食啊，以後天宇王朝再也不怕災荒了。

「第一次種，產量不高。不管是南瓜還是番薯，都還有很大的提升空間，畝產萬斤都有可能。」

「真的？」

「嗯。」柳葉點點頭。

「哈哈，太好了，葉兒，妳真是太棒了。」司徒昊一把抱起柳葉原地轉了個圈，哈哈大笑起來。

「啊——」柳葉驚叫出聲。「司徒昊，快放我下來！」

這動靜惹得地裡幹活的人紛紛抬起頭來，還好這一片都是柳家的地，幹活的也都是柳家的長工，大家看了一眼便都低下頭去繼續幹活，不敢再多看。

# 第五十五章 冊封鄉君

在柳葉的驚叫聲中，司徒昊放下柳葉，撇了撇嘴說：「太瘦了，一點肉都沒有。」

「喂！」柳葉看著若無其事往前走的司徒昊，跺跺腳，繼續跟上。

「丫頭，這次妳可立了大功。這跟南瓜不一樣，南瓜種植成功的不止妳一家，種植番薯卻唯獨妳而已，不僅種植成功，還彌補了司農寺那些官員的過失。」

司徒昊走了一段，停下來對柳葉說道：「妳不知道，這番薯種子來得不容易。它來自海外，我天宇王朝的國力尚無法威懾至那處。聖上心繫百姓溫飽，幾次求取，對方都不肯給，後來還是耍了點不怎麼光明的手段，才弄到了些種子，沒想到司農寺那幫人差點就壞了事。」

「哦，什麼手段？」柳葉兩眼冒星星，滿臉的八卦之色。

司徒昊伸手彈了她的腦門一下。「好奇心害死貓，不該知道的不要問。」

「哼，不問就不問。」柳葉揉揉腦門，問道：「這次皇帝不會再剋扣我的獎賞了吧？」

「不會，他不敢。」司徒昊說完就繼續往前走。

「不敢？為什麼？他可是皇帝，天下之主。」柳葉扒拉著司徒昊的手臂，追問個不停。

司徒昊停下腳步，看著被柳葉抱著的手臂，說道：「丫頭，妳這行為不合禮儀，女孩子要自重。」

柳葉嘿嘿笑著，放開手臂，嘟囔道：「人家只是好奇，一時忘形而已。再說了，你都抱我了，我也沒說什麼呀，只准州官放火，不許百姓點燈啊？」

「嗯～～妳說什麼？」

「沒什麼，快走、快走，趕緊回家。」柳葉吐吐舌頭，抬腳就跑。

沒幾天，司徒昊就帶著番薯回京了，只給柳葉留下了些破損的、個頭小的，以及幾百斤完好的番薯做種子。柳葉照例給柳元娘、柳懷仁、趙六和謝家送去了些。

在謝家見了謝老大夫，老爺子告訴他，謝俊在幾個月前留書出走了，說是要去雲遊四方，學習各地的醫術。柳葉不免有些擔心，謝老大夫卻很豁達，他年輕時也是做了好幾年的遊醫。

柳葉只能跟謝老大夫說，若謝俊有消息傳來，一定要告訴她一聲。

在這寒冷的冬天裡，柳葉對番薯有了些想法。

她邀了村裡幾個相熟的人，在市集架了個爐子賣烤番薯。香甜、熱呼呼的番薯吸引了大批客人。幾百斤的番薯，沒幾天就賣完了。

有頭腦靈活的已經來柳家打聽番薯種子的事了，柳氏一概推給官府，這事她們是真的作不了主。去年費力留下來的南瓜種子，在二月初就被朝廷派來的人全部帶走了，連沒消耗完的南瓜都被一個個剖開，取走裡面的南瓜子。好在柳葉偷偷藏了些，才讓雙福村的各家各戶都分到一點種子，今年的南瓜讓村人大賺了一筆。

里正又來到柳家，老頭笑得跟一尊彌勒佛似的，柳葉一見到他就直接道：「番薯種子還有，等育好苗就給各家分一些。還是跟南瓜一樣，等收穫了，分一成出來充做買種子的錢。」

里正聽完，心滿意足地走了。

但總有些貪心不足之人，眼見柳家的日子越過越好，就有些閒話傳了出來。說柳家為富不仁，一畝地的南瓜種子要了他們三兩銀子，也不想想，他們把南瓜賣出了豬肉的價格，一年賺的錢比以往十幾年還要多。

甚至有人說柳氏母女婦德敗壞，家裡時常留宿成年男子。柳氏氣得渾身發抖，柳葉卻是邪邪地笑了。敢誹謗順王爺，這些人還真是不知者無畏啊！

二月二，龍抬頭，是土地公公的生日，每年清河縣都會舉辦土地會為土地公慶生。

柳葉一家穿戴整齊，坐上馬車去土地廟參加土地誕。還沒駛出幾步遠，馬車就被縣衙的官差攔住了，問清是柳葉家的馬車，官差趕緊作揖道喜，說是天使駕到，讓他們回家準備迎接天使。

問過芸娘才知道，天使就是替皇帝傳達聖意的人，一般由宦官擔任，但也有可能是天子近臣。

芸娘指揮著眾人灑掃庭院，擺設香案供桌，重新梳洗裝扮，忙完就靜待天使的到來。而看熱鬧的村民早已圍在柳家院外，天使卻遲遲未到。

就在柳氏第五次去完廁所回來時，村口大道上響起震耳的鑼鼓聲。

一輛華蓋馬車駛在中間，跟在儀仗隊後面的是青州府各級官員的官轎，前後二、三百人的隊伍，一路敲鑼打鼓進了雙福村。

老胡他們一見到儀仗隊就跪了下來，芸娘悄悄在柳葉耳邊說道：「這是半副親王儀仗，王爺來了。」

柳葉咂嘴。這浩浩蕩蕩一大列還只是半副，那整副儀仗該是何等規模？

司徒昊一身赤色親王服飾，施施然從馬車上下來，來到正廳香案前站定。滿院子的人齊齊下跪，三呼萬歲。

「奉天承運，皇帝詔曰——」

司徒昊的聲音從頭頂傳來，字正腔圓，通篇官方制式文字，柳葉只聽懂了一句——特封青州府清河縣雙福村柳氏女葉為慧敏鄉君。

柳葉已經暈了，本以為頂多賞賜些金銀珠寶，大了天去也就賜個匾額以示嘉獎，沒想到竟是得了個鄉君的封號。

只是這鄉君是什麼封號？以前在電視劇裡，見過最多皇帝冊封女子的也就是縣主、郡主之類的。鄉君？自己也算是麻雀變鳳凰，擠入貴族圈了？

「鄉君、鄉君？姑娘！」桃芝在背後死命拉著柳葉的衣服，把柳葉從九霄雲外拉回來。

「姑娘，快接旨謝恩。」

「哦，哦……」回過神來的柳葉看了眼正笑咪咪望著自己的司徒昊，雙手高舉過頭，高喊：「民女接旨，謝主隆恩！」

接過聖旨，置於供桌上，上過香後，眾人才紛紛起身。

司徒昊湊在柳葉耳邊說道：「妳已經是正經的慧敏鄉君了，以後可不能自稱民女了。」

# 第五十六章 表明心跡

柳葉還未有所反應，芸娘便上前來。「請鄉君梳洗裝扮。」

「去吧！」司徒昊推了推柳葉。「回頭再跟妳說話。」

在梳洗過程中，芸娘向柳葉講解了鄉君的有關知識。

「鄉君」是天宇王朝給宗室女的封號，一般親王玄孫女滿週歲後冊封為鄉君；也有國公嫡女出嫁時恩封為鄉君的。像柳葉這樣一個平民百姓被冊封的，開國以來還是第一次。

「芸姨，妳的身分也不簡單吧？」柳葉像個木頭人似地坐在凳子上，任由芸娘在她臉上塗塗抹抹，忍不住好奇問了出來。

「別動。」芸娘擺正柳葉的臉，一邊幫柳葉打扮，一邊說道：「奴婢是已故皇貴妃的貼身侍女，皇貴妃在薨逝前有所察覺，為身邊伺候之人請了恩旨。奴婢就是那個時候被指婚給胡侍衛的。」

「內廷女官啊……芸姨，妳是什麼時候自稱奴婢的？好像是從那次司徒昊找我娘談話後不久。為什麼，發生了什麼事嗎？」

「鄉君，您得尊稱王爺，可不能直呼王爺名諱。」芸娘不接柳葉的話，轉移了話題。

「好了，請鄉君移步，接受眾人拜見。」

珠翠三翟冠、丹礬紅大衫、深青紵絲金繡孔雀褙子、金繡練鵲文霞帔。當柳葉按品大妝出現在大廳中時，眾人齊齊矮了個頭。品階高的作揖行禮，其餘人則是一跪到底，口呼：「參見鄉君——」

柳葉彆扭地喊了聲「免禮」，就不知道該怎麼辦了。她小心翼翼地挪動了下身體，向司徒昊投去求救的目光。

接收到信號的司徒昊踱步來到柳葉身邊，對著眾人道：「賞！」

「賞」字一出，就有侍從捧著一個個托盤出來，按各人的品級和所帶賀禮多寡，發下裝了不同金額的荷包。院外，也有人抬了一大筐的銅錢在撒喜錢。

「今日大家都辛苦了，鄉君已在廣聚軒備下酒宴，還請諸位賞光赴宴。」司徒昊此言一出，眾人紛紛道謝，起身告辭，去了廣聚軒，那邊自有專人招待。

柳葉一家隨後也去了廣聚軒，等到宴席結束，回到雙福村時已是華燈初上。一家人只覺腰痠背痛，疲憊不堪。

「睡覺、睡覺，明天誰也不准叫我起床，我要好好睡一覺，今天比下地種田還累人。」柳葉剛進院門就丟下這麼一句，回到自己房間。

但生理時鐘還是讓柳葉在辰時一刻醒了過來。吃過早飯、爬上露臺，被清晨的冷風一吹，整個人都清醒過來。

她正插腰做頸部運動，突然肩上落下一件披風，溫柔的聲音隨之響起。「大清早的吹冷風，小心著涼。」

柳葉回頭一看是司徒昊，便自然地攏了攏披風。「謝謝。還有，昨天幸虧有你在，不然我真不知道該怎麼應付。」

「那妳要怎麼謝我？」司徒昊低頭看著柳葉。小丫頭真的長大了，十四歲的年紀，已經有了少女的風姿，高過他肩膀的身高，更是其他女子少有的。

「嘿嘿，欠著，反正欠你的已經夠多了，不差這一次。」柳葉一副「我臉皮厚比城牆，你能奈我何」的欠揍表情。

司徒昊一笑。「好，欠著。」

兩人就這麼站在寒風中看遠處的風景，點點綠意在山林田野間若隱若現，春天已經悄悄地來了。

「丫頭，跟我回京吧！」過了許久，司徒昊才又開口，眼神幽幽。

「好啊，我已經準備好了，隨時可以當你的擋箭牌。」柳葉很爽快地答應了。老早以前就答應的事，既然反悔不了，就直面未來吧！

「不是什麼擋箭牌，而是當順王府的女主人。」司徒昊雙手搭上柳葉的雙肩，讓她面對著自己，眼神熾熱。

柳葉對上那雙充滿情感的眼睛，眨眨眼，再眨眨眼。「等等，你讓我想想。」伸手撥開司徒昊的雙手，在露臺上走來走去，口中唸唸有詞。「我肯定是沒睡醒，在作夢了……嗯，我應該回去繼續睡覺的，對對對，現在就回去。」

司徒昊一把拉住柳葉，扣住她的雙肩，低沈的聲音響起。「柳葉，我是認真的。」

「認真？你是堂堂順王爺，我是一介村姑，就算剛被封了鄉君，也改變不了村姑的本質。門不當、戶不對的，說什麼認真不認真的鬼話。」柳葉突然炸毛。「我若沒弄錯，親王的婚事是要皇帝指婚的吧？你憑什麼以為皇帝會同意一個村姑做順王妃？王爺，這樣耍一個無知少女好玩嗎？」

司徒昊一把抱住企圖掙扎的柳葉，把她的頭靠在自己胸前，真誠地道：「妳個沒良心的丫頭，妳好好聽聽我的心跳，每一下都在呼喚著妳的名字。從第一次見面，妳痛打小偷的時候，妳這個壞丫頭就偷偷在我心裡埋下一個種子。妳的聰慧、妳的潑辣、妳的無禮、妳的真誠，妳的種種都早已刻在我的心裡。妳那麼精通農事，難道不知我心中的這顆種子早已開花結果，只等妳來採摘了嗎？」

靠在司徒昊溫暖的懷裡，聽著他強勁有力的心跳聲，還有那充滿磁性的甜言蜜語，柳葉只覺陣陣眩暈，差點淪陷。

她咬咬嘴唇，強迫自己冷靜下來，輕輕推開司徒昊的懷抱，正面對著司徒昊，無比認真地道：「好，即便你對我的感情是真的，但又能維持多久？你又怎麼證明，你對我不是一時的新鮮呢？」

「葉兒，我……」

「別說話，聽我說完。」柳葉抬手打斷司徒昊的話，繼續說道：「即使能長久，可現實就是現實，我們面前有那麼多的困難。規矩的約束、世俗的眼光，你要怎麼去面對、去克服？你該如何說服你的皇帝父親為你我指婚？」

「葉兒，我知道我現在說什麼，妳都會想出反駁的理由，但是，請妳相信我。這些困難在我認清自己的心意時就已經考慮到了，雖然艱難，但也不是不能克服的。相信我一次，好不好？」

# 第五十七章　回京

「不好。」柳葉毫不猶豫地拒絕。「我追求的是一生一世一雙人。而你會有正妃、側夫人、妾妃、王姬、侍妾，這還是有品級的，那些沒品級的更是數不勝數……」

司徒昊突然笑了，嘴角的笑容越來越深，直至輕笑出聲。

「你、你笑什麼？」柳葉一跺腳，惡狠狠地瞪著司徒昊。

「丫頭，你也是喜歡我的，對不對？」司徒昊滿臉期待。「不然以妳的懶怠，不會把親王的妻妾制度了解得這麼清楚。」

柳葉臉一紅，別過頭不看他。

「葉兒，我的母妃就是死在妻妾爭奪中，我不會讓我的妻子再陷入那樣的困境。」

「那又如何，那只是你的個人意願，到時候皇帝下旨讓你納妃，或者哪位娘娘要往王府裡塞人，你能拒絕？」

「妳就對我沒有一點信心嗎？我已經二十了，若是別人能作我的主，順王府裡早就被各色各樣的女子塞滿了。」

「反正我是不會答應你的，做你的女人太累，代價也太大，我付不起。」柳葉說完，逃也似地離開了露臺。

司徒昊卻是心情極好，此後就成了柳葉的小尾巴，柳葉進廚房，他就倚著門框跟柳葉說話，有時候還親自動手幫忙；柳葉挖野菜，他也一起挖；柳葉畫畫，他就在邊上練字；柳葉遇到難題，他就出謀劃策……

柳葉一有空閒，就拉著她去縣城、逛府城，只要柳葉對某樣東西多看幾眼，就立刻買下。各式布料、首飾、小玩意兒流水似地搬進柳葉的房間。冷了加披風、熱了打扇子、餓了送吃食、渴了有溫茶……正當柳葉生出些戀愛的感覺時，司徒昊卻要回京了。這次他是奉命前來宣讀聖旨的，必須回京覆命。

離開前，司徒昊再一次找柳葉談話，問她願不願意跟自己進京，還是被柳葉拒絕了。

臨上馬前，司徒昊湊到柳葉耳邊，輕聲說道：「嬸子那裡有塊玉珮，那是我母妃生前的貼身之物，是我順王府女主人的象徵。所以，丫頭，妳是逃不掉的，乖乖等我回來。」

說完，不給柳葉說話的機會，跨上大馬，絕塵而去。氣得柳葉在原地破口大罵：「司徒昊，你個混蛋！」

遠處，傳來司徒昊肆意的大笑。

清河柳家派人傳來消息，柳老爺找柳氏過府一敘。

柳懷孝早已刑滿歸家，可柳老爺不知是出於什麼考慮，竟是一個消息都沒送過來。柳葉被冊封鄉君這麼大的事，柳氏都派人上門去請了，清河柳家還是一點表示都沒有。這次不知是什麼原因，竟讓柳老爺派人來請。

第二天，柳葉便陪柳氏來到清河柳家。來開門的是表嫂吳氏，這些年吳氏的肚子一直沒動靜，為此吳氏受足了張氏的苦。

才進正廳，張氏陰陽怪氣的聲音就傳了過來。「哎喲，這是誰啊？這當了鄉君就是不一樣了，妳姥爺這正兒八經的長輩想見妳一面，都得三催四請啊！」

「大嫂，妳說啥呢！」柳氏怒懟。

張氏斜了柳氏一眼，道：「沒啥，只是提醒某些人，再富貴也別忘了孝道。」

「就是，當今聖上以仁孝治天下，葉丫頭，妳剛得了封賞，更要謹言慎行，可別行差踏錯，後悔莫及。」柳懷孝掉著書袋子訓話。

「大舅、大舅母，我和我娘還沒給姥爺行禮呢，你們這是要阻攔我們盡孝啊，不知道這天朝律法阻攔他人盡孝會不會被定罪啊？我讀書少，大舅，你在牢裡三年，肯定學了不少規矩，不如您教教我唄！」柳葉好笑地看著這兩人，搞不清楚這兩人到底要幹麼。

「妳！」柳懷孝正欲發作，內室的門簾一掀，柳承宗走了出來。「爹、娘，咱爺叫三姑進去說話。」說完自顧自進了屋。一行人相繼進屋。

只見柳老爺靠坐在床上，身上搭了條被子，面色蒼白難看。

「爹，您這是怎麼了？」柳氏趕緊上前詢問。

「沒啥，前兒不小心著了風寒，人老了就不中用了。」柳老爺擺擺手，難得地和顏悅色。「都坐。葉兒，妳也坐。」

「謝謝姥爺。」柳葉也不客氣，行完禮就在一邊尋了張凳子坐下。

「葉兒，妳跟順王爺很熟？」柳老爺想了半天，也不知道怎麼跟柳氏母女閒聊，只好直入正題。

「不熟，順王爺只是分發朝廷的試種種子下來而已。我們這樣的人家，怎麼可能跟王爺有什麼交情。」柳葉想都沒想就一口否認。

「我就說嘛，這事肯定不是真的，人家王爺那麼高高在上，怎麼會看上葉兒這個丫頭片子。」張氏撇撇嘴，不屑地說道。

「閉嘴，妳個臭婆娘，爹在呢，妳插什麼嘴？」柳懷孝指著張氏罵道。

張氏不甘地轉過身，背對著眾人，卻也沒有再說什麼。

「葉兒，對不起啊，妳大舅母就是嘴壞，其實她人很好的，背地裡經常提起你們娘兒幾個生活不易……」柳懷孝也不管張氏，轉頭討好柳葉。

「姥爺、大舅，這次找我們過來可是有什麼事？不妨直說。」柳葉暗自翻白眼。張氏關心他們？還是算了吧！

柳老爺輕咳了幾聲才說道：「葉兒，妳看……能不能請順王爺幫幫忙，恢復妳大舅的功名？」

柳葉愣住了。這說的是什麼呀！

「姥爺，別說順王爺跟我家沒什麼交情，就算有交情，大舅是因為犯了法才被剝奪功名的，您讓我怎麼開這個口？」

柳懷孝開口道：「葉兒，這對我們這些平民百姓來說是天大的事，可對於順王爺來說，只是一句話的事——」

話還沒說完，就被柳氏打斷了。「大哥這是要葉兒去跟順王爺說，讓他徇私枉法，恢復你的功名？」

「三娘，話可不能說得這麼難聽，什麼叫徇私枉法？」柳懷孝有些惱羞成怒。

柳氏不理他，回頭問柳老爺。「爹也是這個意思？」

「這……這也是為了妳大哥，為了這個家考慮，妳們現在有這個能力，何不……」柳老爺有些訕訕，但還是說出自己的想法。

# 第五十八章　柳老爺的請求

「姥爺，」柳葉不等柳氏開口就道：「您提這樣的要求時，可曾考慮過我們？王爺要是因此事發怒，我和我娘會是什麼下場？睿哥兒該怎麼辦？」

「不就是讓妳們帶句話嗎？有那麼難嗎？」張氏嗤之以鼻。「三娘，不是我說妳，咱爹把妳養大成人不容易，現在他老人家就求妳辦這麼點小事，妳還推三阻四的？當女兒的，不能這麼不孝。」

「小事？」柳葉都要氣樂了。「既然是小事，大舅母幹麼不自己去跟順王爺說，還要來求我們？」

「這、這……我也不認識順王爺啊！」張氏眼神亂飄。

柳氏上前一步，對柳老爺說道：「爹，大哥的事是衙門判下來的，我們不能幫，也幫不了。這麼多年了，大哥也就是考了個秀才，現在既然沒了功名，不如就好好在家管理庶務，專心供承宗讀書。承宗還年輕，該好好培養才是。爹，您說，是不是這個理？」

一直當透明人的柳承宗聽見提到自己的名字，趕緊出來表態。「爺，我會好好讀書，一定不會讓您和家人失望的。」

「唉！」柳老爺長嘆口氣。「承宗當然要好好培養，可是、可是妳大哥，畢竟是長子啊！」

「就是啊，三妹，就當做哥哥的求妳了，妳去跟順王爺說說唄！或者、或者妳幫我引薦一下，只要順王爺說我一句好話，我就前途有望了。」柳懷孝腆著臉向柳氏作揖行禮，柳氏側身避過。

「大舅，你這話可就說晚了。順王爺昨兒一早就快馬加鞭回京了，你這會兒就是想追也追不了。」柳葉有些膩味，一個個的平日不見得對妳有多好，有事相求了就把妳當槍使。

「什麼？已經走了？葉兒，妳們怎麼能這樣，怎麼不把王爺留住！」張氏一聽司徒昊已經走了，他們沒了機會，霍地從凳子上站起來。

「大舅母，那是王爺，是想留就能留的嗎？妳以為妳是誰啊？」柳葉翻了個白眼。

「妳，我……」張氏語塞，恨恨地甩了下袖子，坐回凳子上。

「爹，這可怎麼辦啊？我們還是晚了一步啊！」柳懷孝見沒了機會，立刻哭喪著臉求助自家老爹。

「唉！」柳老爺長嘆口氣，說道：「兒啊，看樣子這是命中注定你與官場無緣了，事已至此，你就老老實實地把家裡的鋪子經營起來，把承宗供出來。」

「爹，兒不甘心啊！」柳懷孝撲倒在床邊。

「爹、大哥，若是沒其他事情，我們就先回去了。爹，您保重身體。」柳氏起身告辭。

「好，只是三娘，要是順王爺再來，妳可得幫幫妳大哥，幫忙引薦一下也好，妳大哥讀了那麼多年的書，不能就這麼廢了啊！」柳老爺還想為兒子爭取一下。

「知道了，只是王爺的行蹤不是我們能知道的，日後的事，日後再說吧。」柳氏行了一禮，起身出門。

「大兒媳婦，去送送妳三妹。」柳老爺吩咐張氏送客。

張氏不情不願地起身，出廳堂的時候，跟送點心過來的吳氏撞了個滿懷，各種糕點撒了一地。張氏想也不想，抬腳就踹在吳氏身上，吳氏被踹了個踉蹌，摔倒在地。

張氏大罵：「沒長眼是不是？吃啥啥不剩，做啥啥不行的蠢貨！」

柳葉趕緊上去扶吳氏，柳氏也一把拉住張氏，勸道：「大嫂，好了，多教教就是了。」

張氏猶不解恨，甩開柳氏的手，罵罵咧咧地道：「這麼多年了，連個蛋都不會下，要妳又有何用？明兒我就去尋媒婆，把施家姑娘娶進門來，哼！」罵完不再管院中眾人，甩著帕子回了屋。

吳氏在柳葉的攙扶下站起身來，淚眼婆娑。

柳葉嘆口氣，低聲道：「表嫂，妳這又是何苦？大舅母如此待妳，屋裡的人不會聽不見，可妳看，哪個人出來幫妳說句話了？既然都不待見妳，妳又何必還要在這個家裡受苦呢？」

「我……是我對不起柳家，我不會生育。」吳氏哽咽。

「找大夫確認過了？生育可不是女子一個人的事，搞不好是承宗表哥的問題呢。」

「葉兒！」柳氏打斷柳葉的話，對吳氏說：「承宗媳婦，有些話我本不該說，可看妳這樣實在不忍心。這個家既然容不下妳，妳要心裡有數，早做打算為好。」

「就是，剛大舅母都說了，要娶那個什麼施姑娘。表嫂，承宗表哥這是要娶妻還是要納妾啊？」

聽了柳葉的話，吳氏的眼淚流得更凶了。

「此處不留人，自有留人處。表嫂，女人並不是離開男人就活不成了。」

「葉兒，小小年紀，胡說什麼呢！」柳氏輕聲斥責，又說道：「承宗媳婦，妳自己多注意，我們這就走了。」

柳葉吐吐舌頭，跟著柳氏回了家。

沒幾天，就聽說吳氏的娘家人去清河柳家大鬧一場，並提出了和離。

柳老爺氣得不輕，張氏卻很樂意。吳家空有個讀書人家的清名，嫁過來的時候嫁妝少得可憐，又多年不能生養，她早就看不順眼了。哪比得上施家姑娘，人品好、相貌好，家裡開著幾間雜貨鋪子，嫁妝鐵定豐厚。

兩家人互相吵吵鬧鬧，一個月後，吳氏和離。

柳葉沒興趣去關心那些事。司徒昊走了一個月有餘，應該已經回到京城了吧？這個混蛋，說走就走，這麼長時間了，連封信都沒有。

「咕咕咕，咕咕咕！」

不知何時，一隻白鴿落在柳葉房間的窗臺上，徘徊不去。柳葉玩心大起，拿了塊桌上的點心餵牠。鴿子不吃，竟是一下飛到桌上，繞著柳葉的手走來走去。

芸娘進來看到了，笑著走過來，一把抓住鴿子，還沒等柳葉開口阻止，已經從鴿子腳上解下一根小竹管遞給柳葉。「這是王府的信鴿，定是王爺有信捎給姑娘。姑娘慢慢細看，奴婢這就去把鴿子關好，等姑娘寫好了回信，再讓牠送信回去。」

芸娘說完，朝柳葉曖昧一笑，抱著鴿子出了屋。

# 第五十九章 春花來訪

柳葉微紅著臉，小心翼翼地從竹管中取出紙條，小小的一張紙上，工工整整地寫著幾個字：一切安好，勿念。好好吃飯，等我。

「切，等你？等你做啥！」長長吐出一口氣，柳葉小心地摺好紙條，把信收起，卻是不想回信，支著腦袋發起呆來。

這段時間，她好好梳理了下自己跟司徒昊的關係，無奈地發現，自己這個顏控，在見到司徒昊的第一眼就已經注定逃不開了。從一開始只想調戲一下過過癮，到後來不滿他背後給予的幫忙，其實那個時候自己就已經心動了吧？因為心動，才更加在意自己在兩人中的地位，才會無視他的好意，一分一毫都要跟他算清楚，企圖以此來證明自己與他是平等的。

再後來，會因他的出現而欣喜、會因他的離開而悲傷、會跟他撒嬌鬧脾氣……自己的心思自己知道，自己是喜歡司徒昊的。只是這份感情，到底值不值得自己去為之付出努力？若他只是普通富貴人家，她還可以去爭取一下，可他偏偏是王爺，是當今聖上的幼子，不說奪嫡的慘烈，只說日後王府後院的那些女人，自己就無法接受。

柳葉長長地嘆口氣，決定不再去想這個問題。既然無解，那就不解吧，時間會證明一切，也會淡化一切。

這天，柳葉正在核算家裡的帳目，就聽說春花來了。

柳葉丟下帳本迎了出去，兩人在大廳門口碰到，春花俏生生地站在那裡，穿著一件深青色織錦長裙，裙裾上繡著潔白的點點梅花，一條白色織錦腰帶鬆鬆地綁在腰間，肚子微微突起，旁邊一個穿玫紅衣衫的小姑娘小心翼翼地攙扶著她。

柳葉眼睛一亮，臉上的笑容更深了幾分。「春花姊，妳這是又有了？」

見春花靦覥地點點頭，柳葉立刻上前一步，扶住春花笑道：「都有身孕了，怎麼還跑出來？萬一有個什麼差錯，姊夫還不得殺到我們家來啊！」

春花藉著兩人的攙扶，穩穩地來到椅子邊，坐下後才道：「已經快五個月了，不礙事的。這不又好久沒見妳了？聽說妳被封了鄉君，我當時就想來見妳，可惜被婆婆拘著出不了門。」

「就該拘著，不該放妳出來的，剛才一路上，馬車顛一下，我的心就跟著顛了下，差點沒跳出來。」玫紅衣衫的小姑娘衝著春花皺皺鼻子。

「還不是妳自己要跟著來的。」春花輕拍了下小姑娘的手，轉頭對柳葉說道：「葉兒，這是我家小姑子伊秀。聽說我要來見妳，巴巴地跟著來了。」

玫紅衣衫的小姑娘甜甜地喊了聲：「葉兒姊姊。」

「伊秀妹妹。」柳葉也衝小姑娘笑了笑。

這時桃芝送了茶水和點心過來，幾人坐下來，喝了幾口茶，伊秀就坐不住了，屁股扭來扭去的。

春花看著好笑，對她道：「妳不是說要看桃花嗎？還不快去，再過幾天可就沒有了。」

「桃芝，帶伊秀妹妹四處逛逛，注意安全。」柳葉吩咐一旁的桃芝。

「那我可去了啊，小嫂子，妳一個人沒問題吧？」伊秀有些猶豫不決，想去看桃花，又想著臨出門前老娘的交代，要她照顧好小嫂子。

「去吧，我也好跟妳葉兒姊姊說說話。」春花揮手趕人，伊秀才樂顛顛地跟著桃芝出去玩了。

「春花姊，這次過來可是有什麼事？」柳葉見廳裡只有她們兩人，開口問道。

春花笑了笑。「來看看我們的慧敏鄉君啊！順便來跟妳討個主意。」

柳葉關切地問：「可是出了什麼事？」

「就是妳給我的那套製麵機圖紙，我嫁過去就生了妍姊兒，一直沒空弄，後來還是公公託關係找匠人打製出來，還別說，挺好使的，現在作坊的產量翻了好幾倍。」

「那不是挺好，賺了錢正好可以給我們小寶寶買好吃的。」柳葉邊說邊伸手摸了摸春花的肚子。

「妳呀！公公認識幾個外省的客商，想把掛麵賣到其他地方，尤其那個五彩麵，公公讓我問問妳，是不是可以改個名字叫『鄉君麵』，想藉妳的名頭做生意呢！」春花也不客氣，直接把來意說了。

「啊？我也有名頭可以讓人借來用了啊？」柳葉很驚訝，哈哈大笑起來。「用吧、用吧，只要不是違法犯忌的事，隨便妳用。」

「葉兒，跟妳說正經的呢，別鬧。」春花沒好氣地拍了柳葉一下。

柳葉止住笑，認真地道：「我說的是真話啊，妳是我春花姊，又不是別人，在我家最困難的時候，是你們一直幫助我家，這個情，我一直記著呢。」

「該是我謝謝妳才對，要不是有妳的那些主意，趙家不可能有現在的好日子，我也不可能嫁得那麼好。」春花拉著柳葉的手，真誠地道。

「好了、好了，我們就別在這裡感謝來、感謝去的了。改名的事，我同意了。」

「好。對了，這是作坊三成的股份，妳收好。」春花從袖子裡拿出一張契約交給柳葉。

柳葉連忙推辭。「這是幹麼？春花姊，妳這不是埋汰人嘛，我不要。」

「瞎說什麼呢，妳若不要，那我也不開作坊了，砸了機器，把圖紙和五彩麵的製法都還給妳。」

「不要、不要，圖紙和製法都是給妳添妝的，是妳的嫁妝。」柳葉連連擺手。

「當真不要？」春花把契紙往桌上一放。「妳若不要，那趕明兒可就是我公公親自來送了，到時候就不是三成，而是五成了。公公原本讓我拿五成股份給妳，我私下裡扣了兩成，妳若是不收，我辦事不力又私貪股份，可就沒法做人了。」
「妳哄我呢，信妳才怪。」柳葉做著鬼臉，還是不肯收。
「葉兒，收下吧，我們借了妳的名，生意會好做許多。麵條的知名度會提高，客戶會增加，最主要的是，會少很多麻煩，地痞流氓、官差的例分，這些妳又不是不知道。妳收下這契紙，我們才能安安心心地做生意不是？」春花又把契紙往柳葉那邊推了推。
「這……好吧，我收下了。」柳葉把契紙收起，嬌嗔道：「這下妳可安心了？」
「本來如此，親兄弟還明算帳呢，做生意最怕利益糾紛，再好的關係也會因為利益分配不明而消散，這還是妳教我的呢！」

# 第六十章 柳葉進京（一）

信鴿飛來了一隻又一隻，柳葉卻是一封信都沒回，她還是下不了決心，把自己縮進烏龜殼裡裝傻。

這天，玄十一拉著一大箱子的東西來了，柳葉不禁心疼這小伙子三秒鐘，怎麼長途跑腿的苦差都是他的？

柳葉坐在院中的葡萄架下，曬著五月裡暖洋洋的太陽，把玄十一帶回來的箱子打開。裡面是一幅幅畫軸，整整三十一幅。其中三十幅是司徒昊在回京途中的所見所聞，有巍峨群山、滔滔江水、小橋流水人家，還有熱鬧喧囂的市集……從雙福村柳家院落到京城巍峨的城門，每天一幅，全是司徒昊親筆所畫，有的精雕細琢，有的寥寥幾筆，看著這些畫，就好似自己也跟著司徒昊走了一路似的。

最後一幅卻是司徒昊的自畫像，月光皎皎照樹蔭，白衣郎君倚樓臺。畫上還賦了一句詩：相思相見知何日？此時此夜難為情。

初見到這幅畫的時候，柳葉的心就漏跳了一拍。一遍遍地問自己，明明喜歡了，為什麼不肯面對？還沒爭取就想著逃避？

幾天後，柳葉放回了第一隻信鴿，信上只有一個字——您。

之後，柳葉便召集大家，說出自己要上京的決定。

老胡、芸娘很是開心，不用吩咐就積極做起了去京城的準備；玄十一直接就說自己不走了，等著跟柳葉一起回京，一路上也好護衛安全。

柳氏有些猶疑，總是擔心個不停，一會兒問到了京城如何維持生計？一會兒問北方的天氣冷不冷、會不會水土不服？更擔心女兒一門心思去找司徒昊，萬一司徒昊負了她該如何收場？

柳葉坦言，對這段感情，自己終究是不甘心，想要試一試，即便最終傷痕累累，起碼日後不會後悔。

柳晟睿卻是叫嚷著自己也要去京城，柳葉也說京城有更好的私塾學堂，柳氏實在放心不下女兒，於是決定全家出行去京都。

關於家中產業的處置，柳葉原想通通賣掉，帶足銀錢，才好在京城站穩腳跟。柳氏卻不同意，散財容易立業難，她主張留下。其實她還有一點顧慮沒說出來，萬一柳葉感情受挫，或是不能在京師站穩腳跟，雙福村也是一條退路。柳葉無法，最後決定留著產業不動，請人管理。

幾間店鋪都是跟趙六、柳懷仁三家合開的，這些不用柳葉操心，坐拿分紅就行。至於蛋糕鋪子直接關了，柳葉打算到京城後第一件事就是找司徒昊幫忙弄牛奶，她好增加蛋糕品種，重開鋪子。

她也將家裡的長工都召集起來問話，選了兩個人，趙大力和李有為都簽了死契。一人負責管理果園和竹林，一人負責管理田地。

兩人很爽快地答應了，好歹也是鄉君家的管事，總比自己辛苦做長工強，起碼不用擔心家人挨餓受凍。至於其他長工，柳葉就不再理會，直接交給新上任的趙、李兩位管事處理。

五月二十三宜出行，出發的日子早在幾天前就飛鴿傳書給司徒昊了。兩輛馬車，老胡和玄十一一人駕駛一輛，一行人擠得滿滿當當的，只帶著細軟就上了路。好在天氣轉熱，冬衣等等的笨重物品全都託給前往京城的商隊，到了京城自然有人去取。至於到京城後的住處，柳葉刻意不去想，她想看看司徒昊會怎麼做？

柳葉不打算走水路，她想多走些地方，一來了解各地的風俗，開闊眼界；二來也想收集各地的新奇種子和種植技巧。畢竟自己是因農事才得了鄉君的封號，農業這個立身之本萬萬不能丟。

才出青州府，柳家的馬車就被人攔下了。

望著眼前鬍子拉碴、一臉疲憊之色的司徒昊，柳葉的眼淚一下子就湧了出來，也不顧是否有外人在，立刻奔進司徒昊的懷裡。

柳氏趕緊伸手捂住柳晟睿的眼睛，大家像沒事人似的嘻嘻哈哈地散去，把空間留給抱在一起的兩人。

司徒昊輕輕拍著柳葉的背，柔聲道：「這是怎麼了？怎麼還哭了？」

柳葉擤了擤鼻子，齉聲說道：「感動一下不行啊？」

「好了、好了，都哭醜了，難看死了。」司徒昊掏出手帕替柳葉擦拭。

「你才難看呢，鬍子拉碴的，還扎人。」柳葉推開司徒昊，兩人四目相對，一起笑出聲來。

待情緒穩定了，柳葉才開口問道：「你怎麼過來了？我記得我送出去的信才沒幾天啊。」

「自從收到妳第一封信後，我就快馬趕來了。這可是妳第一次跟我表白心意，我怎能不趕來與妳相見？」司徒昊望著柳葉，眼中深情款款。

「你看懂了？」

「當然。您，心上有你。葉兒，收到信的時候，別提我有多高興了，感覺自己擁有了全世界，只想著早日見到妳，要不是玄十一提前通知我，差點就跟你們錯過了。」司徒昊又一次懷抱著柳葉，輕輕撫摸著她的長髮。

兩人纏綿了好一會兒，眾人才繼續上路，在前方鎮上找了間客棧住下休整。司徒昊不禁埋怨柳葉，堂堂鄉君出行，竟然只帶了兩輛馬車和幾個人，難道不知道可以知會府衙，依照鄉君的儀制安排人員和車馬嗎？

柳葉吐吐舌，老實回道：「我不知道還有這種規則啊，而且我是去京城追男人的，可不想搞得人盡皆知。」

一句「追男人」把司徒昊哄得沒了半點脾氣。堂堂王爺，鞍前馬後地伺候人，又特意買了兩輛馬車，由他帶來的人駕車，眾人才不用再擠在一起，有了活動空間。

有了司徒昊的陪伴，行程變得更加緩慢，一路遊山玩水。今天為了去爬一座名山而特意繞路，明天為了看江邊日出而故意停留。一個月的路程，硬是走成了三個月。

不過也不是一無所獲，除了風景，還有滿滿一車的各地特產和新奇小物。最重要的是，柳葉收集了不少水稻種子，一袋袋裝好，袋子上貼著標籤，標明水稻品種、產地，整整有十二袋。

——未完，待續，請看文創風789《棄女翻身記》2

真愛不請自來　真心只待有情人／頡之

2019年9月出版

# 賴上皇商妻

穿越醒來變成農村女童，加上便宜老爹、軟弱姊姊與半路後娘，
這一家子嗷嗷待哺的該怎樣才能活下去？她只好拿出本事，
把平凡食物經營成「在地」名產，創造「外銷」機會！

文創風 784 1

怎麼一睜眼醒來，眼前就是一群男女老少吵鬧不休，烏煙瘴氣的，
還有個瘦弱的女孩正挨打，而自己竟然變成個十一歲的小女孩？!
原來是穿到這個荒涼的古代小農村，成了名叫蘇木的農村女，
那瘦弱的女孩便是自己親姊姊，至於親娘呢，早已難產而逝，
留下兩姊妹跟著孝順又耳根子軟的親爹，還有一家子重男輕女的親戚，
怎麼感覺這新生命似乎比前生更苦難呢……
才剛摸清楚自己該怎麼活在蘇家，親爹就馬上為她找了個後娘？!

文創風 785 2

平凡的油燜筍讓蘇家人體驗了發家致富的美夢，
卻也嘗到一夕跌落的殘酷現實，蘇木更明白自己無權無勢，
這點小利只為一家人引來麻煩，甚至欠下更多的人情與債務……
但她一個小姑娘有什麼法子能快速還清二百兩的欠債呢？
不如開店做生意，而且要越有創意越好，憑她的手藝開不了茶樓、菜館，
乾脆在這個古代郡城開間涼水鋪，什麼冰塊、珍珠、奶茶、汽水……啥的，
再導入現代行銷手法，她的「蘇記冷飲」果真一炮而紅，
她也因此結識貴人、找好靠山，唉呀，這日子真的舒坦多了～～

文創風 786 3

為了讓蘇記冷飲能開得長久，並且掌握更大更穩的生財管道，
蘇木把主意打到了茶葉上，開始從買茶到找地、種茶葉；
可光是產茶也不夠，這朝代的茶業並非私營，茶葉都得賣給官府，
既然如此，他們蘇家不但要賣好茶，更要成為皇商！
而這唐大少爺不但纏她纏得緊，更登堂入室在蘇家蹭吃蹭喝，
哄得一家老小開心服貼，簡直把他當成自家人，這下怕是甩不了他了吧？

文創風 787 4 完

鋒頭越盛，越接近皇家，也越步入更驚險狡詐的權力鬥爭，
原本以為的權勢巔峰，竟是烈火烹油，稍有不慎便是粉身碎骨，
連奉皇命出京的唐相予都遭了黑手，落了個通敵賣國之罪！
唐家被抄、一夕顛覆，想這男人曾為了她，幾次出手相救蘇家，
這次換成她要為他護好家人，周旋打點，即便旁人都說他恐已遭不測，
但她活要見人、死要見屍，才不枉這一世相愛一場……

# 為流浪貓狗加油 和貓寶貝 狗寶貝

## 廝守終生(一定要終生喔!)的幸福機會

對人來說，貓寶貝狗寶貝只是生活的一部分，但妳(你)對牠們來說，卻是生活的全部，領養前請一定要考慮清楚——

### ▲ 尋找永久居留地的貓貓　小黑皮

性　　別：男生
品　　種：米克斯
年　　紀：約五個月
個　　性：適應力極好，親人、親貓
健康狀況：需要獨居（可與人住，不可與貓住），
　　　　　因冠狀病毒呈陽性，要六個月大才能再次檢驗是否排除
目前住所：台中市霧峰區

## 『小黑皮』的故事：

小黑皮在不到一個月大時，到了第一位中途的家中，但由於被檢驗出冠狀病毒呈陽性，無法與其他貓同住，便趕緊將牠轉移到第二位中途的住處安置。當時小黑皮很快就適應了環境，而且還玩得特別high，沒有不良的狀況發生。然而，第二位中途因為某些家庭因素，無法再繼續照顧小黑皮，因緣際會之下，牠來到第三位中途的家裡，但也只能短期安置，因此總是在為小黑皮徵求中途。

目前小黑皮獨自住在志工的一間出租套房內，且志工每天都會不辭辛勞去陪伴牠幾次，讓牠不會總是一隻貓地待著。即便小黑皮到哪都能玩得很開心，也能在不同環境下適應得非常好，但真的要讓牠在一個又一個新環境下渡過嗎？委託者反覆地想著。

小黑皮是個非常喜歡撒嬌的小男孩，很愛發出咕嚕咕嚕聲，也很愛自high，現在已經會自行吃飼料。而關於小黑皮被驗出冠狀病毒的問題，委託者表示，雖然目前尚未確實的認定，但若被證實，只要提高貓咪的免疫力，基本上不太會有太大的問題，請有意的認養者無須過於擔心。

若您願意帶小黑皮回家，歡迎來信leader1998@gmail.com（陳小姐），或傳Line：leader1998，或是私訊臉書專頁：狗狗山-Gougoushan。

**認養資格及注意事項：**

1. 認養者須年滿23歲，有穩定經濟能力，並獲得全家人的同意。
2. 須同意簽認養寵物切結書，並讓中途瞭解小黑皮以後的生活環境。
3. 同意送養人日後之追蹤探訪，對待小黑皮不離不棄。
4. 同意讓小黑皮絕育，且不可長期關、綁著小黑皮，亦不可隨意放養。
5. 為讓中途對您有更深入的瞭解，中途會先有份線上問卷請您填寫。

**來信請說明：**

a. 個人基本資料：姓名、性別、年齡、家庭狀況、職業與經濟來源等。
b. 想認養小黑皮的理由。
c. 過去養寵物的經驗，及簡介一下您的飼養環境。
d. 若未來有結婚、懷孕、出國或搬家等計劃，將如何安置小黑皮？

文創風
788

# 棄女翻身記 1

國家圖書館出版品預行編目資料

棄女翻身記 / 慕伊著. --
初版. -- 臺北市 : 狗屋, 2019.10
冊 ; 公分. --（文創風）
ISBN 978-986-509-045-6（第1冊：平裝）. --

857.7 108015636

著作者 慕伊
編輯 王冠之
校對 黃薇霓
發行所 狗屋出版社有限公司
地址 台北市104中山區龍江路71巷15號1樓
電話 02-2776-5889～0
發行字號 局版台業字845號
法律顧問 蕭雄淋律師
總經銷 知遠文化事業有限公司
電話 02-2664-8800
初版 2019年10月
國際書碼 ISBN-13 978-986-509-045-6

本著作物由紅袖添香（https://www.hongxiu.com）授權出版

定價250元
狗屋劃撥帳號：19001626
網址：love.doghouse.com.tw E-mail：love@doghouse.com.tw